# PUTAIN D'AUDIENCE

*La réalité de ma télé*

PATRICK SÉBASTIEN

# *Putain d'audience*

La réalité de ma télé

FLORENT MASSOT

ISBN : 978-2-253-11939-5 – 1re publication – LGF

Et si ce n'était qu'un jeu ?

La marelle.

Où l'on zapperait de chiffre en chiffre, pour atteindre un paradis dessiné à la craie qui s'effacerait à la moindre averse.

Et si ce n'était qu'un jeu ?

Le jeu des familles.

Où l'on se déteste à chaque repas. Chacun enfermé dans sa rancune pour l'autre.

Seulement aimable pour demander : « Passe-moi le sel ! »

Familles incestueuses à l'intérieur desquelles il est de bon ton de se sodomiser joyeusement et sans scrupule.

Moralement, bien entendu... Mais quelquefois, pas !

Et si ce n'était qu'un jeu ?

Le pendu.

Comme la ballade de François Villon. Détournée satellite, au gibet des vanités.

*« Frères humains qui après nous vivrez,*
*N'ayez les cœurs contre nous endurcis,*
*Car si pitié de nous pauvres avez,*
*Notre dieu Audimat vous en dira merci. »*

Et si ce n'était qu'un jeu ?

Cash-Cash.

Au nom du Pèze, du Fric et du Sans-Esprit.

Et si ce n'était qu'un jeu où, de plus en plus, on ne peut gagner qu'en trichant ?

Une roulette « ruse ».

Et si je vous disais que je veux bien y jouer encore, mais avec mes règles à moi ?

Parce qu'un jour, ce jeu de cons a failli me tuer vraiment.

Une roulette.

Une vraie.

Russe, avec des vraies balles.

Pour mourir.

Et pourtant, aujourd'hui, j'en suis sûr : Je n'aime pas mourir !

Pour qu'après on m'incinère.

Quelle horreur ! Je ne supporte ni la chaleur, ni l'odeur de brûlé.

Pour qu'on m'enterre alors.

Encore moins !

Je suis claustrophobe.

Terriblement, de corps et d'esprit.

J'étouffe à tout.

Même à ce livre que j'ai volontairement rempli d'espaces entre les lignes.

Pour qu'on y lise aussi.

Entre les lignes.

L'essentiel y est peut-être encore plus visible.

C'est pour ça que je vais vous raconter la réalité de ma télé.

Normalement, après, vous en saurez beaucoup plus.

Sur la télé.

Sur la réalité.

Sur

M

O

I

.

# 1

## Sébastien

Avril 1996.

Comme un long doigt noir et froid appuyé sur une sonnette qui ne marche plus.

Il y a quelqu'un ?

Personne. Plus rien. Le vide.

Le canon du pistolet sur la tempe. Le regard infiniment loin. Au-dessus du clocher du bon Dieu.

Il y a quelqu'un ?

Personne. Plus rien. Le vide.

Et puis mes yeux glissent sur la pierre qui recouvre le petit.

SÉBASTIEN BOUTOT 1970-1990.

Ce sont les chiffres qui font le plus mal. Le deuxième surtout.

Et dessous bientôt PATRICK BOUTOT 1953-1996 ?

Pourvu qu'ils n'ajoutent pas « dit PATRICK SÉBASTIEN ».

De nouveau mes yeux s'envolent au-dessus de l'église qui domine le village, là-bas à deux kilomètres.

Mourir au plus près de mon enfance.

Mourir au plus près de mon enfant.

Mon instinct m'a mené là.

Épuisé, blessé, sali, triste et déchiré.

Le village où j'ai grandi me regarde. Les yeux gris de ses toits d'ardoises corréziennes me fixent. Rimmel gouttières et sourcils cheminées.

Le cimetière où j'ai enterré mon fils six ans plus tôt le surplombe.

Si peu de chemin de la naissance à la mort.

Et tant de détours.

Même les oiseaux se moquent. Un rire de pie qui passe : « Pour qui tu t'es pris, petit con ? »

Un pistolet sur la tempe. Personne. Plus rien. Le vide. Un vrai pistolet, avec des vraies balles. Un vrai désespoir. Un vrai beau temps en plus. T'as raison Jacques, c'est dur de mourir au printemps.

Le téléphone sonne dans la voiture, de l'autre côté du mur d'enceinte.

Elle s'inquiète alors ? Mais pour moi ou pour elle ?

Elle est partie, bien sûr, quand tout ça est arrivé. C'était prévisible. Mais si je veux en finir, ce n'est pas par manque d'elle ou d'autre chose. C'est par trop. Trop de coups, trop de doutes, trop d'injustice, trop de moi, surtout.

Je ne la supporte plus, cette carcasse qui s'effrite de

trop de nuits d'ivresse, de trop de sutures au cœur, de trop de sperme gaspillé çà et là dans des futiles ou des impossibles.

Je ne la supporte plus, cette gueule mal fardée pour projecteurs de parade.

Je ne supporte plus les mots que je dis et encore plus ceux que je retiens par consensus d'image.

Je ne supporte plus la faune qui m'a fait lion d'Olympia en audimats triomphants.

Ce sont les succès que je veux tuer, pas les échecs. Cette surévaluation permanente de l'individu moyen et lucide que je suis à coups de flashes, d'autographes et de bravos mécaniques.

Patrick Boutot, l'enfant bâtard, va éliminer Patrick Sébastien, la vedette de la télévision. Et de la plus radicale des manières pour qu'il ne resurgisse jamais par ennui d'une retraite annoncée.

La raison me viole le cerveau.

À quoi ça sert ?

Pense à tes autres petits, à elle qui reviendra peut-être, à une nouvelle vie, sans fard et sans phares.

Alors je fais tout pour repousser le raisonnable. Il faut désactiver les scrupules, les remords, la culpabilité. Remettre en marche l'instinct, l'abandon, la démission.

Et tirer, vite, vite.

Et je tire.

Et la détonation résonne jusqu'à la place de l'église.

Flash-back. Décembre 1964.

— Tu pleures ?

— Non, j'ai froid dans les yeux, répond Bernard.

On est trois sur la place de l'église de Juillac. Celui qui grelotte le plus s'appelle Michel. Ils ont tous les deux un an de plus que moi. Mais, bon, dix ou onze ans, on voit pas bien la différence.

Noël est aux carreaux des fenêtres en givre et en feuilles de houx.

La vitrine du marchand d'électroménager est embuée, mais on y devine quand même l'ovale bleu d'un téléviseur Philips de *Qualité mondiale*, comme le précise le carton posé dessus.

Petits bonshommes de neige, serrés sur l'étroit banc de bois, nous ouvrons de grands yeux sur le monde qui entoure Juillac.

Pour nous, le bon Dieu a fabriqué notre village et le reste autour. Normal, puisque sa maison est à deux pas, le curé nous l'a assez répété.

La télé *Qualité mondiale* en démonstration est une des trois du village. Accessible à tous. Mais, sans le son. Et nous, fils de « Pas-de-sous », c'est notre spectacle du soir, emmitouflés de rêves, bien au froid sur le banc public. Et dans l'écran des éléphants, des acrobates, des trapèzes, une piste avec des étoiles. Et un nom de monsieur comme du grec ou du faux beurre : Gilles Margaritis.

— Un jour, j'y serai dans la télé.

— C'est ça et ma sœur aussi, ironise Michel en tremblant les mots de froid.

— Si, j'y serai, en couleurs, pareil.

Et pourtant, c'était du noir et blanc. Légèrement bleuté. Mais je les voyais en couleurs les clowns, les magiciens et les belles équilibristes tout habillées d'écailles de poisson.

Prophétie de minot frigorifié, pressentiment orgueilleux ou erreur d'ambition, le rêve se réalisera.

Mais à quel prix !

Des frissons, des blasphèmes, des larmes, des orgasmes, des colères, des rires, des blessures irréparables, des bonheurs inoubliables, une tentative de suicide, mille tentatives de survie, du sucre, de l'amer, du vin, des culs, des cœurs, des princesses, des putes, parfois les mêmes, des orages, des soleils, de joyeux désespoirs, de tristes espérances, des sous-chefs, des sous-fifres, des sous-merdes, des lâches, des laids, des beaux, des très beaux, des très belles, des flashes, de l'argent, des piscines, des poignards, des tueurs, des méchants, des gentils. Non, surtout des méchants...

— Y en a un peu plus, je vous mets tout ? disait le boucher de Juillac.

— C'est ça, mettez-moi tout.

Un jour, je sais qu'un clown télévisé se suicidera vraiment.

Moi non. C'est trop tard. Mais un jour... Un autre...

Faudra pas venir m'engueuler, j'aurai prévenu !

Sur la place de l'église de Juillac, la neige s'est mise à tomber aussi dans la télé. Les programmes sont terminés.

Des stalagtites en virgule nous pendent au nez. On est restés quand même. Papillons de nuit. Aimantés par la lumière du poste sans image, on attend.

Dans nos fantasmagories de mioches, on s'était persuadés que la speakerine qui annonçait la fin des émissions nous mentait exprès. Pour qu'on parte. Et qu'au bout de quelques minutes, une heure, deux peut-être, des images interdites allaient surgir.

Des filles nues, des extraterrestres, ou Zorro, qui sait ?

Alors, on attend.

Et immanquablement, c'est maman qui vient me décoller du banc givré. Maman seule, puisque papa n'existe pas. Chez Michel et Bernard oui. Chez moi, non. Un oubli certainement.

— Allez, c'est fini, on rentre à la maison.

— J'ai froid.

— Cette idée aussi de sortir si peu couvert !

# 2

# Lilly

En vrac.

Sans chronologie.

Comme ça viendra.

Selon mon quotidien et mes éclairs de mémoire.

Je vais m'écrire, m'écrier, me crier, comme ça, sans plan. Au gré de mes humeurs, mes humours, mes amours. Miel, fiel, ciel, je vais jeter mes mots et mes maux à la gueule de qui voudra bien de mes états d'âme.

Je vais encrer mes nuits d'hiver 2005 de tout ce qui me démange.

C'est le moment.

Parce que j'attends Lilly.

Parce que je veux qu'elle sache, plus tard.

Elle sera là en juin, peut-être, ou juillet, ou bien plus tard, bien plus loin qui sait ?

La DDASS, son univers impitoyable. Putain d'agrément ! Quelque part, au Brésil là-bas, Lilly nage dans une mère provisoire. Pour l'instant, elle n'a qu'un tarmac : l'orphelinat.

Un jour, elle naîtra du ventre d'un avion.

Je te rassure, Lilly, on ne t'a pas commandée dans le catalogue de *Gala*. Hors de question que tu sois faussement paparazzée et rançonnée à la une. Il n'y a que dans ce livre que je te permets d'avance une escapade étalée, parce que je veux y être totalement moi et que tu m'as déjà bouffé le cœur.

Je ne sais pas encore tes yeux, pourtant je les sens sur moi. Je ne sais pas ton parfum, et déjà je ne peux pas m'en défaire.

Il faut qu'elle sache.

Qui j'étais.

Ce que j'étais.

Pourquoi je l'ai été.

J'ai tellement peur de ces images vieillies qu'elle s'injectera jusqu'à l'overdose, jugeant, boudant, riant, pleurant.

J'ai tellement peur qu'elle se méprenne. Tellement peur de n'avoir pas le temps de tout lui avouer.

Je fume trop.

Alors pourquoi vous, de l'autre côté du livre ? Pourquoi des témoins ?

Peut-être, parce que, lorsque j'avais fini ma cabane dans les arbres de Juillac, je ne pouvais dire à personne : « T'as vu ma cabane, papa, elle est chouette non ? »

Besoin de montrer, de dire, d'entendre un écho, c'est peut-être ça la cause de tout.

Vous êtes mes milliers de papas.

C'est peut-être aussi pour ça que je vais en greffer un à Lilly. Et une maman aussi.

Il faut qu'elle sache les outrances, les torts, les erreurs, les vides, les silences, les calomnies.

Qu'elle comprenne pourquoi son greffon blond a été condamné un jour pour incitation à la haine raciale. Parce que ça, black comme je l'espère, elle aura du mal à ne pas écarquiller ses yeux d'ailleurs, avant de laisser tomber : « Ah, les enculés ! »

Comme vous pouvez le constater, j'ai l'intention de lui enseigner les rudiments de notre belle langue dans ce qu'elle a de plus imagé.

Et pour équilibrer la balance du grossier avec un lest de joli, je lui apprendrai : « Fleur de chrysalide », même si elle hait les papillons.

Féru de vocabulaire comme je le suis, je n'accepterai, en aucun cas, qu'elle fasse dans le synonyme approximatif. « Scélérats, fourbes, méchants » eussent pu convenir, à la rigueur, en cette circonstance judiciaire fâcheuse. Je maintiens que le vocable exact était bien : « Enculés ».

Mais nous y reviendrons plus tard, plus loin, quand elle en saura un peu plus.

Quand elle aura mieux compris.

— Dis, papa, je peux rester avec toi pendant que tu écris ?

— Bien sûr, Lilly.

— Je pourrai te poser des questions quand je ne comprendrai pas ?

— Évidemment.

— Pourquoi vous m'avez adoptée ?

— N'inverse pas les rôles, s'il te plaît. C'est moi et ta maman qui avions besoin de ton amour et de ta protection. Besoin de quelqu'un qui nous apprenne à grandir. On est allés te chercher parce que tu étais trop petite pour prendre l'avion. Mais les enfants, c'est nous. La preuve, on se raconte ton histoire tous les soirs, avant de nous endormir. Ça commence toujours par : « Elle était une fois... » On ne t'a pas adoptée, Lilly. Tu es en nous depuis le début de notre histoire.

— Les gens qui adoptent, c'est pour eux alors ?

— En partie. Mais bien peu ont l'honnêteté de le reconnaître. En fait, c'est un mélange bien étrange d'égoïsme et d'altruisme. Bien sûr qu'elle est en nous cette envie profonde de t'arracher à une destinée mal écrite. Bien sûr que c'est d'abord pour ton bonheur et ton équilibre qu'on veut t'inventer un nouveau chemin. Bien sûr que c'est pour l'amour de toi. Mais ce serait mentir de n'avouer que ça. Et dans ce livre, je ne veux pas mentir. Ni à eux ni à toi.

— Pourquoi vous avez attendu aussi longtemps ?

— Parce que, plus tôt, ça n'aurait pas été toi. Et il était écrit que ce serait toi. Alors, on s'est juste fait croire qu'il fallait que l'on soit sûrs de nos « hiers », pour être certains de n'habiller que de beau tes « demains ».

Revenons à mon « Aujourd'hui ». Pile au moment où j'écris.

Un lundi de novembre 2005, très froid, vous vous souvenez ?

Mais si, voyons, j'étais chez Fogiel, hier soir. Enfin chez vous, dans votre salon, sous votre couette, dans votre cuisine. Partout où je suis quand je suis dans l'écran.

Vous attendez quoi ? Un portrait de Marco ? Vitriol grenadine. Ce que j'en pense, ce que j'en sais, ce que j'en imagine.

Non. Vous vous êtes trompés de livre. Je ne ferai pas dans le tir de foire à deux balles. Pas ici, pas maintenant. Pas lui, surtout. Il ne le mérite pas. Pas plus que Drucker, Foucault, Delarue, Courbet, Ardisson, Dechavanne ou les autres.

Solidarité de pantins.

Serrages de coudes de marionnettes sans fils.

Et puis, pas assez vils, pas assez veules. Tout juste opportunistes, nous tous, passeurs de plats. Si heureux de l'aubaine qui nous a fait riches et célèbres. Tellement cibles que les flèches n'en n'ont plus aucun d'intérêt.

Et puis révéler quoi ? Qu'Untel se fait mettre. Ah, le beau scoop ! Qu'un autre est un sale con prétentieux. Que le suivant est le pire de tous malgré ses airs compatissants...

À quoi bon ? Et ça lui servira à quoi, Lilly ?

Elle le saura bien que la réalité dépasse l'affliction, puisqu'elle aura eu un papa 16/9e.

Alors un livre sans colère ? Si on avait su !

Mais non, va, il y aura. Plus que vous pouvez imaginer même : les patrons, les politiques, les journalistes, l'argent, le cul, ça vous suffit pas ?

Mais pas les animateurs. Trop facile. Trop simple. Pas assez dangereux.

Qu'est-ce que je risquerais ? Privé de « Vivement Dimanche » ou « Tout le monde en parle ».

Tu parles d'une punition !

Tu parles d'une prise de risque !

Surtout qu'en cas de fâcherie, dans ce monde-là, ça se limite à une poignée de main froide dans un restaurant à la mode et à un simple démolissage intime dans les soirées privées.

Même pas de cassage de gueule. Ça ne se fait pas.

Hélas !

J'en aurais bien fracassé deux trois, de ces hérauts formatés qui osent prétendre faire le même métier que moi.

Je leur aurais bien démonté la face à ces nouveaux montreurs d'ours sans parole ni morale. Mielleux à souhait, limaces des plateaux... Suceurs de chefs surtout. Oui, surtout ça. La fellation hiérarchique dans le sang.

Salauds de gentils !

Ils remercient la vieille dame à l'image, et en coulisse ils la conchient, ils la souillent de jugements méprisants. Et puis, ils téléphonent au directeur pour demander si c'était bien quand même parce que, sur le public des seniors, il faut quand même assurer la part de marché.

Faux prévenants.

Fausse sollicitude.

Ils sont quatre, cinq, pas plus, dégoulinants de bave propre. À l'affût du moindre tsunami pour étaler leur compassion mentie.

Bon, allez, j'arrête. J'en ai déjà trop dit.

Ça ne mérite pas tant de haine. Juste un petit coup de sang.

Ça y est, c'est fait. Il faut que je m'économise.

Sinon, il me restera plus rien pour les journalistes de *Libé*, les politiques, Le Lay, Mougeotte, quelques décideurs du service public, les escrocs du cinéma, les chanteurs habitués des « Restos du Cœur » et puis, les nouvelles putes cathodiques, les négriers de la télé-réalité, les comiques à la mode et tant d'autres...

Voilà, on y est...

Et puis c'est du lourd, du risqué pour la suite de ma carrière.

T'entends ça, Lilly, ton père adoptif avait des couilles.

Comme t'en es pas sortie t'aurais pu douter !

— À quoi bon ce déballage obscène, vulgaire et mal écrit ? téléramatent, déjà, quelques journalistes offusqués.

— Pour le fun, répond Sébastien le mal venu.

Et il enchaîne, grossier à souhait :

— Continue de te branler sur tes certitudes, mais laisse-moi jouir avec mes doutes.

Ça, c'est la réponse pour les nuisibles.

Pour vous, mes amis, tu sais bien que je suis profondément intègre comme la plupart de toi.

— Quelle inculture !

— Quoi encore ?

— C'est bourré de fautes, ce que vous écrivez.

— Vos gueules ! Laissez-nous entre moi.

Vous savez quoi ? Ils me prennent tellement pour un con qu'ils confondent tous mes effets de style avec de la maladresse.

Mais vous qui me suivez depuis longtemps, vous savez.

Allez, c'est bon, ils ont dû partir.

Maintenant qu'on est enfin entre nous, je vais te tutoyer. Puisqu'on est pareils.

Tu les vomis aussi tous ces « Importants » tant sûrs d'eux qu'ils nous ont décrétés « Race inférieure ». Alors on va vomir ensemble. Toi dans ta prison, dans ton HP, dans ton bistrot, sous ton pont, dans ta cité. Mais aussi dans ton dix-pièces, sur ton yacht, dans ta suite royale. Parce que la colère des intègres n'a pas d'échelle chiffrable en confort.

La fracture n'est pas sociale. Elle est humaine.

Humaniste.

D'un côté les laissés-pour-« Conte ». Ceux qui croient aux fées, au beau, à l'amour, à la primauté de l'individu. De l'autre, les pragmatiques du sur-moi, qui, s'ils s'achetaient au prix qu'ils valent et se revendaient au prix qu'ils s'estiment feraient une incroyable plus-value.

Tout ça, je l'écris pour toi, Lilly.

Mais aussi pour toi le tout seul, le tout pur, le « Qui veut pas forcément aller où on lui dit qu'il faut aller ». Le libertaire, le passionné, le pareil à moi.

Ces racailles de salon, on les insultera, on les dénoncera, on les démasquera. Mais tu sais bien comme moi que jamais on ne les frappera. Et surtout, on leur pardonnera. Et s'ils venaient à changer leur façon de se voir et de nous regarder, on les accueillerait à cœur ouvert et on les aimerait encore plus.

Une chose est sûre, Lilly et les autres comme moi : On gagnera un jour.

Tu sais pourquoi ?

Parce qu'on est plus nombreux.

Le tableau de ce livre n'est pas naïf.

Il est volontairement outré.

Il est subversif.

Il a pris corps dans l'océan dans lequel je nage parce que ce sont les profondeurs que je connais le mieux.

Mais transpose à ta mare, ton étang, ton fleuve, ton lac.

Compare mes requins à tes brochets, mes méduses à tes poissons-chats.

Et chaque fois que tu allumeras ton aquarium, dis-toi que je suis ton « commandant Costaud », et qu'il en faudra, des harpons pour me couler !

Là, je les appâte.

La chasse est ouverte.

De toute façon, qu'est-ce que j'ai à perdre ?

Un confort matériel, un métier que j'adore et la douce chaleur des sunlights de la popularité.

Un ligne droite, toute tracée, de rentabilité et de tranquillité.

J'ai déjà perdu tellement plus.

Dans un virage.

## 3

## Léon

Un soir de buffet obligatoire, au carrefour des toasts au tarama d'hier et du champagne tiède, j'ai rencontré un ponte du service public. L'inutile cravate, parachuté là par amitiés politiques. Mauvais casting de base. Double mixte. Avenant mais hautain en sourdine.

Vas-y, transpose, t'as sûrement le même au boulot.

Un énarque en costard triste, tout heureux de serrer la main de 30 % de parts de marché.

Il était accompagné d'un poisson pilote phoque comme un pédé, gringalet mou et collant, conseiller en rien.

Il m'a « détronché » tout aimable, avec des mots d'estime. Il n'a pas tout de suite compris quand j'ai osé lui dire que j'avais quelques petites contrariétés dans mon travail.

Des obligations incompréhensibles du CSA. Des lenteurs administratives. Des petites tracasseries relationnelles.

— Pourtant, l'audience est très bonne, a-t-il tout de suite avancé.

T'as déjà vu un duffle-coat expliquer à la dame du vestiaire que le porte-manteau lui fait mal aux manches ?

Pareil.

Ce mec-là était limite incompétent. Enfin, dans ce rôle-là.

Je le lui ai dit.

Je te le dis aussi à toi parce qu'il est payé avec ton argent.

De service public, il n'a retenu que se servir d'abord et tant pis pour le public.

Au chaud de l'immeuble aux paliers vertigineux de l'esplanade Henri-de-France, siège de France Télévisions, il y en a quelques rares, comme ça. Espèces protégées. Robinsons échoués. Naufragés de la grande croisière des technocrates en balade. Inutiles et planqués, posés ici parce que lâches et dévoués.

Je suis sûr que s'il y en a un qui me lit en ce moment, il a déjà le doigt sur la touche D du portable pour se plaindre à qui de droit...
C'est l'administration.

Je n'y peux rien, quand j'entends ce mot-là, je pense à des médicaments. C'est sûr ça soigne. Mais, qu'est-ce qu'il y a comme effets secondaires !

— C'est quoi, un effet secondaire, papa ?

— Quelque chose, Lilly, qui est là pour faire du bien, mais qui en même temps fait du mal.

— Quoi, par exemple ?

— Attendre qu'un enfant arrive, ça fait du bien. Et, en même temps, ça fait mal quand on pense à celui qui n'est plus là.

L'inaltérable léthargie chronique de toute administration est le seul inconvénient majeur du service public.

Pour le reste, je m'y sens plutôt bien.

Loin des haros des chaînes privées les lendemains d'échec d'audience, France Télévisions offre le confort de l'impunité. Une indulgence bienveillante. Une soumission fataliste au résultat moyen.

L'audience, on n'est pas là que pour ça.

Certains en abusent. Comme de chaque laxisme. Le label qualité en étendard. Sans autre effort que de le brandir et l'excuse de la quête du sens. Cette endémique grossesse moelleuse accouche de derniers de la classe qui font passer leur bonnet d'âne pour une couronne royale. Noblesse placebo !

En face, dans le privé, il y a l'usine (je le sais, je m'en suis licencié un jour d'extrême dégoût). Le rendement. La semaine des trente-cinq heurts. Les coups pleuvent en cas de courbe d'audience molle. Avec œdème de « Quick » : Vite remplacé. La promotion vide-ordures. Humainement insoutenable.

Alors, en tout début de ce déballage « odieux-visuel » que j'ai entrepris d'écrire, je vais flatter. En toute objectivité. Dénigrer sans mesure ne serait que péché d'aigreur.

Et honnêtement, la qualité humaine, dont je suis insatiable, est réellement dominante chez ceux qui m'emploient.

Je te rassure, je vais aussi te dénoncer ceux qui se prélassent en cloportes.

Mais je suis obligé d'en convenir, sans arrière-pensée : c'est le service public qui me va le mieux. En tout cas dans le domaine de l'inévitable, puisqu'il faut bien travailler quelque part.

Chaque fois que je vais dans la grande maison, j'observe.

C'est un vaste vaisseau spécial où je pénètre toujours avec une sensation d'ET. L'impression de débarquer sur une autre planète. Quand on parcourt les couloirs, on n'a pas l'impression que les gens y travaillent. On se dit qu'ils y habitent.

Là, je vais commencer à flatter un peu moins.

La grande bâtisse ressemble aussi parfois à une grande réserve d'animaux domestiques. Un zoo pour faune volontaire et appointée. Où quelques ouistitis ne peuvent pas s'empêcher de se prendre pour des tigres.

Ça commence dans l'ascenseur. Même tout près, la plupart me regardent loin. Faut pas déconner non plus, journaliste d'info, c'est quand même autre chose que clown du samedi ! On a fait des études, nous ! On a de la culture, nous ! On est essentiels, nous !

Pas très productifs, mais essentiels.

Bien sûr ça jalouse, l'audience, mais ça ignore ou ça toise.

Le privilège des médiocres. Autosatisfaction à contre-emploi. La traîtrise des premiers barreaux de l'échelle. T'as remarqué que c'est toujours sur ceux-là qu'on glisse ?

Incohérence hiérarchique.

Parce que le Boss, en haut, c'est du sûr. Une rareté. Il m'accueille toujours à bras ouverts. Ce n'est pas une formule. Il écarte ses grands bras en vrai. Malgré sa particule d'avant, Carolis, il a toujours une chaleur humaine d'avance très peuple. Ça rassure.

Tu vas croire que j'encense par précaution. Non, non, demande autour. C'est ce qu'il dégage, le grand sec. Mais je ne m'emballe pas non plus, faut voir venir.

Parce qu'en presque dix ans de service public, j'ai quand même croisé pas mal de spongieux. C'est pas estampillé télé d'état. Des comme ça, il y en a partout. Mais ceux-là sont redoutables.

Ce sont eux qui ont démonté Martin, le Jacques des dimanches.

Comme je le redoute, l'instant où ils vont me crucifier pareil. Quand ils me diront, froids et mécaniques, que j'ai fait mon temps, que je n'ai pas vu pousser mes rides, que je me liquéfie, qu'il faut que je rentre au chenil.

Mais chez nous, pas de Société Protectrice des Animateurs.

Va donc crever, vieux bâtard, mais loin !

Et lui, le Martin de mes rêves de gosse, ils l'ont pulvérisé sans tact, sans précaution. Il en a pleuré, paraît-il. Enfin non, pas paraît-il. Sûr qu'il en a pleuré, puisqu'un de ses employés de bourreau m'a confié avec un sourire jubilatoire :

— Tu te rends compte, quand on lui a dit qu'on n'en voulait plus, il a commencé à trembler et à sangloter. Mais oh, hein, ici c'est pas l'Armée du Salut ! On a des comptes à rendre. Il était usé, radoteur, on allait quand même pas continuer comme ça.

— Oui, bien sûr, ai-je répondu. Mais vous étiez obligés de le lui annoncer aussi brutalement ?

— Évidemment. L'érosion était nette sur les moins de 25 ans depuis longtemps. Jacques Martin ou pas, quand c'est fini c'est fini. Et puis avec ce qu'il a mis à l'abri, il craint pas le froid, il pourra s'en payer des Thermolactyl !

Et il a éclaté de rire à sa bonne vanne. Et moi j'ai failli chialer.

Le Martin des gosses du dimanche, le Martin du « Petit Rapporteur », l'insolent génial qui a secoué mes neurones d'ado. L'audacieux, le saltimbanque.

Allez hop, au poteau d'exécution ! Sans sommation.

Juste après, il a fait une attaque cérébrale.

— Ça n'a rien à voir, ont menti les artilleurs.

Pauvre Jacques ! Vieux cerf boisé de frais par l'inconstance de sa Cécilia. Renvoyé à l'école des faons par un quelconque cynique.

Pour ceux qui ne connaîtraient pas encore l'histoire, maître Jacques venait de se faire « ensarkozer » sa dulcinée. En plus !

L'ami du couple. Celui qui les avait mariés. Un Sarkozy peut en cacher un autre. Pas facile à voir, c'est le même.

C'est vrai qu'on n'est pas dans les draps, et qu'un

coup de foudre reste un coup de foudre. C'est vrai que le cœur a ses raisons. Mais la trahison récurrente avec une telle application, c'est plus du fortuit, ça devient du génétique. Ou alors il aime pas les Jacques, Nicolas. Je ne vois que ça.

Tiens, juste une parenthèse, comme ça, pour sourire.

On est aux Grosses Têtes, en coulisses. Il arrive furieux, le Martin. Décomposé, hurleur, remonté à bloc.

— Vous vous rendez compte, l'ordure ! Il m'a piqué ma femme. Il a bouffé à ma table. C'était mon ami. Il nous a mariés à Neuilly.

Et il éructe, tremble, menace même de lui faire la peau, à l'édile des banlieues chic.

Et c'est là que Bouvard laisse tomber le bon mot. La phrase qu'on n'oublie jamais :

— Jacques, tu ne vas quand même pas tuer le maire de tes enfants !

Et on a tous éclaté de rire. Et lui aussi. Avec des larmes. Et puis il est allé répondre à la question de madame Leprieur d'Agon Coutainville. Et sûr que le taxi, sur son RTL de bord, s'est marré aussi. Et des millions d'autres avec. Parce que c'est comme ça. Parce que c'est nos vies, à nous, les clowns.

Pauvre Jacques. Pauvre gone.

L'avantage du vrai Guignol, c'est le vernis sur le bois. Un coup de pinceau et c'est l'éternité.

Je sais bien que moi aussi, j'y aurai droit bientôt à la mise en retraite anticipée.

Je suis devenu vieux le jour où j'ai eu des patrons plus jeunes que moi.

Mais gaffe, minot, le jour où tu m'expédieras au terminus des ambitieux, faudra mettre les formes. Un sourcil dédaigneux, une maladresse de présentation, et je t'enfonce ta lampe de bureau dans le cul.

Si, si, je suis capable.

Et même par surprise, si t'es plus costaud que moi.

Et avant de passer la porte, je l'allume. T'échapperas tout juste au « Cloclo » parce que tu seras sec !

Chez ces gens-là, Monsieur, il n'y a souvent que l'arrivisme qui transpire.

Promis, il faut me croire, je ne suis ni dans l'aigreur, ni dans la caricature. Je n'affabule pas, je peins. Je ne dénigre pas, je relate.

Ça sent l'Audiard, ce que j'écris. Je sais. C'est exprès. On était chez les *Tontons flingueurs*, non ?

— C'était qui Audiard, papa ?

— Un anarchiste de droite, un peu comme moi qui suis tout de même un peu plus anarchiste et un peu moins de droite. Il fumait trop, comme moi. Il souffrait trop, comme moi. Il a perdu un fils, comme moi.

— Tu as perdu un fils ?

— Oui, Lilly.

— Et tu l'as pas retrouvé ?

— Pas encore. Mais je t'attends, Lilly... On ne sait jamais !

Allez, je vais tout de suite la balancer la phrase qui

m'a le plus marqué en vingt ans de télé. Maintenant, au presque début du bouquin. J'aurais pu finir avec. Mais je préfère que tu comprennes avant que j'explique.

Pour que tu piges mieux, il faut que je fasse un détour par mes 17 ans.

Alors, je t'emmène à Brive en 1971.

Pourtant la phrase en question, je l'ai entendue en 1989 dans un couloir de TF1. C'est Léon Zitrone qui me l'a dite, et elle a conditionné tout mon regard sur le monde de la télé.

Mais si on passe pas par la Corrèze, tu saisiras pas tout, Lilly. Alors viens chez mon adolescence. N'emporte rien, le voyage sera court. C'est tout près... J'ai eu 17 ans toute ma vie.

Mai 1971.

Brive-la-Gaillarde.

J'habite chez BP. Une petite station-service.

Mes beaux-parents nous logent, moi, leur fille et le petit. Cinquante mètres carrés pour sept. En plus de nous cinq, les deux frères de ma femme, du même âge que moi. Ils dorment ensemble sur le canapé du salon. Moi, Martine et le petit Sébastien dans la chambre des parents. La séparation : un rideau. Vue, l'intimité ?

Je me suis marié en septembre 1970. Le petit allait arriver en décembre.

J'avais 16 ans.

Plus jeune marié de France. Obligé de demander une dispense par écrit au bon président Pompidou. Celui des années bonheurs, Nounours bienveillant, sourcilleux comme un Chain.

Au lycée, ça a été le fait de l'année. Maman a été convoquée chez le proviseur.

— Madame, il est hors de question de garder un homme marié dans notre établissement. Votre fils est un bon élève, mais j'ai décidé qu'il redoublerait.

— Pourquoi ?

— Parce qu'au vu de sa situation, il faudra bien qu'il entre dans la vie active. C'est bien beau de faire des enfants, mais il faut les nourrir, non ?

Vieux pourri, va ! Tellement à cheval sur l'ordre établi que le crottin l'en avait tout entier parfumé. C'est ça, « Pauvre merde », m'étais-je dit quand maman m'avait rendu compte.

Ah, il voulait que je déserte, le fourbe. Eh bien ! non. J'allais la redoubler, cette première que j'avais pourtant parfaitement réussie. Et puis, je passerais le bac en candidat libre en même temps.

Motivation première : faire chier.

C'est vrai que j'aime ça, emmerder le monde. Surtout le grand. Ça ne m'a jamais quitté.

Allergique à l'abus de pouvoir, à la hiérarchie bête et méchante.

Note qu'ils me l'ont bien rendu. Le petit est né un vendredi dans la nuit. Quand je suis arrivé au cours du samedi matin, tout gai fourbu de ma paternité, ils ne m'ont pas raté.

— Vous avez fait vos devoirs ?

— Monsieur, ma femme a accouché cette nuit, vous savez, j'ai...

— Vous viendrez en retenue 4 heures dimanche...

— Mais, mon petit...

— Dimanche 4 heures, si vous discutez c'est 8.

— Connard.

— C'est 8... Et 8 de plus dimanche prochain.

Pas vraiment bleu le ciel de mes 17 ans, alors ?

Mais si.

Bleu chaussons. Mon petit bout me bavait des baisers doux. Il blondinait déjà comme moi. Et je l'aimais déjà plus que tout.

Bleu câlins. La promiscuité des beaux-parents dans notre bout de chambre de couple nous poussait au discret. Les étreintes étaient muettes par précaution, feutrées par discrétion. Douces donc. Coulées suaves. Ai-je vraiment refait l'amour depuis ?

Bleu hématomes. Les coups du stade. Rugbyman dominical de bonne qualité. Avec son cortège de troisième mi-temps de juniors insouciants. Rires et bagarres.

Bleu horizon. Parce que le chemin était déjà tracé. Le bac. La fac. Et puis professeur de lettres. Et le bonheur tranquille à trois, puis quatre, puis cinq, va savoir ?

— C'est ta couleur préférée, le bleu, papa ?

— Oui, Lilly.

— Alors, c'est la mienne aussi.

— Tu sais, Lilly, tu ne seras pas obligée d'aimer ce que j'aime.

— Mais c'est pour te faire plaisir, papa.

— C'est gentil, mais ne te prive pas. Moi, je ne suis pas très friand des haricots verts, par exemple. Eh bien, tu auras le droit de les aimer quand même.

— Alors, d'accord. J'aimerai les haricots verts... bleus !

La vie coulait donc tranquille dans la station-service de mes dix-sept ans.

Et puis, il y eut le jour de l'oral du bac.

Histoire-Géographie. Collée à son pupitre, moi assis plus bas, elle baisse à peine les yeux sur moi. Mauvais pressentiment. Elle est sèche, presque laide, et d'une froideur pâle.

— Pourquoi vous présentez-vous en candidat libre ?

Je la jauge en accéléré. Vieille fille. Acerbe. Coincée. Sûrement rancunière et aigrie.

Alors, mentir ?

Non, pas le temps, tant pis.

Allez, perdu pour perdu !

— Voilà, Madame, je me suis marié, j'ai fait un enfant, et le proviseur ne veut plus de moi dans l'établissement, alors moi j'aimerais...

— ... lui mettre dans le cul ?

— ... Euh... Pardon ?

— Ce sont les mots exacts, non ?

Et sans que j'aie le temps de répondre, elle enchaîne :

— Bien, passons à l'examen. Histoire. Contre qui avons-nous fait la guerre en 40 ?

— Ben... Les Allemands.

— Très bien, 17.

— Géographie, maintenant. Où se trouve l'Ukraine ?

— En URSS.

— Parfait, 18.

Et elle ajoute, sans lever les yeux :

— 17, 18, ce sont de très bonnes notes, vous avez bien travaillé. Allez, au revoir monsieur Boutot.

Je me lève et me dirige vers la porte. Sa dernière phrase résonne dans mon dos.

— Et soyez heureux !

C'est cette femme-là qui a fixé pour toujours mon aversion des a priori.

— C'est quoi un « priori », papa ?

— Un « a priori », c'est une sale maladie qui ronge la planète entière. Une pandémie dont les symptômes ont pour nom : racisme, exclusion, intolérance.

— Je l'attraperai « la priori », moi ?

— Il est probable que le fait que tu sois métisse et que tu sois ma fille te fera subir des injustices d'imbéciles. Mais une chose est sûre : le virus te touchera peut-être, mais tu ne le transmettras jamais. J'ai un vaccin. Les mots que je suis en train de t'injecter.

La date du jour de l'oral du bac est capitale dans ma manière de me conduire. Et pourtant, je suis incapable de me la rappeler exactement.

Comme quoi, il n'est pas nécessaire de mettre des chiffres aux actes pour les commémorer. La preuve : chaque jour, en me levant, j'ai une pensée émue pour moi-même. À tout hasard. C'est peut-être l'anniversaire du jour de ma mort !

Cette date du jour de l'oral du bac est aussi essentielle dans ma vie télévisuelle. Il était temps qu'on se recadre. Je te sentais tout chafouin :

— On a acheté « Putain d'audience », pas « Putain de proviseur ! », faudrait voir à revenir au vif du sujet.

Ok, j'arrive. Mais n'oublie pas que j'écris aussi à Lilly.

Ce jour-là, en arrivant à la station-service, tout fier de mon oral réussi, je n'avais qu'une envie : raconter à tous la merveilleuse bienveillance de ma fée examinatrice.

Je le fis, mais personne n'y prêta la moindre attention.

Car il s'était passé un événement inoubliable dans l'après-midi.

Un événement que belle-maman raconta au moins trois fois par jour pendant un an à chaque nouveau venu à la pompe. Il faut dire qu'il était de taille : LÉON ZITRONE S'ÉTAIT ARRÊTÉ PRENDRE DE L'ESSENCE.

Bon d'accord, il avait été plutôt hautain. Mais vous vous rendez compte : Léon Zitrone qui prend de l'essence à la station BP de la route d'Objat !

Ils avaient vu Dieu.

Et j'avoue que moi-même, j'étais assez fier que l'immense Léon Zitrone ait daigné s'arrêter « chez nous » pour faire le plein.

Et, étrangement, il est là le nœud de tout.

La jonction du futile et du grave, de la grandeur et de la décadence, de la célébrité et de l'oubli. De tout ce qui fait qu'aujourd'hui je suis en train d'écrire ce que j'écris.

Parce que si je croyais à la pérennité, à la célébrité éternelle, j'éviterais par prudence d'épancher mon ressenti au risque d'y laisser les plumes de ma roue de paon cathodique et stupide.

De la station-service de mon adolescence bleue un beau jour de 1971 aux couloirs gris de TF1 un triste soir de 1989, il y a un rêve d'écart. Et un gros trou dans le rêve.

Zitrone, en 1971 c'était la Star. La vraie. Il y avait de Gaulle et Zitrone. Les deux commandeurs d'une France archaïque et somme toute assez heureuse.

La célébrité. L'authentique. Légendaire et impressionnante.

La magie d'un petit écran aux visages rares.

Aujourd'hui la surexposition de visages connus déverse sur chaque trottoir de nos rues des glorioles d'un soir que l'on bouscule sans un regard.

Mais Monsieur Zitrone, c'était l'icône.

Des courtines aux palais. Des jeux aux drames. Des rivières des tribunes aux fleuves en crue, il était le messager, l'indispensable. En tout cas, c'est ainsi que nous le recevions, nous les gens d'en bas, les simples.

Un monument national. Sûrement éternel.

Dans le couloir de TF1, en ce soir d'octobre 1989, le « Monument national » avance vers moi d'un pas lourd et fatigué. Il me sourit, puis replace ses grosses lunettes avant de se pencher à mon oreille.

Un tuyau pour la cinquième ? Une confidence coquine dont je pourrais rire aux Grosses Têtes ? Ou mieux, un conseil de vrai professionnel au gamin que je suis malgré le gros succès de mes émissions ?

J'en souris d'avance.

Pas longtemps.

— Patrick, me murmure-t-il, des larmes plein les yeux. Je sais que pour toi ça marche fort et que les patrons de la chaîne ne te refusent pas grand-chose. Est-ce que tu pourrais leur parler pour moi ? J'ai plus de boulot. Toi, ils t'écouteront... S'il te plaît.

C'est le « s'il te plaît » qui m'a fait le plus mal.

J'ai bredouillé :

— Bien sûr, Léon, bien sûr.

Et je l'ai regardé partir, bancal et blessé.

C'est ce jour-là que j'ai tout compris.

Jusqu'à cette date-là que j'ai aussi oubliée, je pensais encore naïvement que tu pouvais arrêter la télé, mais qu'à partir d'une certaine dose de renommée, la télé ne pouvait pas t'arrêter.

— C'est difficile de devenir vieux, papa ?

— Un peu, Lilly. Mais moi, j'ai des trucs pour rester jeune.

— Des crèmes pour faire jolie la figure ?

— Non. Tous les matins, je me regarde dans un miroir fêlé. Pour me faire croire que c'est lui qui a des rides.

On a les sursis qu'on peut !

La télé n'est pas faite par ceux qui y travaillent pas plus que par ceux qui la regardent. Elle est faite d'abord à l'Élysée et à Matignon. Et ensuite par les gens que les deux châteaux ont installés à ses commandes.

Qu'elle soit privée ou d'état, elle subit en priorité la loi du service rendu à des intérêts politiques ou commerciaux. Le reste est au bon vouloir des coqs de basse-cour montés sur des ergots acérés, dont les plus impitoyables n'existent que par le fumier dont ils sont le faîte.

Quelques années après cette sollicitation de Big Léon, je l'ai invité, avec quelques autres vieilles gloires, dans une émission qui s'appelait « Carnavalissimo ». Une rétrospective de bons moments passés ensemble. Il y avait Guy Lux, Mourousi et beaucoup d'autres.

L'émission n'a réuni *que* 7 millions de téléspectateurs, alors que j'avais habitué TF1 à quelques millions de plus.

Le dimanche matin, le téléphone a sonné dans ma maison du Lot. Au bout du fil : X.

X, c'est l'initiale de son prénom. Et X m'a sermonné

gentiment. Alors je me suis défendu gentiment. Et puis X a dit soudain :

— Mais pourquoi t'as invité des débris pareils ?

Là, je n'ai plus été gentil.

Même que ma chienne en chaleur m'a fait la fête...

Elle a cru que c'est à elle que je disais d'aller se faire enculer !

X ne travaille plus à TF1. Il navigue quelque part dans la grande galaxie des boîtes de production. X ne risque pas de devenir un débris. Ce serait une faute de français. On ne peut pas devenir ce qu'on est déjà.

Tu vois Lilly, encore un chasseur de vieux. Un faiseur de tristes. Un nuisible.

En ce week-end de 2005 où je m'épanche, je viens d'en voir deux, tristes, dans mon écran.

Patrick Sabatier et Dorothée.

Les deux souriaient faux. Exilés, excommuniés.

J'ai contemplé avec infiniment de compassion leurs : « Mais tout va bien ». Et, bien entendu, je n'ai pu m'empêcher de me voir à leur place, un jour.

Oh ! bien sûr, ils ne tendaient pas la main, mais leurs yeux mendiaient :

— Une obole de sunlights, Mesdames Messieurs. Juste une petite place !

J'ai imaginé les centaines de journalistes, décideurs, patrons les ayant cloués au pilori, jouissant en silence de cette souffrance à peine voilée.

Et qu'avaient-ils fait de si grave, sinon d'avoir eu un peu trop de succès ?

Ces deux-là ont été aimés. Fort. Très fort. Alors, dans l'ombre de l'aquarium, les murènes ont sorti les dents.

Déchiquetés, les deux. Avec, en plus, l'inévitable question, à chaque coin de rue :

— On vous revoit quand ? On vous aimait beaucoup.

Un poignard à chaque fois.

Je crois que le pire vocable de la télévision c'est : « Après ».

L'Après et son cortège de regards d'autant plus contrits qu'ils étaient admiratifs.

L'Après et son immense solitude. Les gens au coin du feu. Et puis le feu au coin des gens. Sorti de l'âtre. Qui ne chauffe plus personne. Un feu qui a froid.

Jure-moi, Lilly, que s'ils m'éjectent de la cheminée, tu m'empêcheras de revenir y mentir.

Jure-moi que ton amour remplacera celui des millions de personnes qui ne me zappent pas encore.

Attention, ma fille, je suis sous drogue dure. En fait, je voulais t'appeler Méthadone, mais ça ne plaisait pas à ta mère.

Mais non, je déconne !

Quoique.

# 4

# Olivier

Il est mort le 19 mai 1993. Un accident, on dit. Pour moi un trou béant.

Depuis c'est férié.

Ce jour-là, Magic TV, ma boîte de production, est fermée.

On célèbre. On boit à sa santé d'en haut. Et on va apporter sur sa tombe, en guise de fleurs, des tickets de Millionnaire à gratter.

Olivier Guillot était le gérant de Magic TV.

De toute façon, Olivier était gérant de tout moi. Mon argent, mes fringues, mes aventures, mes emmerdements, mes souvenirs. De tout.

Il était l'Ami. Celui que personne ne remplacera.

Je ferai sûrement un livre entier, un jour, pour nous raconter tous les deux. Je parie même que ce sera le dernier. C'était mon frère et demi. Hors normes. Le Jo de Brel, le Gibraltar de Brassens. Compagnon d'enfance, d'école, de scène, de télé, de cuites, d'énormités.

Nous avons créé la boîte ensemble. On a choisi le nom, Magic TV, sans savoir que, six ans plus tard, l'émission phare de notre production s'appellerait : « Le plus grand cabaret du monde ».

Prémonition.

Au départ, on voulait l'appeler « Cabécou TV ». Un peu pour la promo des fromages du pays d'où on venait tous les deux. Et beaucoup pour que personne ne se méfie de nous.

Pour qu'on nous prenne pour de joyeux péquenots. La loi du foirail : le maquignon et le paysan. Celui qui sous-estime l'autre a perdu. Et c'est à la fin de la foire qu'on compte les bouses. Et puis, on s'est dit que, finalement, on avait assez l'air cons comme ça sans en rajouter !

Toute une philosophie.

Un art de vivre remontant aux années de lycée, où un vieux prof alcoolique nous donnait des cours particuliers au bistrot.

— N'oubliez jamais ça, mes petits. J'ai appris bien plus en lisant la vie de Maurice Chevalier que dans Kant et Spinoza. Le vrai secret, ce n'est pas de vivre pour penser, c'est de penser à vivre.

On n'a jamais oublié.

Trop long, notre parcours ensemble. Trop plein. Pas assez de place pour expliquer ici.

Une seule phrase alors :

Je n'aimerai jamais un homme autant que j'ai aimé celui-là.

Dès le lendemain de sa mort, c'est Francis Vacher qui

a pris son relais de gérance. Son copain de tube : « Viens boire un p'tit coup à la maison ». Trois millions d'exemplaires vendus. Trois millions de moments de véritable amitié partagés. Son frère d'âme aussi.

Et puis, j'ai demandé à la femme d'Olivier, Marie-Louise, de prendre sa place au plus près de moi.

Pour la sauver.

Et moi aussi.

Pour le continuer parce que sans lui j'étais perdu. Et pour le prolonger, il n'y avait qu'elle. Il ne pourra jamais y en avoir une autre.

Quand Francis est parti sous d'autres cieux télévisés, Marie-Louise est devenue gérante de Magic TV. Elle est donc aujourd'hui tout mon Olivier d'avant. Mon arbre protecteur. Mon assurance-vie.

Marie-Louise, avec Brigitte Kido et Jean-Pierre Continsouzas, sont mes trois mousquetaires.

Brigitte est ma meilleure amie. Mon bras droit. Ma bouée. Celle grâce à qui l'impossible ne l'est jamais tout à fait.

Jean-Pierre est un frère qui ne porte pas mon nom. Issu d'une famille si belle que ce serait un honneur que je porte le sien.

Ces deux-là, comme Marie-Louise, me sont indispensables.

Quatre.

Unis comme les doigts d'une main, avec le cinquième en étendard. Le médium tendu, vers tous ceux qui nous jalousent le clan. On a fait le choix de l'honnêteté, de la droiture, du travail sans horaires, de la solidarité et du respect.

On fonctionne au même carburant. Du Super 93. L'année de la mort d'Olivier. Fidèle à lui jusqu'à ce que la vie nous donne une autre date au premier d'entre nous qui partira. Ceux qui resteront rajouteront deux chiffres à 93, et ils continueront pareil.

À la vie, à la mort, on dit, non ?

T'imagines même pas la force que ça donne.

Et crois-moi, petit comme on veut rester, il en faut.

Car, au contraire de la majorité des producteurs de la place de Paris, nos ambitions s'arrêtent à un train de vie aisé, le plaisir de bosser, des vacances agréables et des émissions qu'on aime faire.

Écrit comme ça, ça fait aberration.

Aberration de pouvoir souhaiter autre chose.

Et pourtant, les bureaux de bien d'autres maisons de production regorgent de conquérants aux désirs bien plus démesurés.

Plus. Plus. Toujours plus. Et bouffer les autres si possible.

— Des cannibales ?... Je croyais qu'il n'y en avait qu'en Afrique.

— C'est une image, Lilly, mais c'est quand même la jungle. Enfin, la jungle à Paris.

— Comme le zoo de Vincennes ?

— C'est ça. Des animaux sauvages derrière des grilles de programmes.

— T'es quoi comme animal, toi ?

— Ça dépend. Un singe pour les grimaces. Un éléphant pour la mémoire. Un perroquet pour mes imitations et mes rêves de voler.

— Tu sais voler ?

— Avec des ailes seulement. Mais je dois bien être un des seuls.

Ce métier est rempli de pilleurs d'idées, de caïds du lobbying, de maîtres chanteurs au divan, d'acheteurs de conscience, de dealers de drogue, d'exploiteurs d'intermittents.

Et nous, mes indispensables et moi, on veut seulement rester ce qu'on est. Juste bien. Sans délit ou tentation de. Notre ambition est orgasmique. On veut d'abord jouir. Et pas seulement quand la courbe d'audience est bonne.

En résumé, on est des OVNIS.

De la planète Olivier. Entre l'étoile du Berger blanc et Mercure, parce qu'il y a un minibar dans les chambres.

À la tienne !

Nous sommes de doux dingues égarés dans un univers tant loin de nos racines. Une Narbonnaise, un Lotois, un Corrézien de souche et une Corrézienne naturalisée.

On est d'en bas, quoi !

Rajoute ma femme de Mazamet et mon orchestre de Carcassonne, tu comprendras que les jours d'enregistrement, dans les travées du public, ça parle plus rugby et corrida que vernissage et défilé de haute couture.

Provinciaux de là-bas, et fiers en plus.

Pour moi la balance est facile à faire pencher.

Je me souviens d'une invitation avec Olivier du temps où je n'étais qu'artiste.

Georges Cravenne, le président de l'Académie des Césars, nous avait conviés à passer chez lui vers midi. Il s'agissait de régler quelques détails concernant ma participation à ladite cérémonie en intermède.

Nous nous sommes installés dans le grand salon en attendant son arrivée. Il est entré, pressé. Il a traversé en passant devant un superbe bar rempli de magnifiques bouteilles que nous dévorions des yeux, et il s'est assis en face de nous en lançant cette phrase que je n'ai jamais oubliée :

— Je ne vous offre pas à boire, mon valet n'est pas là pour vous servir.

L'anecdote a toujours été pour moi le symbole du monde auquel je ne veux jamais appartenir.

Mes amis sont des tenanciers de bodegas, des anciens rugbymen, des bistrots, des musiciens d'orchestre... Et Denise, Pierrot et Maria en plus. C'est dire !

Du tout-venant...

Surtout du tout-restant.

Quand je demande à René Coll, dans sa maison « Pagnolesque » des « Mille vents », de me préparer un petit steak de secours sur la route, c'est tout juste si quand j'arrive il n'y a pas un troupeau de bœufs à l'entrée !

Chez nous, il y a toujours trop à manger. Trop à donner. Trop à aimer.

Tu as compris le décalage ?

Je ne peux pas passer un seul week-end sans ma terre du Lot et ma famille.

Ma sauvegarde est là. Ma longévité aussi. Parce que même si ça s'arrêtait demain, ça dure quand même depuis plus de vingt ans.

Mes succès d'audience réguliers depuis tout ce temps suscitent tout un tas de questions auxquelles il est pourtant bien simple de répondre.

— Avec son physique de radio, comment ce mec peut-il plaire au public depuis si longtemps ?

— On l'a cru mort dix fois, dix fois il s'en est tiré, comment ça se peut ?

— C'est un bon con de province. Il a un rire d'idiot du village. Il est fringué pour la chasse à la palombe. Il est grossier et sûrement inculte. Nous, les plus grands producteurs de France, on bombarde nos promos d'émissions dans tous les journaux qu'il faut. On y a des traitements de faveur. On a fait ce qu'il fallait pour. On a les plus grandes stars. Lui, n'invite que ses potes. La plupart du temps des has been ou des primaires comme lui. Il s'est spécialisé dans les magiciens et les acrobates. Et même pas il pense à saboter la scène pour qu'il y en ait un qui s'écrase la gueule en direct. Et malgré ça, il nous squatte l'audimat, ce naze. C'est pas possible, ses magiciens de merde lui ont filé un truc pour envoûter ou quoi ?

*Réponse* :

Je me suis fixé quatre règles, que je ne devrais même

pas dévoiler tant je sais que dès demain, ils vont mettre leurs spécialistes ès tendance à plancher dessus.

1) Je ne montre que ce que j'aimerais regarder.

2) Je fais des émissions qui ne peuvent pas passer à la radio.

3) Si l'émission marche, c'est grâce à toute mon équipe. Si elle se plante, c'est de ma seule faute.

4) J'anime chaque émission en direct d'un petit banc froid devant la vitrine du marchand de télé de Juillac.

Ça va pas être facile pour eux de me piquer le numéro 4 !

Allez, j'offre un petit 5, en prime.

5) Je vis au plus près de ceux qui me regardent.

Le panel des téléspectateurs potentiels d'un prime time a un spectre excessivement large. Mais, ce spectre exclut logiquement tous ceux qui ne regardent pas la télé.

Lapalissade.

Tellement évidente que beaucoup, bien plus benêts que moi, l'occultent totalement.

Quand l'audience est de 6 millions de Français, il faut surtout bien comprendre qu'environ 54 millions ne regardent pas. Si tu assimiles bien ça, d'abord tu te fais un bouclier d'humilité essentiel. Et, ensuite, tu sais à qui tu t'adresses. Et tu les fréquentes. Pas tous, bien sûr. Mais le plus possible.

Si tu commences à jouer au célèbre, entre les loges des premières de spectacle, les pontons de yacht, les chalets à la neige et les dîners privés, tu n'en croiseras pas beaucoup, des « individus de 4 ans et plus », comme c'est écrit sur les résultats d'audimat.

Et tu deviendras animateur pour tes relations intimes.

ça fait léger en parts de marché, une pouffe de luxe aux seins refaits, un armateur grec, et le directeur du « Trou aux Biches » à l'île Maurice !

Contrairement aux chasseurs de concepts, je suis de ceux qui pensent que la personnalité de l'animateur est essentielle.

Animateur. Du latin « anima ». Étymologiquement : « Qui donne une âme ».

Encore faut-il en avoir une. Une évidence qui devrait sauter aux yeux de ceux qui l'ont vendue !

Je suis animateur-producteur. Animateur, c'est deux à quatre heures par mois. Producteur c'est toute l'année, 24 heures sur 24. Hormis le sommeil. Et encore, j'y suis tant accroché que parfois j'en rêve.

Dans ces deux fonctions, j'ai la réputation d'être intègre. Je le suis.

Totalement.

J'ai tant de défauts que cette qualité-là, je la claironne.

Et je ne m'en démettrai jamais. Question de regard de moi à moi.

Et à Olivier aussi.

Olivier avait toutes les signatures sur mon compte en banque. Il était mon employé, mais je n'ai jamais voulu savoir ce qu'il gagnait. C'était à lui d'en décider. Selon le prix auquel il s'estimait. Il ne m'a jamais trahi. C'est dire si, en termes d'intégrité, j'ai eu un beau modèle.

Cette qualité m'a coûté beaucoup et me coûte encore. Car, hélas, au top 100 des valeurs de la télévision, l'intégrité doit se situer entre 90 et la fin.

Quand elle disparaîtra de ce top, je disparaîtrai avec.

Mais regarde le bilan, malgré tout :

J'ai 52 ans. J'ai connu toutes les douleurs et je me débats dans un milieu d'enculés ! (Puisqu'il est urgent d'appeler enfin les choses par leur nom.)

Je ne bois plus, je ne me drogue pas, je ne prends pas de tranquillisants, et je n'ai pas de psy. L'air de rien, c'est carrément une perf. Presque une incongruité.

Putain d'audience !

— Papa, ça veut dire quoi « putain » ?

— C'est une insulte, Lilly, ou un métier. Un gros mot.

— Pas si gros, il n'y a que 6 lettres.

— Parce que, pour faire plus court, j'ai enlevé les 69 du milieu. En fait, c'est « Pu... nition infligée à ceux qui se vendent pour se payer un présent sûr et un avenir incer... tain ».

— C'est marrant, 69, on dirait comme un dessin. Ça me fait penser à quelque chose.

— À quoi ?

— À une paire de lunettes cassée.

— C'est ça, Lilly. Quand on regarde trop l'audience,

on finit par ne plus rien voir du tout. D'où l'expression...

Putain d'audience !

Cette vie, où l'argent peut s'amasser assez vite (à condition de passer cent fois plus de temps à le gagner qu'à le dépenser), m'a apporté énormément de satisfactions.

Mais, ma plus belle richesse est l'extrême luxe que m'a offert ce métier ; être à la fois populaire et estimé de quelques puissants.

Ça m'a appris la tolérance. Et l'infiniment peu de distance d'un homme à un autre. Les mêmes errances, les mêmes enthousiasmes, les mêmes chagrins d'un palais à un taudis.

J'ai aimé, bu, mangé, vécu dans les deux.

En passant.

Tous ces moments ont rempli ma mémoire à ras bords, et m'ont ouvert l'esprit.

Certains de ces instants appartiennent à l'ordinaire, d'autres à l'Histoire.

Celui-là, peut-être.

Le 10 décembre 2005.

Si récent que je le revois comme si j'y étais encore :

Le Président a pris son petit-fils sur son genou. Ça y est, ils ont le même âge. Les yeux du presque vieux monsieur se sont remplis d'étoiles. Derrière, le serveur en gants blancs s'émerveille aussi.

Bernadette glisse un œil ému sur le spectacle. Pas sur

le beau numéro de mime. Elle espionne le bonheur de son homme.

Sur l'estrade, une statue de voile blanc à deux têtes. Ange de poésie, l'artiste emporte les convives au pays des rêves. Sur une musique lancinante, les deux masques identiques tournoient. L'énigme de la vie. Où est le vrai, où est le faux ? Une allégorie immaculée, pure et immatérielle sous les ors de la République.

Le Président s'exclame, souffle des « Oh » admiratifs, des « Regarde comme c'est beau » à l'enfant penché sur son épaule.

D'où je suis, j'observe les deux mômes. Je connais le spectacle par cœur, c'est moi qui l'ai choisi. Je savais que ce numéro de statue vivante le toucherait. Mais pas à ce point-là.

Un frisson indéfinissable parcourt la petite salle de l'Élysée aux plafonds hauts.

Le Président applaudit, se lève et va serrer dans ses bras l'artiste.

Chalheureux. Non, il n'y a pas de faute.

Chalheureux.

La suite est pour moi.

— Patrick, tu es vraiment formidable. Quel beau cadeau ! Ce numéro est exceptionnel. Merci.

— Bon anniversaire, Jacques.

Nous sommes à peine une quinzaine. Les amis. Les vrais. Sans faste. Sans complaisance. Sans arrière-pensée. Tous heureux de le voir heureux. Il est émouvant, vrai et absolument humain.

Alors, il demande qu'on écarte les chaises. Il veut que

les quatre numéros d'artistes que je lui ai offerts viennent s'asseoir à la table. Plus les techniciens, les obscurs. Et le magicien de service fait ses tours de passe-passe à nous tous mêlé.

Le vrai magicien, c'est lui.

Le président de la République de France a disparu.

Je scrute un enfant grand. Las, mais rieur. Blessé mais gai.

La maladie récente l'a un peu amaigri. L'œil s'est agrandi, à moins que ce ne soit les étoiles.

Et je contemple, véritablement ému, le roi nu. Déshabillé des raideurs, des saccades, des sourires mécaniques. Et je me dis que je suis fier d'être son ami.

— Merci, Patrick, me confie Bernadette. Vous savez, les fidèles ne sont plus si nombreux que ça.

Et me revient en écho la presque même phrase, qu'il m'avait glissée, lui, dans la voiture qui nous amenait à un repas d'ultimes amis au cœur de notre Corrèze, un soir de novembre 1994, quand les sondages étaient au plus bas.

— Tu te rends compte tous ceux que j'ai portés, m'avait-il confié, mélancolique. Ils ne sont pas là. Toi, oui. Merci.

De cet anniversaire de 1994 à celui de 2005, il y eut six mois de combat et dix ans de règne.

Et lui, le même.

Et moi pareil.

Ni courtisan, ni flatteur flasque. Ni trop proche, ni trop loin. Juste là au moment où il faut, au moment où l'on doit.

Je n'ai aucune admiration particulière pour les hommes politiques de quelque bord qu'ils soient. Mais il y a des hommes que j'aime juste pour les hommes qu'ils sont.

Ce boulot-là, même si j'en avais les capacités, je ne le ferais pas. Trop de compromissions, trop de mensonges, trop de « désamour », trop de paraître, trop de responsabilités.

Pourquoi j'aime cet homme politique-là plutôt qu'un autre ?

Parce que c'était lui, parce que c'était moite !

Parce qu'après les poignées de main molles de ses adversaires, il fallait que je m'essuie à la nappe. Parce que la sienne est franche, que son regard est droit et son âme rustique. Parce que nous sommes des mêmes terres, des mêmes arbres, arrière-fils des mêmes paysans.

Peut-être que toi, tu le détestes. Et comme je te comprends.

Tu le tiens pour le premier responsable de ton mal-vivre, de tes colères, de tes privations. Normal, il est le chef. Et pour toi, ce n'est pas le bon chef. Soit. Pour moi non plus. Mais quel que soit le chef, je n'en serai jamais content, parce que je suis comme toi, je n'aime pas les chefs. Mais il en faut. Alors lui ou un autre. Mais, franchement t'as vu les autres ? Pareil. Alors !

— Ça sert à quoi un chef, papa ?
— À commander, Lilly. Sauf au restaurant. Là, c'est le client qui commande et le chef qui obéit.

— Ça serait bien si le pays marchait comme un restaurant. Les gens pourraient avoir ce qu'ils veulent.

— Ça serait bien, oui.

— Et si ça devenait libre-service ?

— Ça s'appellerait la révolution. Mais les premiers arrivés mangeraient tout et ne laisseraient rien aux autres. Comme dans toutes les révolutions.

— Alors, il vaut mieux garder le chef ?

— Hélas ! oui. Et le changer de temps en temps.

— Ce sera qui le prochain ?

— Je ne sais pas. Et je m'en fous. De toute façon, même s'il change le plat du jour, ce seront toujours les mêmes qui paieront l'addition, alors !

Je sais une chose de Chirac. C'est un humaniste. Comme Mitterrand.

Fieffés filous, les deux. Malins comme des songes. Prometteurs de rêves irréalisables. Vendeurs de mirages, au propre comme au figuré. Complices de guerres lointaines et fabulateurs d'espoirs. Mais humanistes quand même.

Et ce n'est pas le moindre des paradoxes.

Gaullistes aussi. Les deux.

Une certaine idée de la liberté et de la fonction. Les deux criblés d'erreurs, de faux-semblants, de roueries. Mais les deux également, cochers prudents. Ne pas verser dans le fossé de l'intolérance, du racisme primaire, de la haine gratuite.

Cocus, floués, trahis, pillés, abandonnés, nous l'avons tous été, et depuis la nuit des temps.

Pour tout ça, il faut bien que le peuple hurle.

Et la démocratie ne peut fonctionner que si le commandeur est à moitié sourd. À moitié juste. Accordant d'une main ce qu'il reprend de l'autre. Mentant la liberté, l'égalité et la fraternité.

Parce qu'il le faut absolument. Parce que ce semi-autisme est une garantie de cahin et de caha presque acceptable. Et puis parce que... Parce que... Et merde à la fin ! Tu la veux la place ? Vas-y, on verra si tu fais mieux.

Qui ? Sarkozy ? Non, pardon, je retire.

S'il te plaît, n'y va pas.

Il paraît que la France à 60 % l'espère, l'attend, le désire... Moi non.

Là, je risque.

Comment tu dis ?

Solidarité chiraquienne pour l'ami trahi... Allergie pseudo-libertaire pour un efficace qui somme toute ne propose que les véritables remèdes... Anti-autoritarisme de base. Complicité de désordre organisé... Antipathie irréfléchie.

Sûrement un peu de tout ça. Plus le reste. Ce que je sais. Ce que j'ai vécu. Ce que j'observe et ce que je redoute.

D'un suicide à un autre. Celui du début du livre (tu sais, à côté de la tombe du petit) et puis celui qui vient. Les mots que je vais écrire, sans les choisir, sans les mentir. Ça ne changera rien à la marche en avant de ce Bonaparte énervé, mais tu comprendras.

Accroche-toi, Lilly, ce n'est pas simple.

N'aie pas peur, à toi, on fera rien. À moi ? Pas sûr.

Et si tu lis ces lignes, ma fille, dans un pays calme, régénéré, sûr et puissant où Sarkozy est roi, je me répandrai en excuses. Je reconnaîtrai mon erreur visionnaire et j'encenserai le sauveur toute honte bue.

Mais écoute d'abord l'histoire. La vraie.

Le décor ? Un écran de télé, bien sûr.

Les acteurs ? Tu les connais déjà presque tous.

La musique ? Une chanson de Nicole Croisille.

Le distributeur : TF1.

Elle est pas chouette, ma bande-annonce ?

# 5

# Nicolas

Mars 1995.

Au mur, des photos de Balladur. Nicolas est en peignoir. Nicole Croisille chante : *Je ne suis que de l'amour*.

21 h 15. Sur des millions d'écrans de télé dans la France entière.

Tout part de là. Le puzzle reconstitué.

Les maquilleuses ont fait de Bernard Montiel un Sarkozy plus vrai que nature. Langoureux et sensuel, il chante en play-back son amour pour Édouard Balladur.

Farce de potache. Humour de bistrot. Ça m'amusait moi, ce détournement de chanson. L'obédience affichée de Nicolas m'avait inspiré cette légèreté grivoise. Pas plus, pas moins.

Sa désertion de la « chiraquie », son soutien affiché au probable futur président de la République, son opportunisme électoral ravissait tous les chansonniers. Tous se gavaient de la volte-face. Lui, le fils adoptif du chef, avait tourné casaque à quelques longueurs du poteau d'arrivée.

Tu parles d'une aubaine pour nous, les pourfendeurs de sinistres !

Alors, moi, pour rire, juste pour rire, je l'avais imaginé voué corps et âme à son nouveau maître. La farce le montrait soumis, rampant aux pieds de sa nouvelle icône. Sensuel et offert, en posture lascive, il débitait de l'amour sur bande pour son gourou avoué.

Putain, la vague ! Le tsunami ! Le crime de baise-majesté.

Dès le lendemain, mon téléphone explosait.

Il avait plus que mal pris la chose, Flippé le dauphin !

Mes patrons me houspillaient.

Leur colère me crucifiait.

Lui-même m'appela pour me signifier son dégoût avec véhémence. Il prit quand même soin de justifier ses rancœurs en y mêlant la honte qu'avaient éprouvée ses enfants dans la cour d'école.

— Désolé, vraiment désolé, avais-je balbutié.

J'étais sincèrement contrarié, et triste. Que j'aie pu involontairement blesser son minot me tordait le cœur. Et je comprenais son emportement.

Sûr que si quelqu'un te faisait pleurer à l'école, ma Lilly, j'aurais bien du mal à ne pas réagir comme lui. Peut-être même que le coup de téléphone, ce serait dans la gueule !

— Si on doit me faire pleurer à l'école, j'irai pas.

— Mais si, tu iras. Il faut aller à l'école.

— Ça sert à quoi ?

— À apprendre l'essentiel. L'histoire, la géographie, les maths. Et moi, je t'apprendrai le superflu. L'amour, le rire, le rêve.

— C'est lequel le plus important ?

— Les deux.

— Par exemple, 1 + 1 = 2. C'est papa + maman. C'est des maths, tu comprends ?

— Oui.

— Et 1 + 1 + 1 = toi... C'est de l'amour !

Avec le recul, aujourd'hui, il est possible que le sketch incriminé, limite bon goût, ait pu déclencher quelques sarcasmes blessants de préau, et je m'en excuse sincèrement. Mais, je pense que la véritable raison du courroux se situait bien loin de l'enfance. Tout perturbé par cette maladresse qui avait soi-disant entraîné des railleries à la récré, j'avais totalement occulté le reste, pourtant tellement évident.

Bon sang, mais c'est bien sûr !

1) Le dîner de Neuilly.

2) Le rassemblement d'Ussel.

3) J'aurais dû y ajouter le livre-scandale, mais je n'en étais pas encore informé.

Les trois pièces du puzzle.

Reprenons dans l'ordre pour mieux comprendre ce fil tendu acéré depuis entre moi et Sarko.

T'as vu, je dis Sarko. Plus pratique. Plus punch. Virés

le Z et le Y. Comme je vais en parler beaucoup, j'élude, sinon j'aurais l'impression de faire un Scrabble.

Et que l'essentiel soit dit en exergue : je ne hais pas cet homme.

Au contraire, je le trouve courageux. Couillu, comme on dit chez moi. Posant les bonnes questions. Le problème, c'est que je n'aime pas les réponses.

Et puis, confidence pour confidence, un jour de mariage au château de Bity, dans un petit salon discret, il m'a expliqué ce qu'il fallait faire pour arriver au pouvoir. Tout ce qu'il fallait laisser en chemin.

Te retranscrire les mots exacts, que je connais par cœur, m'exposerait à coup sûr à un démenti, voire un procès, étant donné qu'il n'y avait que deux témoins : Cécilia et Nana, ma femme toute fraîche débarquée de Saint-Gaudens.

Nana pourrait être accusée d'être partiale et Cécilia aussi.

Ce serait ma parole contre celle de Nicolas, et la mienne, je ne veux pas la galvauder, je n'en ai qu'une, moi.

Je me souviens avoir senti l'ahurissement de Nana à l'énoncé de ses conseils avisés prônant l'accession au pouvoir à n'importe quel prix.

Et depuis, elle sait bien comme moi que ce qu'elle a entendu ce jour-là est parfaitement inacceptable, et que, logiquement, le spectacle permanent de son show médiatique prouve qu'il s'y tient à la virgule près.

Mais revenons au dîner de Neuilly. Début 1994. Chez Bouygues fils. Pièce du puzzle numéro 1.

Déjà, rien que l'invitation était suspecte.

Moi le Gaulois, le gras du mot, le pantin popu, je me demandais bien ce que ces gens pouvaient espérer d'un dîner intime. Nous étions quelques couples. Que du TF1 et nous deux, Nana et moi, flattés quand même de l'honneur patronal.

Mais pas à l'aise, pas à l'aise du tout.

Pas trop l'habitude du personnel de maison que l'on sonne.

La bouffe, bien. Pardon, je veux dire : les mets très corrects. Le pinard super. Pardon, un excellent Bordeaux millésimé. Les gonzesses baisables quand même. Pardon, ça sentait la foune propre et parfumée. Repardon, les effluves féminins de ces dames ainsi que leurs toilettes étaient à ravir.

J'avais évidemment glissé à l'oreille de Nana en arrivant ma connerie récurrente dans ce genre de sauterie : « On se fera jamais sucer avant minuit ». Pour détendre. Et somme toute, le repas se déroula dans une ambiance bon enfant.

D'abord, ils me flattèrent. 17 millions et demi de téléspectateurs pour le Grand Bluff, record absolu, quelle fierté ! Et puis mon talent, ma nature généreuse etc., etc.

Et puis ce côté province. La Corrèze.

Tiens, la Corrèze, nous y voilà !

— D'ailleurs, la jeune fille qui nous sert est une vraie Corrézienne, souligna l'héritier.

Pas sûr que ce soit un compliment. La confrérie de ceux qui apportent les plats. Mais bon. Chinoisons pas.

— À propos, ton ami corrézien de l'Hôtel de Ville, il n'est pas trop bien placé pour l'Élysée.

— Vous savez, c'est encore loin. Quoi qu'il en soit, il reste mon ami.

La difficulté, quand on prend quelqu'un pour un con, c'est surtout de ne pas lui donner l'occasion de s'en apercevoir.

La satisfaction quand on pense être ce con-là, c'est de continuer à laisser croire qu'on l'est véritablement.

Évidemment que les mots ne furent pas dits ex abrupto. Mais on me laissa entendre. On me glissa sournoisement la conduite éventuelle à tenir.

En clair, ils avaient choisi leur candidat : Balladur.

Et il aurait été de bon aloi que je comprenne que, dans mes caricatures à venir, mes orientations de sketchs, il fallait que j'évite d'aller à l'encontre des choix de la maison.

Et moi, en bon con frisant la pureté primaire, je continuais à affirmer que Chirac, c'était mon pote, mais que j'étais intègre.

Qu'en aucun cas je n'avais l'intention d'en avantager un plus que l'autre. Ce qui d'ailleurs était vrai. Mais je jubilais de les voir s'escrimer à choisir les mots pour me faire passer le message sans que ce soit vraiment un ordre. Ils redoutaient peut-être mes éclats de gueule inconsidérés.

Ils durent sentir ce blocage épidermique puisqu'ils n'insistèrent pas et que le dîner prit fin très vite.

Sur le perron, à tout hasard, ils me montrèrent la maison de Nicolas voisine.

Un chic type. Un ami intime. Très intime. Un homme d'avenir, lui.

Ce dîner a donc été le premier morceau du puzzle. Ce fut un des éléments qui fit qu'au lendemain du sketch « Sarko in love », la chaîne eut une réaction très violente.

C'est là qu'elle décida qu'à partir de ce jour, les sketchs devraient avoir l'aval de la chaîne.

— Ce ne serait pas de la censure par hasard ?

— Non, Patrick, de la précaution. Nous nous devons de respecter une équité à l'approche des élections.

— Mais je me moque aussi souvent de Chirac, et sans lui faire de cadeaux.

— Peut-être, mais c'est comme ça. Et puis, à propos, il n'est peut-être pas nécessaire de faire le nombre d'émissions prévues... D'un commun accord, bien entendu. On ne va pas se fâcher, Patrick ?

— Bien sûr, Étienne.

— Tu sais que nous t'avons toujours beaucoup aimé. Nous avons été là dans les mauvais moments. Même les pires.

— Bien sûr, Étienne.

Il ne l'a pas dit, mais je savais ce qu'il voulait dire.

Bien sûr que je la revoyais, sa silhouette longue sincèrement émue et compatissante à l'enterrement de mon fils.

Bien sûr que ce sont des présences qui ne s'oublient pas.

Bien sûr que je ne remettrais jamais en doute sa compassion réelle, ce jour-là.

Bien sûr que c'était ça qu'il fallait me dire, que c'était le point où il fallait appuyer.

Parce qu'il savait bien où j'avais encore mal. Où j'aurais toujours mal.

Parce qu'il savait que je suis de ceux qui n'oublient jamais ceux qui sont là quand tout s'écroule.

Mais était-ce vraiment le moment de me le rappeler ?

— Si t'as toujours mal, papa, appelle le docteur, il te fera une ordonnance.

— C'est moi le docteur, Lilly, et l'ordonnance c'est ce que j'écris en ce moment.

— Et tu guériras ?

— Jamais, mais je supporterai mieux en t'attendant.

— J'ai compris. Quand je serai là, deux bisous matin, midi et soir, ça ira ?

— Ça ira, Lilly.

Le deuxième morceau du puzzle fut le rassemblement d'Ussel, fin novembre 1994.

Le « candidat Chirac » m'avait demandé de l'accompagner au cœur de notre vieille Corrèze. Les sondages étaient catastrophiques et les amis absents. Lâché par presque tous, il trimbalait, malgré sa convivialité coutumière, le poids de la trahison « sarkosienne ».

« Il souffre comme un mari trompé », m'avait confié Bernadette.

Ce gigantesque repas « retour aux sources » sentait le symbole. Les racines comme une bouée de sauvetage. La France profonde.

Les trognes rouges des vieux compagnons de route locaux. Leurs femmes énamourées. Une réunion sans chichis. Enfin, avec les « Chichi », mais sans protocole. Les accolades chaleureuses, le soutien inconditionnel du peuple paysan, la solidarité authentique et provinciale, comme un pied de nez à la cohorte de journalistes parisiens présents, à l'affût d'un éventuel retrait.

Et moi qui leur déclarais : « La France a eu un tonton, il lui faut un papa. »

On y revient toujours. Véritable analyse ou désir un peu perso ?

Ce fut un vrai grand soir. Un soir de « Fond de piscine ». Quand, tout coulé, tu tapes du talon pour remonter à la surface.

Jamais je n'oublierai l'obscurité du parking de l'Hôtel des Gravades.

Au retour du rassemblement, le « candidat Chirac » s'y est arrêté pour contempler ma voiture.

Alors, assis sur le capot, j'ai parlé.

Comme il faisait noir, j'ai osé des mots que je n'aurais jamais osés en pleine lumière. Une familiarité que je ne me connaissais pas. Lui suppliant d'assumer le social, la considération pour les plus petits. Et tant pis pour la vieille droite, engoncée dans ses privilèges.

— Putain, t'es quand même un brave mec, martelais-je, t'es généreux. On n'en voit pas le quart à la télé. Lâche encore plus l'humain, le vrai. Ils en ont besoin.

Non, non, t'affole pas. D'un seul coup je ne deviens pas mytho, style : « Il m'a écouté, t'as vu le résultat ».

Il a juste entendu, et je pense sincèrement n'avoir eu aucune influence sur sa conduite d'après. Le moment n'a été grand que pour moi. Pour lui, cela n'a été qu'une péripétie de campagne. Un petit écho qui a dû se mêler à beaucoup d'autres.

Je suis sorti de ce moment d'intimité avec l'impression qu'il m'avait fait cadeau d'un moment rare. Et avec une certitude absolue :

Il serait Président.

Parce qu'il l'avait décidé.

Seul.

Au moment le plus fort de la conversation, j'ai glissé :

— Peut-être qu'il ne faut pas y aller. En vrai, c'est ce que commencent à penser même les plus fidèles. 12 % à six mois du scrutin, ça ne se remonte pas.

La voix fut ferme, posée. J'ai cru même déceler malgré l'obscurité un sourire serein.

— Tu plaisantes, j'espère. Je vais y aller et je vais gagner.

Il y est allé.

Il a gagné.

Seul.

J'ai tout entendu sur les secrets du revirement des électeurs : stratégie, puissance occulte, arrangements, conseils de sa fille Claude, chance.

Je pense que c'est beaucoup plus simple que ça : il le voulait plus que les autres.

Ma présence à Ussel devant tous les médias du pays m'a catalogué définitivement « Grand Ami de Chirac ».

Alors que ce n'est pas ça. Je fais juste partie de son paysage. Et je n'ai d'allégeance à lui que le souvenir joyeux d'avoir partagé de très rares moments d'intimité avec ce mec sympa.

Beaucoup m'ont cru bien plus proche que je ne l'ai été. Beaucoup ont surestimé nos liens qui ne se sont limités, somme toute, qu'à quelques coups de téléphone amicaux et des présences en des circonstances simples.

Cette surestimation de nos rapports m'a certainement protégé malgré moi. Elle a favorisé les courbettes de certains. Pour d'autres, elle a créé une acrimonie définitive, me supposant une perversion que je n'ai jamais eue.

Et c'est pile là où s'emboîte la troisième pièce du puzzle.

Celle qui suscitera de la part de Sarko une rancœur injustifiée.

Mais reprenons dans l'ordre.

Début 1994, TF1 et Bouygues prennent apparemment la roue du tandem Sarko-Balladur.

En novembre de la même année, je suis publiquement un des rares « Mohicans » à soutenir le candidat Chirac en pleine tourmente.

En mars 1995, au moment où c'est pratiquement gagné pour Balladur et ses fidèles, je fais un sketch assassin sur le plus emblématique d'entre eux.

Je précise à ce stade, et je te jure, Lilly, sur ta tête, qu'à aucun moment ce sketch ne m'a été commandité par Chirac lui-même. Le problème, c'est que c'est exactement ce que Sarko va croire et tous ses amis avec.

Et là, se mêle le hasard qui met toujours son grain de fiel où on ne l'attend pas.

J'apprendrai bien après la diffusion du sketch qu'un élément que j'ignorais totalement pouvait effectivement faire croire que tout ça était prémédité.

Le troisième élément du puzzle : le livre-scandale.

Un livre signé par un journaliste politique. Ce livre, je ne l'ai jamais lu et je n'en ai connu l'existence qu'après. On y racontait, paraît-il, des turpitudes inavouées, et en particulier des soupçons de relations homosexuelles attribuées aux plus hauts représentants de l'association Bazire/Sarkozy/Balladur.

Ça y est, tu commences à comprendre, Lilly ?

— Quel sac de nœuds !

— C'est le cas de le dire, Lilly, et moi dans le sac !

Pour Sarko, c'était clair. Le sketch n'était que le prolongement de rumeurs diffamatoires relayées, sur commande de Chirac, par un de ses meilleurs amis. En l'occurrence, ma pomme !

Juré, la soumission coquine à Balladur, dans le sketch, était une pure coïncidence.

Et comme le hasard (encore lui et lui seul, j'en suis convaincu) fit qu'à peine une semaine après, les sondages pour Chirac commencèrent doucement à remonter, le lien était clair.

Ce serait de la mythomanie absolue que de croire que ce sketch ait pu avoir la moindre influence que ce soit sur les votes qui suivirent.

Mais pour Sarkozy et ses amis, c'était limpide : j'étais un sale con qui avait enfoncé le clou d'une rumeur de chiottes sur ordre du clan chiraquien. Et un jour ou l'autre, ils me feraient payer cette saloperie au prix fort.

Et Chirac fut élu Président le 7 mai 1995.

Le soir de l'élection, je regardais tranquillement la télé chez moi, dans le Lot.

Je n'ai jamais eu ne serait-ce que la tentation de me mêler aux chants de victoire qui envahissaient Paris. Ce troupeau hurleur de vainqueurs fanfarons qui déversaient leurs klaxons et leurs « Chirac, Chirac » m'affligeait bien plus qu'il ne me réjouissait.

Pour deux raisons.

D'abord, parce qu'au moment du doute, ils devaient être bien peu à aiguiser leurs drapeaux.

Et puis, parce que je suis ainsi, je pensais à la tristesse du peuple de gauche. Aux vrais, aux intègres, aux purs du combat social que la moitié de la France avait renvoyés dans leur coin. Punis de ne pas être les plus nombreux. Et seulement de ça. C'est la tare première de la démocratie. Mais c'est ainsi. C'est la démocratie.

— C'est méchant alors la démocratie, papa ?

— Non, Lilly. Mais tu n'empêcheras pas ton nounours d'avoir de la peine quand tu joueras avec ta poupée.

En ce soir du 7 mai 1995, j'ai quand même pris mon téléphone pour laisser mes félicitations à transmettre. Je n'allais pas le déranger pour ça. Maintenant qu'il était Président, il avait bien autre chose à faire que de répondre à un parmi tant.

Le lundi matin, le téléphone sonna dans ma maison de Martel. C'était lui.

— Il dort, vous voulez qu'on le dérange ? répondit ma mère.

— Non, je rappellerai.

Et il appela ainsi le mardi, le mercredi, et le jeudi.

Et moi jamais là.

Le vendredi, enfin, c'est moi qui décrochais. Et j'entendis sa voix farceuse me lancer :

— Putain, t'es plus dur à joindre que le président de la République !

Ça, c'est de la réplique de concours.

— Pardon, m'empressais-je, je suis désolé, mais j'avais plein de trucs à faire. Alors félicitations quand même. Ça a été chaud, mais maintenant tu y es. On peut dire que ça n'a pas été facile.

— Tu sais, mon grand, comme disait ma grand-mère : « Dans la vie il y a des hauts et il y a des bas. Les hauts, il faut les mépriser et les bas il faut les repriser. »

Chirac fut donc élu et Sarkozy n'eut plus qu'à partir « repriser ses bas ».

Commença alors pour lui une longue traversée du désert dont il ressortit plus fort.

Comme chaque fois qu'on ne meurt pas d'un exil.

Destinée napoléonienne ? L'histoire le dira.

Toujours est-il que je sais qu'au moment de ce tourbillon, lui et ses amis les plus proches m'en ont énormément voulu. Je sais que certains se sont juré de me faire la peau. Quand je dis « faire la peau », j'entends médiatiquement.

Il leur suffisait d'attendre mon premier faux pas.

Et je l'ai fait.

Ça s'appelait « Osons ».

Et ce fut l'hallali.

Je reste persuadé que les plus influents des meneurs de la meute tenaient leur motivation de cette période trouble.

Les organisateurs de la chasse à courre n'avaient pas pardonné.

Et je pense sincèrement que toujours pas. C'est dire si, en cas d'élection future de Sarkozy à la présidence de la République, j'ai intérêt à courir vite !

Alors je vais tout te dire, Lilly. Tout raconter, « Osons » et son cortège de saloperies. Mon erreur et le boomerang qui m'a fracassé.

Mais plus loin. Plus tard. Ce sera le dessert du livre. Chocolat amer.

Pour l'instant, on n'en est qu'aux hors-d'œuvre. Et je voudrais m'aérer un peu.

J'ai envie de sortir de la politique. De mordre différent. Des coups de dents bien sûr, des coups de sang, mais aussi des coups de cœur...

Parce qu'après « Osons », et surtout, à cause, il y a eu « Le long doigt noir et froid appuyé sur une sonnette qui ne répond plus ».

Alors, on parle d'autre chose. Un peu de tir aux pigeons sur ceux que j'ai croisés au cours de plus de vingt ans d'écran. Sans méchanceté, juste avec le sourire en coin. Histoire de te dénoncer gentil ceux qui font semblant que.

Allez, on y va et on change de prénom. Je veux dire de chapitre.

Stop !

Attends un peu.

Putain de hasard !

Là on est le 15 décembre 2005. J'avais fini d'écrire ce chapitre la nuit dernière. Excuse-moi d'en rajouter un peu, mais il fallait bien que je te dise. Surtout à toi, Lilly, parce que ça te concerne.

Cet après-midi, on est allés, Nana et moi, participer à

un entretien avec une assistante sociale à Nanterre afin de régler les formalités pour le droit d'aller te chercher bientôt.

Adorable, l'assistante. Généreuse. Dense de chaleur humaine et de conseils avisés.

Ça a duré trois heures.

Trois heures à t'envisager, Lilly.

Trois heures où je sentais ma Nana pleine de toi, la main posée sur son ventre sec depuis toujours et pour toujours.

Trois heures d'espoirs, de motivations.

Trois heures où l'assistante attentive scrutait, stylo à la main, le moindre de nos frémissements pour rendre compte au mieux de notre capacité à aimer.

Et puis, j'ai questionné :

— Qui doit signer l'accord ?

— Le président du conseil général. C'est lui qui décidera, au vu des rapports qui lui seront remis, s'il vous autorise à adopter.

— Et c'est qui le président du conseil général ?

— Monsieur Sarkozy, bien sûr.

J'ai senti Nana trembler un peu. Je me suis tu. L'assistante a senti qu'il se passait quelque chose et a tout de suite comblé le silence.

— Vous savez, il signe seulement. C'est surtout notre travail qui est important. L'avis de nos psychologues.

Et elle ajouta, voyant que nos yeux se rallumaient un peu.

— Si vous le connaissez, surtout ne l'appelez pas

pour une aide éventuelle, ça ne servirait à rien. Il n'y a aucun passe-droit dans ce domaine.

— Ne vous inquiétez pas, ai-je souri, ça ne risque pas.

Tu vois, Lilly, ton sort est, à cet instant, suspendu à la griffe de ce monsieur dont je te fais un tableau bien gris depuis le début.

La vie est ainsi faite. Sournoise. Imprévisible.

Mon plus bel avenir à la merci d'un de mes plus noirs passés.

Putain de destin !

Putain de livre !

Putain de tout !

Allez, vite la suite.

# 6

# Lino

Depuis vingt et un ans, vingt-deux quand tu me liras, j'ai phagocyté ton écran à intervalles réguliers.

J'ai été dans ta chambre, dans ta cuisine, dans ta vie, peut-être même dans tes rêves. J'ai violé ta télécommande pour te déverser mes sourires, mes enthousiasmes et mes coiffures de merde.

Alors, tu penses comme je fais partie de la famille !

Et, bien entendu, tu penses savoir, connaître mon dedans au vu de ce que je t'ai imposé et exposé.

Ce ne sera pas une surprise de t'avouer que je ne suis pas ce que tu crois. Parfois pire, parfois meilleur.

Une des plus grandes méprises à mon sujet est cette image de fêtard invétéré qui me colle depuis si longtemps à la peau. La majorité d'entre vous m'imagine sûrement passant le plus clair de mes loisirs à me remplir de bière et de vin, entonnant sur les comptoirs des chansons paillardes, la bite à la main.

Mea culpa. Il faut avouer que mes chansons festives entretiennent régulièrement cette caricature.

C'est vrai qu'il m'est arrivé de prendre la tête des hurleurs de refrains gaulois, le phallus en étendard, debout sur des tables bancales de restaurants de joie. Mais quelquefois seulement, et il y a bien longtemps.

Autant j'aime chanter la fête, autant je n'en suis pas vraiment client.

Je suis un solitaire. Un amoureux éperdu du silence. Au point d'abuser, même dans ma campagne tranquille, de l'utilisation des boules Quiès, le walkman des poètes.

Je ne suis jamais tant heureux que perché dans ma tête. Dans mes rêves, mes itinéraires intérieurs où les moyens de transport ne sont jamais en grève. Je pars et j'arrive à ma guise. Je voyage seul et personne ne vient me gâcher la beauté des paysages.

Et la grossièreté, alors ?

Elle est présente depuis le début de ce livre, et le sera jusqu'au bout.

Parce qu'elle est ma digue, ma barricade, mon pare-feu !

Souvent, je parsème les phrases de mes premières rencontres avec des inconnus de familiarités lourdes et crues. C'est mon Quality Test.

Si l'interlocuteur (ou -trice) est suffisamment primaire pour ne me juger qu'à ça, je sais que je n'ai pas de temps à perdre.

Mais, si il (ou elle) me dit : « Allez stop. Enlève ton masque de gros lourd, je t'ai reconnu », là, je sais que le voyage sera intéressant.

Et je m'attarde.

Je dégaine les mots beaux, les prévenances et les attentions. Le profond, l'extrêmement philosophique. Parfois jusqu'à l'ahurissement de mon vis-à-vis devant mon insistance médiatique à ne montrer de moi au public qu'une fraction infinitésimale de mes possibilités.

J'ai fait le choix du futile et du léger par confort personnel. La galéjade nourrit bien son homme. Et ce qui me rend le plus heureux, c'est que les autres le soient grâce à moi. C'est, en fait, un égoïsme généreux. Et, dans ce domaine, je suis parfaitement sincère.

Mais j'ai rangé, bien loin des projecteurs, et même souvent hors de portée de mes plus proches, la plus grande part de ce que je suis vraiment, par convenance personnelle. Comme une momie couverte de bandages, dont ne dépasserait que le bout du nez.

Le bout du mien est rouge clown.

Et j'ai choisi de ne dévoiler que ça. Par fatalisme et lucidité extrême.

Il y a bien longtemps que j'ai compris la pauvreté et la brièveté de la vie des humains, du nombre desquels, hélas, je suis.

Il y a bien longtemps que je souffre corps et âme de l'impuissance qui nous condamne tous au « peut-être ». Ni sûrs d'où on vient, encore moins d'où on va. Il y a bien longtemps que pour échapper au doute, à la douleur d'un monde qui s'automutile, à l'inéluctable connerie universelle, je me suis enfui. Et enfoui.

Allez, j'arrête. Je sens que si ça continue, je vais me déterrer.

— Alors, quand je vais être avec toi, papa, je vais être obligée d'habiter sous la terre, comme les taupes ?

— Mais non, Lilly, c'est une image. Ça veut juste dire que tu as deux papas. Un tout triste que tu ne verras jamais et un clown qui sera là tous les jours.

— Ah, chouette ! Je ferai le clown avec toi et pendant ce temps-là, le papa triste sous la terre gardera l'autre Lilly, la taupe.

— Pourquoi veux-tu qu'il y ait une Lilly triste ?

— Je penserai forcément, de temps en temps, à ceux qui m'ont abandonnée. Alors je pleurerai peut-être.

— Peut-être, oui. C'est pour ça que j'ai intérêt à préparer des centaines de numéros de clown.

— Tu y travailles déjà ?

— Depuis que je sais que tu vas venir, je ne travaille qu'à ça ! J'y travaille même probablement depuis toujours. Parce qu'il fallait que je sois clown pour toi. Parce que, qui sait, tout ça est écrit depuis bien longtemps.

Je n'ai donc choisi de ne montrer que le bout de mon nez.

Et aucun risque qu'il s'allonge. Dans mon rôle d'homme de cirque, je ne mens jamais. Ou presque.

Je dois reconnaître que lorsque j'endosse l'habit de Patrick Sébastien de la télé, il m'arrive de tricher un peu.

J'en connais qui trichent tout le temps.

Moi, juste de temps en temps.

Sur la brosse à reluire. C'est un choix de politesse. J'encense machinalement. Par correction. Quand j'invite, je trouverais malvenu de maltraiter.

D'autres le font, mais moi, c'est pas ma came. Tu sais, ces petits chroniqueurs hautains et sentencieux qui te cisaillent du André Rieu, du Richard Clayderman, ou de la Lova Moor à tour de bras. Ils croissent et croassent de plus en plus. Vilains corbeaux qui s'acharnent sur des proies faciles.

Je déteste ces petits cons et connes moulés au cynisme parce que l'époque le veut.

Ils fourmillent de plus en plus.

Je devrais dire : ils cafardent, ils médusent, ils hyènent. Le néologisme animal serait plus approprié.

Des eunuques, comme disait Guitry, je crois, qui savent mais ne peuvent pas.

Beaucoup plus pervers qu'on croit, parce qu'à force d'à force, ils donnent le ton à une société en manque de repères. Et cette vengeance du médiocre a de plus en plus tendance à glisser dans la rue.

N'être presque rien et passer son temps à éreinter ceux qui ont réussi à être quelque chose, tu parles d'un plan de vie !... Moi, je ne pourrais pas.

Bon, je te l'accorde, je frôle parfois la fellation irraisonnée. Je couvre de bouquets de louanges certains qui méritent à peine un pétale. Mais bon, c'est presque devenu une manie. Et si les flattés sont assez aveugles pour ne pas voir l'overdose, tant mieux !

Et puis, ça fait partie de mon personnage. On me déteste aussi pour ça.

Moi-même, au chaud de mon fauteuil, lorsque je me vois déverser des quintaux de mercis à de jeunes bêlantes sans talent, ou à des comiques qui ne font rire qu'eux-mêmes, je me battrais.

Ces caresses de bas étage polies ne représentent cependant qu'une infime partie de mes enthousiasmes systématiques.

La plupart du temps, quand je dis que j'aime, j'aime.

Et quand je n'aime pas, je n'invite pas ou je me tais.

Je me tais à la télé bien sûr. Mais là, on se dit tout, alors tu penses bien que je ne vais pas prendre de gants.

Mais pas facile de choisir. Il y a tant d'esbroufe.

Allez, les « chanteurs humanitaires ». C'est ce qui me vient en premier.

Ah, le beau généreux récurrent de base !

Je ne vais pas balancer de noms. Je ne lynche pas, je dénonce seulement.

Mais, tu les identifieras assez facilement, les Ivanhoé de la solidarité. Toujours prêts à la bonne action, le dévouement en bannière. Enfourchant le moindre cheval de bataille « casaqués » bon cœur.

Professionnels de la compassion, qu'elle soit éthiopienne, afghane, sidaïque, tuberculeuse, à condition qu'elle fasse beaucoup d'audimat.

Je n'exagère pas. J'en connais plein qui sont toujours occupés ailleurs les soirs de Téléthon, mais jamais pour les Restos du Cœur.

Normal, 8 millions de téléspectateurs d'écart, ça compte sur l'échelle de la notoriété du gentil.

Attention, je n'affirme pas que ces instables n'ont pas une once de conscience généreuse. Loin de là. Ils compatissent vraiment. J'en connais même qui ne reprennent pas deux fois de la tarte aux myrtilles au buffet, dans les coulisses de l'émission, par solidarité.

Je les imagine baver de rage en lisant ces lignes.

« Gros con de Sébastien ! Et tout l'argent récolté, t'as qu'à le donner, toi ! Et l'exemplarité ? Le symbole de ce que nous sommes au service de ce qui cloche. Et la misère du monde. Qu'est-ce que tu fais pour la misère du monde ? »

Je fais comme vous, les mecs : je me sers d'abord et après je fais ce que je peux.

La différence, c'est que moi je n'étale pas. Je n'ai pas besoin d'écrire « généreux » sur mon front pour me persuader que je le suis.

Et puis, surtout, j'ai bien analysé votre compassion.

Renforcer une popularité fragile à coups de bénévolat pour un retour sur investissement, c'est sûr. L'image est bonne, les disques se vendent mieux, les concerts se multiplient. Et à la sortie, si vous aviez donné directement de votre poche ce que votre générosité affichée vous a rapporté, on aurait gagné du temps.

Cette motivation marchande n'est pourtant que très secondaire dans votre démarche outrée. Elle n'est qu'une infime partie de la cause de votre engagement.

La vraie raison ?

C'est la culpabilité.

Vous êtes artistes parce que vous êtes artistes. Pléonasme démonstratif. Avec une sensibilité à part, une lucidité à fleur de peau sur la réalité des choses.

En l'occurrence, dans vos démarches humanitaires, vous devenez mauvais parce que vous êtes trop bons.

Au chaud de vos royalties de milliardaires, de vos conforts d'hôtels de tournées, de vos villas sous le soleil et de vos vacances de Noël dans les îles, vous en crevez de mal-être. Vous vous morfondez l'ego. Parce qu'au fond, au vrai fond de vous, vous la connaissez par cœur, l'indécence de cette situation : votre gavage ne colle pas à votre ramage.

Votre véritable âme d'artiste, à vif, vous fait monter la gerbe de vous quand la misère du monde vous catapulte la conscience.

Que faire ? Tout bazarder et partir là-bas. Faut pas déconner non plus !

Alors, il y a arrangement de vous à vous. Et ça marche, puisque, en plus, ça sauve des vies et ça nourrit des bouches.

Qu'est-ce que tu veux opposer à ça ?

Le parfait égoïsme transformé en bienfait universel.

Et ce compromis accouche d'un CD de groupe, où certains se fâchent même de ne pas y être, tant c'était pour eux une espérance d'exposition en pleine promo de leur nouveau spectacle.

Mais il est où le véritable sacrifice ?

Chanter deux phrases avec des potes entre deux rails de coke derrière un micro réglé pile à la bonne hauteur ?

Et après ça, rentrer dans sa Mercedes grand luxe, la conscience en repos ?

Vous appelez ça un bienfaiteur de l'humanité, vous ?

— T'exagères un peu, papa, parce que toi aussi, tu as une Mercedes. Et pourquoi t'irais pas, toi aussi, chanter avec eux ? Ils veulent pas te régler le micro ?

— C'est pas mon truc, Lilly, m'en veux pas, c'est trop facile.

— Tu dis que c'est trop facile, tu dis que ça sert à rien, mais c'est encore plus facile de ne parler de rien.

— Toi, t'as écouté Bruel ?

— Oui, et c'est vachement bien ce qu'il chante. Alors j'ai mis 20 euros de côté.

— Pour les envoyer aux sinistrés du Sri Lanka ?

— Non, pour acheter son prochain CD !

Vous gourez pas, frangins, la toute première colère de Coluche, c'était contre les impôts et leur destination, pas contre la misère.

Il en payait beaucoup, le gros. Trop. Alors il a dit : « D'accord, mais au moins, que ça aille à ceux qui ont faim. »

Il voulait que le trop de pognon qu'il donnait à l'État soit redistribué où il y avait urgence.

D'ailleurs la loi qui porte son nom t'exonère d'impôts sur tes dons.

J'aurais préféré que ce soit une loi qui fasse qu'aujourd'hui les Restos du Cœur n'existent plus. Et ce serait un bienfait qu'ils disparaissent au profit du secours obligatoire que se doit d'apporter un gouvernement à ses plus démunis.

Parce que si vous le décidiez vraiment, vous les « Qui comptent dans le spectacle », vous avez suffisamment d'influence pour imposer aux politiques, qui n'ont pas les moyens de se fâcher avec vous, une vraie réforme.

Une vraie loi qui interdirait à tous les Français d'avoir faim.

Le budget ?

Facile : l'équivalent de celui des Restos du Cœur. Ça représente pour l'État à peine quelques avions de chasse et mille ronds-points inutiles sur nos routes de campagne.

Seulement voilà, il n'y a qu'une formule qui résume bien ce problème-là, à condition de la lire aussi au deuxième degré. C'est celle-ci :

— « Les Restos du Cœur, ça en fait bouffer du monde ! »

Tout est dit. Tout n'est peut-être pas compris, mais tout est dit.

Épilogue.

Michel Muller, un diablement doué pour le comique qui fait rire aussi, faisait un sketch formidable.

C'était l'histoire d'un type qui vantait le bon temps qu'il passait dans son association. Une association pour je ne sais quelle maladie grave.

— Notre association était formidable. On faisait réellement du bien. On a même sauvé des vies. Et puis on s'entendait super bien. Que des copains. On faisait des repas sympas pour la maladie où on chantait tous les vendredis. C'était vraiment la belle époque... Malheureusement, il y a un connard qui a trouvé le vaccin !

Là aussi, tout est dit.

Régulièrement, « Qui veut gagner des millions », « Fort Boyard », « Questions pour un champion » et tant d'autres se parent d'un partenariat associatif.

Qui rend le plus service à l'autre ?

C'est pas la finalité qui me gêne, c'est la manière.

Un jour, le grand Lino m'a contacté pour son association « Perce-Neige ».

— Je souhaiterais que vous fassiez un spectacle au profit de mes petits. On va annoncer ça dans la presse. Je suis sûr qu'on aura du monde et que ça rapportera beaucoup à cette association si chère à mon cœur.

— Écoutez, monsieur Ventura, ai-je répondu, très ému, en ce moment, je passe à l'Olympia et c'est bourré à craquer. Il n'y a qu'à prendre ma recette d'aujourd'hui et de demain et on n'en parle à personne.

J'y ai perdu l'étalage médiatique d'un véritable acte de générosité. J'y ai gagné l'amitié et le respect de Lino. Plus les pâtes qu'il m'a faites lui-même dans sa maison de Saint-Cloud.

J'étais imitateur en vogue. Le Laurent Gerra de l'époque. Tu sais, le Gerra que j'ai vu dans tous les journaux photographié au bout du monde dans des quartiers miséreux, offrant sa présence et son réconfort à de petits malheureux. Mais si, voyons, elle est passée dans toute la presse, la photo de ce gentil garçon, si bon et si actif pour combattre l'inacceptable... Pour moi, c'est sa meilleure imitation.

Comme je vous entends persifler.

Et toi, tu fais quoi ?

Moi, je suis comme vous tous.

Suffisamment égoïste, un peu lâche, et pas très sûr de la destination réelle de mes dons. Je fais de mon mieux au quotidien. J'apporte du rêve. Je fais des dons anonymes.

Et ma conscience me dit : « Bravo, mon gars. »

Et ma conscience n'est pas bien tranquille non plus.

Mais perdu pour perdu, je n'essaie même pas de me l'acheter neuve en allant faire le pantin télévisé au cœur pur.

À peine un parrainage de Téléthon parce qu'on a vraiment insisté. Une participation aux Restos du Cœur, il y a bien longtemps.

J'en suis parti furieux.

Après le spectacle, il y avait un grand dîner prévu.

Pardon Véronique !

Je sais que tu es sincère en poursuivant l'œuvre de l'Enfoiré, mais ça, j'ai pas bien compris. J'ai refusé d'aller à ce dîner parce que ça me choquait qu'on puisse m'inviter à manger juste parce que j'avais chanté pour ceux qui ont faim.

Je l'avoue, je suis un entêté de la petite bête. J'adore aller chercher des poux dans les têtes d'affiche.

Et pourquoi pas ?

Puisqu'il y en a.

Voilà comment je suis, Lilly.

Peut-être qu'au lieu de t'inventer un autre destin, j'aurais dû aller là-bas, dans tes favelas, donner mon temps et mon sang pour que les plus pauvres de ton pays n'aient plus à venir chercher la décence dans le mien.

Je n'en ai pas encore eu le courage.

Bien sûr, comme la plupart de ceux qui me lisent, je la sens bien, l'immense injustice.

Moi aussi, elle me retourne de temps en temps dans mon lit à l'heure de m'endormir.

Coluche disait : « La misère du monde n'est pas de dimension humaine. »

Il avait raison.

Un jour, ils viendront.

Un jour, ils nous prendront ce qui leur appartient aussi.

Ils nous massacreront.

Ils auront raison.

Et tu sais quoi ? C'est cette putain de télé qui les fera venir.

Parce qu'elle emporte dans les coins les plus pauvres de la planète les images des coins les plus riches.

Parce qu'avant, ils ne se doutaient peut-être même pas que ça existait à ce point.

Aujourd'hui, ils en sont sûrs.

Alors ils viendront.

Pour partager.

Je pense qu'ils ne nous laisseront pas grand-chose.

Un 11 septembre, un avion a percuté les télés du monde entier.

Ça a déjà commencé.

— C'était qui Coluche, papa ?

— Un copain, Lilly. Une relation de travail. Un brave mec. Un clown, comme papa. Mais en mieux, parce qu'il était plus drôle et qu'il est mort jeune.

— Il est mort de quoi ?

— D'un point d'interrogation. Il est mort de « ? »

Et je ne suis pas le seul à le penser.

# 7

# Madame

Je vais te raconter la première fois. Ma première émission d'animateur vedette.

Sans chronologie, j'avais dit. Pourquoi pas maintenant ?

Mais attention, tu as bien compris que ce bouquin n'est pas une collection de photos souvenirs qui n'aurait d'intérêt que pour moi. Je te l'ai déjà dit, ce n'est que du ressenti. Alors l'anecdote, bien sûr, mais surtout l'autour et le pendant.

Carnaval, c'était le 21 janvier 1984. Une heure et demie à moi. 20 millions de téléspectateurs. Des déguisements, des artistes à contre-emploi. Un gros succès. Point.

Un petit écart, pensais-je. Une passade. Un petit tour à plein temps dans une émission de variétés tout à moi, dans le but surtout qu'ils viennent me voir plus nombreux faire l'imitateur sur scène.

Mais après, « basta ». Une ou deux de temps en temps et, « on the road again ».

À l'époque, je faisais 200 spectacles par an. C'était ma vie, ma came. Je n'imaginais pas mon existence sans ce merveilleux frisson d'une salle qui applaudit.

À l'heure où je t'écris, je suis Patrick Sébastien (Sabatier pour quelques-uns qui confondent encore), le mec à la télé avec les numéros de cirque. Quand je parle à certains mômes d'aujourd'hui de mes Olympia, c'est tout juste s'ils ne croient pas qu'avant, j'étais dans la chaussette.

Quatorze fois, j'y suis passé, à l'Olympia. Des milliers de galas. Des salles debout.

— Y avait pas de chaises ?

— Mais si, Lilly. Ils se levaient parce qu'ils étaient très contents. Ça s'appelle une « standing ovation ».

— Et en français, on dit comment ?

— Pareil.

— Je m'appelle Lilly en français, mais en brésilien c'est comment ?

— Viens vite !

Ce petit détour par la télé qui ne devait être qu'un support a fini par tout grignoter.

Et je me retrouve animateur, producteur, passeur de brosse, lanceur de chansons, à l'envers de la scène.

Et dans ma vie d'aujourd'hui, le soir, il y a la lumière tamisée de mon grand bureau en guise de podium illuminé vulgaire de la « foire aux endives ». Ma belle maison sage, toute payée avec le grand argent de la télé, a remplacé les inévitables Novotel quotidiens.

Plus de cuites, plus de fêtes, plus d'improbables.

Parfois, le dimanche, au lendemain d'un succès d'audience phénoménal, mon gros cul affaissé sur un sofa mou dans ma grande maison de campagne, après un samedi tranquille où j'ai regardé tout Ardisson avant de m'endormir serein dans de doux draps bleus, je me surprends à me dire : « Qu'est-ce que je me fais chier ! »

Alors, je me repasse, en film gai, les nuits interminables d'ivresse et de feu qui prolongeaient l'orgasme des chapiteaux bondés.

Les incertaines de sept heures du matin, sans visage. Des jambes ouvertes juste. Des issues de secours. Et toujours la tendresse quand même. La petite fleur dans le jardin secret, parce que, crois pas, les plus faciles ne sont pas celles qu'on respecte le moins. Le contraire presque, parce qu'elles n'ont rien à te voler et que tu n'as rien à leur prendre.

Et les douces torpeurs d'après, entre deux vins, entre deux seins, et les oiseaux qui chantent déjà.

Et demain, un autre jardin, un autre secret. Et avant, une autre scène, d'autres éclats de rire. Chaque jour un autre port, d'autres îles, d'autres elles. D'autres rhums, d'autres abordages, d'autres trésors.

Pirate, va !

Bon, d'accord, si j'avais continué cette vie-là, je serais mort. L'alcool, les filles, la route, le trop-plein, le trop soûl, le trop tout... Rideau.

Pour la télé, j'ai été obligé de devenir grand. Enfin, un peu plus.

Ce métier demande tellement d'attention et de sérieux

si tu veux y durer, que tu ne peux pas te permettre trop de relâche. Vois ceux qui ont duré : Drucker, Foucault. Impossible de les imaginer dans la décalque quotidienne. Ceux qui ont essayé ont explosé en vol. Et ceux qui n'ont pas encore, vont.

Moi, j'ai choisi le parachute. Personne ne m'a poussé. J'ai sauté par besoin d'entracte.

Ça allait si vite, si fort. Je me suis dit : « Je souffle un peu, je remplis la gamelle et je repars. »

Je ne suis toujours pas reparti. Et tu sais quoi ? J'en crève, parfois.

Bien sûr l'été, j'y regoûte un peu avec l'orchestre de mon copain René Coll. Mais c'est vacances. Pour du beurre. En attendant la rentrée.

Et puis, tous ces gens qui m'accompagnent à présent, mes quotidiens que j'aime tant, mes bras droits de l'image, je peux pas les larguer comme ça. Bien sûr, ils iraient s'abîmer chez d'autres du PAF. Facile. Ils savent tout faire. Mais il y aurait du triste, du chagrin de famille, alors j'hésite et j'attends.

J'attends et je me remémore.

Un singe en hiver.

Fallait voir ça, Lilly ! Ton père, c'était pas le gros mou sur le ventre-coussin duquel tu somnoles !

C'était de la bombe. Du fracassé de concours. De la vie sur pattes. Toujours couché le dernier. Faiseur d'heureux. Fabricant de sourires. Rôdeur. Bagarreur. Sabreur d'infantes. Découpeur de pimbêches. Remplisseur de salles et videur de verres. Malpoli et joyeux. Peur de rien, de personne, sauf de lui.

— Tu vois, Lilly, celui dans l'écran, sur la cassette, avec le costume noir, le nœud pap, les gens bien mis autour, et la table propre ?

— Oui.

— Ben, c'était le contraire. Pile. Et puis tu vois l'œil ? Gai, mais un peu triste... Tu vois la démarche ? Un peu lourde, non ?

— C'est vrai.

— Eh bien, ça n'avait rien à voir. Rien.

Alors, malheureux ? Mais non, voyons. Au contraire, serein, posé, sage presque. La satisfaction du travail fini. Parce que même si ça s'arrête demain, ça y est, c'est fait. Les records d'audience, la reconnaissance du public.

Putain d'audience ! Putain de confort ! Putain d'argent ! Putain de quiétude !

Allez stop, on « rewind ».

On dirait que le 21 janvier 1984, « Carnaval », c'est une grosse daube que personne ne regarde.

On dirait qu'après, j'ai juste droit à la télé en promo pour mon prochain spectacle.

On dirait que je suis invité dimanche chez Drucker, dans la catégorie « Nostalgie », parce que j'ai bien connu Chantal Goya.

On dirait que je continue à faire des petits spectacles d'imitations de-ci de-là, que je gagne tout juste bien ma vie, et que le soir de Noël, je travaille.

On dirait que la télé ne m'a pas baisé au point de me rendre accro au tranquille. On dirait que j'ai eu une autre vie. On dirait que je ne suis pas riche et écouté.

On dirait que je suis libre.

Comme à Pigalle en 1979.

Avant la télé. Enfin, avant la mienne. L'époque où je me parsemais dans celle des autres, Guy, Maritie et Gilbert, Michel. Juste des étapes. Tu penses bien qu'autrement, la vie buissonnière, j'aurais pas pu.

— Tu vois, gamin, je préfère finir avec une balle dans la tête qu'avec un doigt dans le cul ! me disait-il, affalé au comptoir du claque de la rue André-Antoine.

Il a fini avec une balle dans la tête. J'ai perdu l'ami. J'ai gardé la phrase.

Pigalle 1979 était chaud vivant. La came n'avait pas encore tout mortifié.

Suffit que je ferme les yeux et je revois tout. Putain de jeunesse ! Putain de liberté !

Au coin de la place aux petits jets d'eau, dans la brasserie jaune et blanche, de vieux flics ripous « cantinaient » avec des tapins joyeux. Des pin-up de bazar déguisées en hérons, hautes sur pointes, la poitrine tendue droite sur de la dentelle mauve, riaient gras ou chialaient noir. Le rimmel en cascade.

Le mac n'était pas loin. Attentif et frimeur. Clope au bec, le bras sur la portière, le rétro vissé sur la gagneuse du coin. Discret comme un nez de clown sur un moine bouddhiste.

Les blacks étaient plus parsemés qu'aujourd'hui, sans bonnet, costard blanc sur chemise flash couleur.

Les égarés provinciaux du Salon de l'agriculture se faisaient harponner par des chasseurs de cons à l'entrée des « Strip-Houses ».

J'ai déboulé là, une nuit, vers très tard, avec Mick, mon vieux pote d'aventures. Je me suis tout de suite senti chez moi. Lui aussi. Tu parles, ça clignotait « Vegas » dans tout le quartier !

La flicaille du car stationné pleine place, comme tous les soirs, m'a épinglé d'autorité.

— Fais-nous Bourvil, on rigole trop.

Et « À dada », un képi sur la tronche, j'ai fait le tour du rond-point.

Adopté.

— C'est où qu'on s'marre ? ai-je demandé en récompense.

— Toute la rue qui monte, mon gars. Mais gaffe, si tu veux profiter de tout, il te faudra quinze bites !

Précédée par ma seule, je me suis risqué chez Georgette.

Un accueil de prince.

— T'es le rigolo qui fait Bourvil. On t'adore. Champagne !

— Holà ! doucement, j'suis pas pigeon, juste je visite.

— Te bile pas. Pour toi, c'est cadeau. Hein, Madame ?

Madame était plus belle, plus classe. Madame était

patronne. Pas du bar. De tous les bars. Madame a dit que pour moi ce serait toujours cadeau.

Tout de suite on s'est causé.

Elle m'a dit son fils, presque de mon âge, chef de bande, gros poisson qu'elle savait promis à une mort violente.

La mort tiendra sa promesse.

Madame aurait bien aimé m'avoir comme fils. Pour être mère plus longtemps.

Et puis, Madame m'a dit :

— Vas-y, profite, ça aussi c'est cadeau.

J'ai fanfaronné au bar, pendant une bonne heure, avec de la « glousseuse » de base, de l'étrange au regard vide.

Et puis j'ai remarqué ELLE, dans un petit coin, toute timide. Bottée haut sous jupe courte, avec un regard de plus tard. Tu sais, quand tu sens bien que c'est le début de quelque chose de loin.

Je l'ai emportée en fin de service. On n'a même pas baisé. Parlé, oui, et dormi fort.

Et à partir du lendemain, je suis devenu son quotidien.

J'écumais la rue entière, de bar en bar, et vers 6 heures, je recueillais ELLE après sa nuit de travail.

J'aurais pu tomber proxo, dis, j'y pense. En fait, je n'étais ni mac ni client.

J'étais en visite.

J'étais partout en visite.

— Ton petit Sébastien, il avait quel âge à cette époque, papa ?

— 9 ans.

— Et pour lui aussi, t'étais en visite ?

— Oui, Lilly. Il habitait chez sa mère en province. Une femme merveilleuse. D'une pureté d'ange.

— Tu ne regrettes pas, aujourd'hui qu'il n'est plus là, de ne pas l'avoir assez vu ?

— C'est bien plus qu'un regret, Lilly. C'est peut-être ma croix la plus lourde.

— Tu me visiteras seulement, moi aussi ?

— Je te jure que non, Lilly... Je te jure que non !

C'étaient les années cavalcade.

Le temps d'aller quelquefois à la télé faire le pitre, mais pas le temps de la regarder, et encore moins envie d'habiter dedans. De toute façon, tous les soirs, je vivais en vrai « Les Cinq Dernières Minutes » et le « Cinéma de minuit ».

Minuit, c'est l'heure où ça commençait.

Je « m'agapais » dans quelques restaurants corses où on parlait le toulonnais. Cent cinquante ans de prison au bar. Que des amis, des respectueux à l'ancienne.

Ils me couvaient, et bien plus parfois.

— François, j'ai un problème. Hier soir, on m'a volé ma voiture.

— Où ça ?

— Devant chez mon imprésario à Neuilly.

— Ok, elle sera demain au même endroit avec les clés dessus.

Et elle y était. Avec un petit mot sur le volant. « Pardon ». Ça me coûtait trois imitations, accompagné par le guitariste maison. Mon Phiphi. Fidèle parmi les fidèles puisqu'aujourd'hui encore il me couve de son amitié sincère et bienveillante.

Et puis, je partais rejoindre mes copains papillons de nuit à l'Élysée-Matignon. La BBBoîte de l'époque. Avec un 3 B majuscules :

Boire, Bander, Briller.

Du whisky, des filles et des stars. Pas en carton-pâte comme les fermiers d'aujourd'hui.

Non, de vraies étoiles pas filantes.

Romy. La Schneider, posée triste à une table pour deux. Deux qu'ils étaient, mais tu la sentais sissi seule.

Et puis Girardot, Johnny. Gainsbourg qui faisait pleurer Jane.

Joëlle la plus belle, déjà en instance de départ, le regard voilé par la dose du soir.

Il était une fois, deux fois, trois fois. Adjugée. Perdue. Putain de dealers !

Jean-Paul qui faisait Bébel au retour d'un combat de boxe pour amuser la table d'amis. Torse nu, voletant de lustre en lustre, et retombant navré sur la table d'une belle.

Fracas. Bris de verres.

Il se redressait, félin et dents blanches, en balançant trois billets à la volée.

— Excusez-moi, Mademoiselle, voilà pour vous. Achetez-vous des fleurs, que dis-je des fleurs, un jardin. Moi je n'ai pas le temps, il faut que je me sauve. L'amitié n'attend pas.

Et il plongeait à nouveau. Et moi je rêvais. J'étais dans le film.

Tout ébouriffé d'avoir la chance d'être là. Je ne me disais pas : « Pince-toi, est-ce que c'est bien eux ? » Je me disais : « Pince-toi, est-ce que c'est bien toi ? »

Et puis je m'embarquais pour ailleurs. Castel. Un Mastroianni seul devant son verre vide. Un Blondin plusieurs devant dix verres pleins. Passage éclair. Et tonnerre dans ma tête. Le bel orage.

Et fin du film à Pigalle, bien sûr.

De comptoirs en chaises hautes. « D'échassières » en mamans de substitution.

Et des interdits de séjour. Des interdits de parloir. Des libérés sous caution. Des évadés du jour. Des repris de justesse.

J'en ai croisé, des années de placard ! Des vrais de vrais. Des accros de la marge. Sûr que j'aurais pu virer canaille, mais Madame me ramenait chaque fois à la vraie vie.

— Te gâche pas, môme. De toute façon, t'es pas fait pour. T'as la hargne, mais t'as pas la connerie. Contente-toi d'apprendre. Ça te servira toujours. Pas sûr que les pires soient ceux-là. Je ne sais pas où tu iras, mais je suis sûre que tu réussiras fort. T'as un cœur d'or. Je sais qu'il y a un con qui t'a dit : « La balle dans la tête plutôt que le doigt dans le cul. » Écoute bien le conseil de Madame : ni l'un, ni l'autre.

— D'accord, Madame.

— Tu vois le grand là-bas au coin ?

— Avec la barbe ?

— C'est une fausse. Il finira avec une balle dans la tête lui, c'est sûr. Peut-être même plusieurs. Dommage, dans un autre monde ça aurait été un seigneur, monsieur Jacques.

Effectivement, deux semaines plus tard Mesrine était exécuté porte de Clignancourt.

Je voyais ELLE toutes les nuits, et je commençais à m'attacher à ELLE.

Et puis, un jour, on est allés au cinéma, ELLE et moi.

Ça s'appelait *La Dérobade*.

ELLE a eu peur.

ELLE a dit : « Il faut que j'arrête ».

Il fallait dealer. Et franchement, je me voyais pas marchander la sortie. Ça valait combien ?

— Rien pour toi, me dit Madame. Je m'en occupe. Sors-la d'ici. Je sais que tu la traiteras bien.

Alors j'ai enlevé ELLE et je lui ai rendu sa dignité.

Et moi alors, Patrick Sébastien, qui va venir m'en sortir de cette télé-bar de putains fardées ouverte à tous publics ?

Entre les racoleuses, les charmantes, et les surdouées, je fais mes passes tranquille, un samedi par mois. Paraît que c'est moi qui rapporte le plus dans ce bar-là. Avant j'étais dans le bar d'en face. Mais je me suis tiré, il a failli y avoir des morts.

Je suis avenant, gentil, authentique. Ça plaît beaucoup. J'ai réussi à fidéliser une clientèle. Paraît que j'ai de belles courbes d'audience.

Garçon de joie !

Et si c'était toi, Lilly qui entrais dans le bar pour me prendre par la main et me sortir de là ?

Je l'ai bien fait, moi. Et si, pour toi, je retrouvais ma vraie dignité d'homme libre.

Je suis accro, Lilly, je te l'ai déjà dit, accro.

Si demain ils me virent, je te jure que j'en pleure.

Mais, putain, je ne vais quand même pas finir ma vie dans ce bar de luxe, juste parce que les coussins sont moelleux et que le champagne est bon !

Bien sûr que je donne du bonheur. Je suis un bon tapin puisqu'ils reviennent.

Mais l'amour, Lilly ?

Ça fait si longtemps que je n'ai pas fait l'amour. Moi dans les projecteurs et la salle qui frémit, qui vient doucement et qui explose à la fin.

Putain de délire !

J'écris, j'écris, comme ça, au feeling, comme ça vient. Ça va sûrement me faire frémir quand je vais relire.

Juré, je n'enlèverai rien.

Tu sais quoi, en vrai ? Je creuse le trou. C'est le début de l'évasion.

Non, mais t'as vu ce qu'elle est devenue ma taule ? T'as vu les nouveaux arrivants ? Des petits délinquants avec oreillettes et prompteurs. T'as vu les nouveaux matons ? Dealers de tout. Avec une seule obsession : le fric.

Faut que je me tire ! Je sais pas encore quand, mais faut que je me tire !

En attendant, je balance.

Tout ce que j'ai sur le cœur, dessous et même derrière.

J'imagine le gland qui m'a acheté pour lire du *Télé 7 Jours* en relié épais. Peut-être il va écrire à la rubrique courrier du même *Télé 7 Jours* pour gueuler à l'arnaque.

Oh ! oui, fais-le, que je jubile. Là déjà je m'éclate, mais ça, ce serait le top !

Je vais te parler de la presse dans le chapitre d'après.

L'enchaînement est fait.

Tu sais que la presse, faut pas y toucher sous peine de fusillade. Parce qu'après, le bouquin que tu lis, ils vont me le démonter. Ils vont me vomir parce que j'ai osé dire ma vérité. Parce que, hormis la leur dont ils te bourrent le crâne, rien ne vaut la peine.

Hors de question que je généralise.

Pas tous pourris. Certains seulement. Comme partout.

Mais pas question que je garde pour moi mes blessures les plus purulentes.

J'exècre toute cette cohorte de faux scribes acerbes qui n'ont de journalistes que la carte de presse. Et crois-moi, ils me le rendent bien.

Ceux-là sont une insulte aux autres. Les véritables journalistes que j'aime et que je respecte.

Parce qu'ils n'ont jamais menti.

Parce qu'ils m'ont écouté vraiment, observé en neutre, parfois incendié, critiqué, démoli même.

Parfois ils avaient raison, d'autres fois non, mais leurs jugements étaient intègres et non prémédités.

La différence avec les autres n'est que là.

## 8

## Gilles

Souvent, je maudis. J'éructe. Il m'arrive même de m'offusquer en écolo :

— Dire qu'on tue des arbres pour ça !

Papier mâché. Gâché. Encre antipathique, qui au contraire de l'autre, la sympathique, se voit encore plus.

« Patrick Sébastien lutte contre la leucémie. »

Ce titre a fleuri en gros dans un hebdomadaire à scandale à la suite d'une émission à l'Olympia pour fêter mes trente ans de télé.

Vrai, imparable et profondément dégueulasse.

— C'est qui la leucémie contre qui tu te battais, papa ?

— Pas « qui », Lilly, « quoi ». C'est une maladie. Comme toutes les maladies, elle fait mourir du monde, et elle en fait vivre presque autant. Des médecins, des employés de laboratoires, du personnel hospitalier. Enfin, tous ces gens qui, si on découvrait le remède universel, descendraient manifester dans la rue parce qu'ils auraient perdu leurs emplois.

— Même les journalistes ?

— Quelques-uns, oui. Les pires.

Gilles est un être magnifique.

Un musicien pur, ex-professeur, reconverti dans le big band par passion chez René Coll, mon frangin de vraie vie.

Comme Dieu, qui n'existe probablement pas, a la sale manie de balancer ses coups du sort à l'aveugle, Gilles nous a appris deux mois plus tôt qu'il souffrait d'une leucémie foudroyante. Le choc a été particulièrement rude pour nous tous, ses frères de scène. Plus gentil que ce mec, tu meurs. Ou plutôt « tumeur », dirait-il avec un petit rire provoc, l'insolent.

C'est vrai qu'au plus chaud de l'alerte, à l'hôpital, sa première phrase pour nous tous, qui tremblions pour sa survie, a été : « Même pas mort ! »

Humour de raccroc que je connais si bien, indispensable dans tous les cas de très grave.

Il est passé tout près, notre Gilou. Mais ferrailleur comme lui, il n'y a pas non plus. Le plus mince, mais le plus fort de nous tous.

— Hors de question que je me fasse baiser par cette saloperie. Je vais sortir bientôt, promis.

Et il s'est battu. Tout au mental.

La sale chimio qui te démonte les entrailles, les cheveux qui s'éparpillent, le froid de la mort qui te frôle au point de ne te laisser le choix que de glisser ou pas.

Lui, ça a été « ou pas ». Mais de si peu.

— Tu sais, Patrick, m'a-t-il confié à un moment, je te jure que si je le décide, je meurs. Tout s'est éteint. Tout est parti. Ça n'était pas désagréable d'ailleurs. Cette nuit-là, j'ai su que si je lâchais, je partais. Mais j'ai tenu. Je ne voulais pas quitter mes partitions, mes symphonies. S'il n'y a que de la harpe là-haut, t'imagines comme je vais m'emmerder !

Il m'a parlé avec tant de force, tant de volonté, le petit piaf tondu. Il m'a martelé les mots qu'on doit absolument se répéter quand on est au bord du précipice : « Refuser. Refuser. Refuser. »

Je me suis senti infiniment menu. Tout nain de volonté devant cette conviction impressionnante.

— Je suis pas sûr que je pourrais si ça m'arrivait, ai-je murmuré.

— Mais si, Patrick. Tout est dans l'envie. Vivre. Vivre.

Gilles et moi, on se ressemble dans la déglingue. Les excès « tout pour le tout » parce que la vie est trop moche pour l'habiller triste.

Là, franchement, il m'a bluffé. Il m'a raconté des souffrances inimaginables de respiration, d'isolement, des coups de poignard insensés. Moi, en admiration totale, je prenais leçon sur leçon. De courage, de résistance et d'espoir surtout.

Alors j'ai proposé :

— Cette putain de force, tu ne veux pas la dire quand on sera à la télé devant des millions de personnes ? Sûr que parmi eux, il y a du désespéré, du prêt à lâcher...

— Bien sûr, m'a-t-il répondu, enthousiaste. Si ça peut en sauver, je peux leur expliquer qu'il faut tenir.

Et des millions de personnes l'ont vu.

À la fin de l'émission, je l'ai pris par le bras et je lui ai dit :

— Allez, explique-leur.

Je sais la force des images. Je connais l'impact des contrastes. Lui, crâne rasé par dommages collatéraux, la mine craie et le regard fier. L'étincelle de vrai dans les yeux mi-tristes. Tout ça en pleine fête. Je savais que de l'autre côté de la boîte, un, deux ou peut-être plus, se diraient sûrement : « Pourquoi pas moi ? »

— Même si je peux en aider qu'un seul, ça vaut le coup, m'avait dit Gilles, juste avant.

— Attention, avais-je prévenu, hors de question que je te donne en spectacle. Le malade pour attendrir, tu sais bien que c'est pas mon kif. Tu causes que si tu le sens vraiment.

Et il a causé. Juste les mots qu'il fallait : « Tenir... Se battre ».

Nous, tous les potes de l'orchestre, on avait le cœur plus que serré. Étranglé.

Pur, c'était. Fort. De la mort à la vie.

Rare.

Et puis voilà. Une semaine après, à la une d'un infâme de kiosque, l'accroche de merde :

« Patrick Sébastien lutte contre la leucémie. »

Les mots à double sens. L'enseigne racoleuse pour

vendre du sale. Plus loin, en plus petit dans l'article, l'explication. « Bien sûr, chers lecteurs, rassurez-vous, ce n'est pas notre Patrick national qui souffre de cette maladie, mais un de ses plus proches amis, et à l'occasion de sa fête à l'Olympia il a tenu à... Etc., etc. »

Je traduis en vrai.

« On vous a bien niqué la gueule avec notre titre, hein ! Patrick Sébastien malade, on aurait préféré, il aurait pu y avoir un suivi. Genre feuilleton. L'hosto. L'espoir. Sa mère, sa femme. Et en cas d'issue fatale, bingo, on multipliait les ventes par dix. Bon, c'est juste un de ses amis, ça compte pas. Comment ? Pardon ? Vous avez cru que c'était lui le malade ? Ah bon, on ne s'en était pas aperçus. Ce qu'on voulait juste dire, c'est qu'il se battait pour son copain avec un message contre la maladie en général. C'est écrit clairement : "Patrick Sébastien lutte contre la leucémie"... Et non pas contre "sa" leucémie. Vous pouvez nous faire un procès, on gagnera... Quoi encore, interdire des procédés pareils ? Et la liberté de la presse ? »

Et voilà : « La liberté de la presse ». Les cinq mots boucliers. Le gilet pare-balles à tous les débordements et toutes les saloperies récurrentes.

Ça, c'est un exemple parmi mille. C'est notre quotidien, à nous les célèbres. La « rançon de la gloire », s'excusent en chœur les fautifs. Quelle rançon ? Je n'ai jamais pris qui que ce soit en otage.

— Mais ferme-la, Patrick, ça ne sert à rien, me disent tous mes vrais amis. Cet écho systématique à toutes ces dérives de gratte-papier, ça sent l'aigri, le revanchard, tu n'y changeras rien.

— Aie de la compassion, me conseillait récemment l'unique Albert.

Pas Einstein.

Dupontel.

Et il a enchaîné.

— T'imagines la pauvreté du mec qui se largue dans ça ! Tu le vois dans son coin de bureau naze expurger sa propre souffrance en quelques lignes éphémères. On peut pas être tordu à ce point-là sans mille tortures en background. Un physique, des problèmes de cul, une enfance blessée, un manque d'amour définitif. Enfin tout ce qui fait d'un bel oiseau un corbeau pitoyable. Ferme-la, Patrick. Compatis, plains-le, mais ferme ta grande gueule !

T'as raison, Albert, mais là je m'épanche. Et en vrai, ça me soulage.

Oh, sûr que je guérirai pas tout.

En trente ans de clown, j'ai eu sous mon nez rouge des centaines d'articles qui me traitaient.

De tout.

Des attaques en règle sur mon travail, mon physique, mes amis, mes amours, mes humours, mes emmerdes.

J'avoue que l'écrit me blesse plus que l'oral. Je sais, je devrais pas, mais c'est ainsi. Et j'en ai cassé des lampes, des fauteuils, même mes mains tant parfois je bouillais d'injustice.

— Il a raison, Einstein Dupontel. Faut pas casser tes mains pour ça !

— Je sais bien, Lilly, mais c'est plus fort que moi.

— C'est idiot. Pour ce que tu écris, ils peuvent te faire souffrir encore encore plus.

— Encore, c'est sûr... Plus, sûrement pas. Tu comprendras un peu plus loin.

Il y en a eu tant, de ces fourberies d'encre. Tiens, ça, au hasard. Une pas très grave.

« Sébastien antisémite. Alors, ça gaze ? »

C'était dans *Le Canard enchaîné* à la suite d'un sketch sur Krasucki, premier secrétaire de la CGT d'alors.

Le sketch ? Une aimable parodie de ce syndicat à la suite d'une érosion du nombre de ses adhérents et que je comparais à l'extinction de certaines races d'oiseaux des îles.

Aucune allusion à quoi que ce soit de judaïque.

Je m'étais déguisé en Krasucki, et en plus en oiseau exotique. Plumes de couleur partout. Sur une île, on me voyait battre des ailes et réclamer l'assistance de Brigitte Bardot pour un soutien aux syndicalistes en voie de disparition. Le discours était enfantin, ponctué de pioupious, piaillement ridicule sans autre message que d'amuser la galerie.

Au bas de l'écran défilait un SOS : « Pour sauver les derniers Krasucki, tapez 3615 code piou piou... »

Krasucki était juif. Bon, et alors ?

Comment cette galéjade d'une légèreté astronomique a-t-elle pu être traduite en attaque primaire antisémite ?

« ... Et en plus il faut taper 3615 code youpi yude », avait écrit le mec du *Canard*.

— Mais putain, fulminais-je, c'était piou piou, pas « youpi yude », c'est quoi cette arnaque ?

Mensonge, manip de bas étage pour me coller une étiquette de facho. Je t'avais dit, pas très grave. Mais celui qui n'a pas vu et qui lit croit ce que je ne suis pas. Et ça, ça m'a démonté, tordu le sang pendant des jours et des jours.

Et le démenti ? Tu peux rêver. J'attends encore.

Pour eux je suis un clown. On peut tout faire à un clown. Et si par malheur le clown rue dans les brancards, pour qui se prend-il ? Il n'a pas d'humour, alors, le clown ? Il veut qu'on le prenne au sérieux, le clown ? Fallait pas qu'il fasse clown, alors, le clown.

Et le pas clown alors ? Le tout-venant.

Pareil.

Tout récemment : Outreau. Un énorme fiasco judiciaire.

À la une pendant des mois, les présumés pédophiles. Et puis le renversement. L'aveu de la méprise. Tous innocents.

La justice fait son mea culpa. Le ministre lui-même. Le président de la République.

Tous reconnaissent le dysfonctionnement tragique et donnent du « On vous demande pardon » en veux-tu, en voilà.

Et à la une des journaux diffuseurs en premier de l'accusation ignominieuse, t'as vu une excuse, toi ?

L'aveu d'avoir été abusé, oui. Mais des excuses ? En gras : « Pardon à tous d'avoir relayé des calomnies. »

Aucune ou si peu qu'elles m'ont échappé.

Au-dessus des lois.

Ou presque.

Le pouvoir absolu d'énoncer, de dénoncer en parfaite impunité.

Les avocats, les médecins ont des instances déontologiques supérieures, issues de leurs propres rangs qui peuvent décider à tout moment d'une radiation pour faute professionnelle grave.

Mais pas dans le papier, ma brave dame. Pas dans le papier !

Pourtant moi, tu vois, le rédacteur en chef de ce grand quotidien (qu'on va nommer *Grand Quotidien* par précaution juridique), au moment du décès de mon fils, je l'aurais bien aimé viré, excommunié pour saloperie préméditée.

Beaucoup plus grave, celle-là.

Je te raconte et après, tu juges en ton âme et conscience, toi qui dois bondir dans ton fauteuil de journaliste. Toi qui es en train de te dire que je suis un sale con qui n'a rien compris à la mission de la presse.

La presse est, pour moi, un des socles essentiels de la démocratie. C'est pourquoi je m'insurge tant quand elle est salie par les siens.

Et si, après ce que je vais te raconter, tu persistes à me trouver seulement insultant, c'est que tu fais partie de la race de celui dont je vais te parler. Tu n'as donc aucun espoir d'être un jour digne du nom d'homme. Et je t'en plains déjà.

Au départ, il y a encore un sketch.

Acide. Un brin provoc.

Une scène entre un directeur de journal aux prises avec un mécontent. Erreur de photo en pleine page faits divers. On a titré « L'assassin », et dessous, on a affiché la gueule du témoin. Méprise qui bouffe la vie du plaignant à laquelle le directeur répond par une promesse de rectification en dernière page et en petit, sous les mots croisés. Le trait est grossi, mais somme toute, à peine caricatural.

Le journal que je tiens dans les mains est le *Grand Quotidien*, dont j'ai bien pris soin de cacher l'en-tête. Mais le format et le graphisme font qu'effectivement, pour l'observateur averti, c'est signé.

Un des hauts responsables du journal m'a appelé, furieux :

— Puisque c'est comme ça, à partir de maintenant, considère qu'on te boycotte.

— Ok, ai-je répondu, c'est le jeu.

J'étais sincère. Œil pour œil !

Et pas forcément fâché. Le jadis si prestigieux quotidien commençait à s'égarer dans des règlements de comptes personnels, des diatribes incendiaires et sans talent qui auguraient d'un déclin d'ailleurs aujourd'hui réel et dramatique.

Pour moi, l'affaire était close. Puni. Au coin. Et la vie continuait quand même.

Quelques semaines plus tard, mon petit s'est tué en moto à 19 ans sur la route de la petite Camargue, en bas, chez les gitans et les flamants roses.

C'était ton grand frère, Lilly. Il rétrécira avec l'âge. Dès que tu auras 20 ans, il deviendra ton petit frère. Alors, prends toujours soin de lui. N'oublie jamais de continuer à aller lui parler, quand je ne serai plus là. De toute façon, Olivier et Benjamin, tes deux grands autres, t'y feront penser. Ils sont « moi », comme l'était Sébastien. De mon sang.

Je les aime plus que tout. Et toi déjà pareil, Lilly. Même si tu n'es pas sortie de moi.

Si l'amour n'était qu'une question d'ADN, ça se saurait. Endemol le vendrait déjà en pack de trois, disponible avec le CD de Nolwen + commande par SMS !

Le 15 juillet 1990, à cinq heures du matin, la douleur fut incommensurable. Elle l'est toujours. Surtout à cinq heures, tous les matins. Tiens, il est cinq heures ! Il n'y a pas de hasard. Ou, s'il y en a, on peut dire qu'il est ponctuel.

Peine à perpétuité.

Aucun mot n'existe pour décrire ou expliquer, alors stop. Juste moi et ce vide immense.

Double peine.

D'abord la détresse de Patrick Boutot, le père.

Et puis, pour Patrick Sébastien, l'insoutenable en plus.

Faire le spectacle du soir quand même pour la survie. La plage. Dix mille personnes pas au courant, et en face de la scène, à deux cents mètres la route qui m'avait pris mon fils.

Ne pas pouvoir m'arrêter sur les lieux de l'accident parce que les photographes étaient déjà à l'affût, planqués.

Hurler contre un téméraire, photographe aussi, forçant le barrage de sécurité en coulisses du podium pour « faire son travail ».

J'ai couru vers lui, et j'ai planté mon regard à un centimètre du sien.

— Regarde-moi bien dans les yeux, et dis-moi si tu vas la faire ta photo. Si tu bouges un doigt, je te tue.

Je l'aurais fait.

Il s'est excusé et il est parti.

Alors, déjà tout ça, est-ce que ça méritait en plus la plus basse des vengeances ?

Le lendemain, j'ai ouvert les journaux, mécaniquement. Comme ça. Pour savoir quoi, en plus ? Rien. Pour contempler mon malheur ? Je ne sais pas. Je ne sais plus.

Tous les articles étaient sobres, respectueux.

En fait, je redoutais l'indécence.

J'avais encore en mémoire l'immonde photo de Coluche mort, à la une d'un quotidien provençal, le lendemain de son accident.

Sordide : l'Enfoiré, mort, les yeux clos, un chiffon blanc autour de la tête. Une photo volée à la morgue. Elle est où l'info ? C'est quoi l'intérêt, sinon vendre ? Je n'ai toujours pas compris.

Pour mon petit, par bonheur, rien de tout ça. Rien de sordide. Même pas la photo de la moto en miettes.

Merci.

Et puis j'ai ouvert le *Grand Quotidien*.

Et ma tête a explosé un peu plus.

L'article laissait entendre que la mort n'était peut-être pas naturelle... « Il n'y avait pas de traces de freinage et aucune autopsie n'a été pratiquée... »

Alors, en plus du chagrin il y a eu le doute. Terrible. Abominable.

J'ai appelé la gendarmerie d'où le journaliste qui avait écrit l'article affirmait tenir ces informations.

— On n'a parlé à aucun journaliste, m'affirma le capitaine compatissant. Le gamin a fait un tout droit et à la vitesse où il allait, il n'a pas eu le temps de freiner.

Comme je laissais un long silence, il répondit à ma question sans que je la lui pose.

— Ni le temps de souffrir, Monsieur.

— Et l'autopsie ?

— Allons donc, il n'y a pas d'autopsie pour ce genre d'accident. Vous pouvez toujours la demander. Mais, vous savez, excusez-moi pour l'expression, c'est un accident banal. À mon avis, le mec qui a écrit ça veut se faire mousser. Il n'y a rien de louche. Tout ça est malheureusement très clair, hélas.

J'ai raccroché, pensif et encore écorché.

Et si ce journaliste savait des choses que personne ne connaissait ?

J'ai immédiatement repris le téléphone pour appeler le haut responsable du *Grand Quotidien* avec qui j'avais eu des mots. Bien sûr, je n'avais pas oublié notre différend, mais il est des circonstances... hein ?

— Je veux juste que vous vous mettiez en contact avec le journaliste qui a fait l'article. Il faut que je sache, vous me comprenez ?

— Je ne peux pas.

— Attendez, c'est grave ce qu'il a écrit. Il doit avoir des preuves, quelque chose. Je veux juste lui parler. Au téléphone s'il ne veut pas me voir. Mais je veux savoir son nom.

— Il n'en est pas question.

— Mais putain, hurlais-je en pleurant, je viens de perdre mon gamin, vous insinuez que quelqu'un l'a peut-être poussé, j'ai quand même le droit de savoir !

Et puis, devant tant de froideur, l'inimaginable m'a soudain traversé l'esprit. J'ai questionné à tout hasard.

— Vous n'avez quand même pas donné l'ordre d'écrire ça juste pour me faire du mal parce qu'il y a une embrouille entre nous ?

La réponse est à jamais inscrite dans ma mémoire. Mot pour mot.

— Fallait pas nous chercher... Maintenant, je raccroche et je t'emmerde.

Voilà.

Que veux-tu que j'ajoute ?

Rien, t'as raison.

C'est suffisant.

Non, Lilly, ne cherche jamais à savoir qui c'était. Moi-même, alors que je pourrais le croiser où je veux quand je veux, j'ai renoncé à la vengeance.

Et puis quoi ? Lui éclater la gueule ?

La belle affaire.

Si j'avais voulu, il y a longtemps que ce serait fait.

— Tu ne lui as pas pardonné quand même ?

— Si, Lilly. Si. Avec peine, mais je lui ai pardonné. Parce qu'il n'y a que le pardon qui sauve. Il fallait bien que je me pardonne aussi d'avoir acheté la moto. Et ce pardon-là, même s'il était de moi à moi et sans préméditation, il a été bien plus difficile à accorder. N'oublie jamais de pardonner Lilly... Jamais.

Et puis tiens, pour finir en sourires après cet amas de sales souvenirs, je t'emmène à l'Élysée.

— Encore !

— Oui, mais chez le locataire d'avant, Mitterrand, le jour où, déguisé en travesti, j'ai osé me présenter aux grilles pour solliciter un entretien.

J'allais changer de chapitre, mais en y réfléchissant bien, je me suis aperçu que, là aussi, la presse était responsable de tout, mais cette fois pour mon bien. En tout cas, responsable de la volonté du Président de me recevoir.

Ça s'est fait en deux fois.

D'abord une idée à la con :

— Et si on allait souhaiter nos vœux au Président,

déguisés moi en Depardieu, toi en Michel Blanc dans *Tenue de soirée* ?

— En « travelos » ? rigola Laurent Gerra, encore vierge de célébrité.

— Ouais.

Quelques heures plus tard, nous déambulions, fardés sur talons hauts, du boulevard Malesherbes à la rue du Faubourg-Saint-Honoré toute proche, escortés de caméras.

Frigorifiés, mais joyeux, nous attendîmes deux heures devant l'Élysée et une foule de curieux de plus en plus nombreux, jusqu'à ce que le secrétariat du Président accède à notre demande de fêlés.

On vint nous expliquer aimablement et avec de grands sourires qu'il fallait prendre rendez-vous. Je pris donc la décision de lever le camp, un peu déçu.

Le coin de pêche était si beau, on n'allait quand même pas rentrer bredouilles !

J'ai proposé :

— On va tenter Pasqua, c'est à cinquante mètres.

Devant le ministère de l'Intérieur voisin, l'accueil fut beaucoup moins convivial. Du CRS en pagaille. On ne passe pas.

Si, si on passe. Mais à la télé !

Le samedi suivant, j'ai tout montré. Et bien entendu, filou comme pas deux, j'ai terminé « symbole » : La gueule peu avenante des CRS, et en surimpression, un discours de Mitterrand sur la liberté d'expression.

Impact garanti.

Quitte ou double.

Soit Tonton se disait : « Quel enfoiré ! », et fin du coup. Soit, il me recevait en bien plus filou que moi, sûr d'en tirer tous les avantages médiatiques.

Le lundi, Charasse m'a appelé :

— C'est d'accord, Patrick, le Président veut bien vous recevoir. Vous voulez quoi ?

— Une interview. Son opinion sur la liberté de faire rire.

— Ok, mais vous venez normaux, je veux dire, pas en travestis.

Et moi, connard génétique, je m'offusque et je raccroche.

— Hors de question. C'est en travelos ou rien du tout.

Tous les proches du bureau mettront une heure à me convaincre d'y aller quand même.

Et Nana en tête.

— Patrick, t'es ouf ou quoi ? C'est quand même le président de la République. Il te propose un entretien que tous les journalistes de Paris crèvent d'avoir, et toi tu fais la fine bouche. T'es malade, chéri ? Imagine les boules que tu vas leur mettre aux gratte-papier. Toi, le clown, le futile, le bien moins qu'eux.

— D'accord, mais je mets des porte-jarretelles sous mon futal, comme ça pour le plaisir.

— Si ça peut t'amuser... C'est tout ?

— Non... En plus, je me peins la bite en bleu blanc rouge !

Je l'ai fait. Pour le fun. Le souvenir. Le devoir de mémoire des cascadeurs de l'inutile et du grossier.

Quel pied !

— C'est vrai que tu es un peu grossier, papa. Tu feras des efforts pour moi ?

— J'essaierai, Lilly, mais j'aurai du mal à l'être beaucoup plus.

— Non, pour l'être beaucoup moins !

— J'avais compris, ma puce... Je plaisantais.

Tonton a écouté. Répondu avec toute sa sagesse. Disserté sur le mal-fondé d'une République qui légiférerait les limites de ses humoristes.

— Ce serait la pierre pour écraser la mouche, affirma-t-il, solennel.

Et lorsque j'abordai le problème de la liberté de la presse, je le sentis se tendre. Il parla à demi-mot des « chiens ». Cette horde impitoyable qui avait poussé Bérégovoy, son ancien Premier ministre, au suicide. Il n'avait pas pardonné. Il ne pardonnerait jamais.

Ainsi, quand l'interview prit fin, il m'entraîna à part.

— Vous vous rendez compte de votre audace. Venir à l'Élysée, en travesti ! Êtes-vous conscient que, certainement, aucune république au monde ne vous aurait accepté ainsi ?

— Bien sûr, monsieur le Président.

— Vous savez réellement pourquoi je vous ai reçu ?

— Non.

— Parce que ça m'amuse, fit-il, avec un sourire de vieux gosse en fin de tour de manège.

Et il ajouta, toujours avec le même sourire, mais un peu plus crispé.

— Et parce que ça les emmerde.

Il n'avait pas cité les « chiens », mais son regard disait que c'était d'eux dont il parlait.

Animosité paradoxale de la part de ce manipulateur professionnel. Faiseur de cour.
Expert ès flatteries. Lui qui avait si bien su, justement, faire taire toute une profession, muette par solidarité, au sujet de sa fille cachée.

Mazarine était en première ligne aux obsèques. Sous le feu des flashes. Exposée en défi ultime.

Qu'a-t-il voulu montrer ? Qu'a-t-il voulu cacher d'autre. Lui seul le sait.

Il me reste de cet homme le souvenir furtif d'avoir croisé un clown pour gens sérieux.
Un auguste de marbre, mis en valeur par mille clowns blancs. Un Président pour grands enfants rêveurs. Sachant tout faire. Équilibriste, jongleur, illusionniste, dompteur de fauves.

Et puis, une fois l'habit rangé dans la roulotte, un homme. Un vrai. À fables et à femmes.

Sans qu'il le sache, nous en avons partagé certaines. Je ne te parlerai pas d'elles.

Des autres, un peu plus, dans le chapitre suivant. De

mes « Miennes » ou supposées telles. Ma putain d'audience en a fait fuir, mais en a attiré bien plus. Elles aussi font partie de la réalité de ma télé.

Allez, viens, Lilly, je t'emmène chez mon cœur.

# 9

# Elles

Elles ont été trois. Un mariage et un enfant chacune. Enfin deux, et toi à venir, Lilly.

Trois à partager l'antre de l'animal animant. Trois dans mon téléfilm. Plus les entractes. Passage de l'une à l'autre ou infidélité chronique. Trois à supporter l'insupportable : moi.

En vrai, si j'avais été femme je n'aurais pas pu.

Déjà, je vis dedans et c'est pas facile, mais alors, à côté, franchement, je n'aurais pas pu.

Trois : le feu, l'eau et la terre.

Trois à accepter l'Autre. La « maîtresse envahissante » : la télé que je faisais. Elle a pris bien plus de place dans le salon que celle qu'on regardait.

La première était feu. Sylvie.

À mes côtés depuis les années d'avant où je n'étais que saltimbanque des salles. Pas encore sous glace. Elle était là pour le premier « Carnaval », la première aventure tout à moi.

Elle n'a connu que pendant un an et demi la « maîtresse envahissante ». Il faut dire qu'elle connaissait bien pire : Mon alcool frère qui m'accompagnait au quotidien.

Il fut mon plaisir et ma souffrance intime.

Un litre et demi de whisky par nuit.

C'est pas de l'amateurisme, ça Monsieur !

Et la cohorte des boîtes à cons.

Planté au bar comme un cactus d'intérieur, je déversais mes certitudes et mes peintures neuves du monde à des paumés de ma race. Jusqu'au jour pointant, on s'enivrait de nous. Des bagarres de rue, des pipes de foire, des chansons nostalgiques au coin d'un piano bar, l'œil sur la barmaid amoureuse.

J'ai passé toutes ces nuits fauves à mendier je ne sais quel secours que je ne pouvais trouver qu'au fond de moi. Des Gainsbourg, des Léotard croisés en déchirures me confortaient dans cette fuite vers rien et plus si affinités.

Bien sûr qu'aujourd'hui, dessoûlé depuis vingt ans le mois dernier, je me repasse le film avec un spleen élégant, et aucune envie de replonger.

Mais Dieu, que certains de ces moments furent magiques !

Secs avec des glaçons et le parfum sucre et menthe de l'égarée du moment.

Des infantes nues dans des soupentes de Cosette. Le dessus-de-lit parsemé de peluches, le porte-jarretelles en vrac sur l'accoudoir du fauteuil et le Pierrot qui pleure sur la porte de la salle de bains.

Et l'alcool à portée de main qui leur chirurgiait le commun. Résultat : rien que des chevauchées princières. La moindre rôdeuse de snack devenait top model.

Certaines, faut pas que tu les voies aujourd'hui, Lilly, tu croirais des grand-mères !

D'ailleurs, elles le sont.

— T'as fait l'amour à des grand-mères ?

— Elles ne l'étaient pas encore, Lilly. Elles ont vieilli après.

— On est obligé de vieillir ?

— Oui, Lilly. Pour les souvenirs. Tu t'apercevras que le temps atténue les pires et embellit les meilleurs. Vieillir, ça sert surtout à ça !

Je pense souvent à elles, mes ex-jeunes, au moment d'entrer sur leur écran. Je me les imagine au chaud d'une province tiède, les chaussons tranquilles et la tête ailleurs. Se remémorant une nuit que j'ai peut-être totalement oubliée. Enfin, totalement, non, puisque je t'en parle. Mais je te fais un prix de groupe.

Elles n'ont pas pu oublier, elles, puisqu'elles m'ont eu sans cesse à la maison, de *Télé 7 Jours* en « Plus grand cabaret du monde ».

Parfois j'en croise qui cherchent dans mes yeux le souvenir du bon moment. Ce soir de fuite où elles m'avaient donné l'essentiel alors que je n'avais pris que le superflu.

Et Dieu que je m'en veux de n'avoir gardé d'elles qu'un souvenir flou parmi tant. Si elles savaient l'indispensable qu'elles ont été et qu'elles restent pour moi !

Les amours de passage sont les seules qui durent vraiment.

Les autres nous amarrent toujours au provisoire.

Juré, je suis magnifiquement heureux à quai.

Nostalgique, mais heureux.

Pourtant les houles, les tempêtes m'ont versé des vagues d'infini dans la mémoire.

Si tu savais comme j'aime me détester en marin soûl, pirate des mères du Sud et de leurs filles avec.

Qu'Alzheimer se méfie, il vaincra peut-être le disque dur de mes retours en arrière, mais il me restera toujours, à fleur de peau, ces insaisissables traces de mes nuits d'ivresse.

Elles ne sont pas dans ma mémoire.

Elles flottent à fleur de moi entre mon cœur et mes couilles.

Impérissables.

Tatouées sur ma peau de repenti.

Sylvie le feu a donc supporté ça. Mes absences intolérables et mes présences souvent parfois plus.

Et elle a glissé avec moi.

À cause de moi aussi.

Peut-être la télé serait-elle arrivée plus tôt, j'aurais, par nécessité, freiné le tourbillon. Peut-être aurais-je fait la petite sœur qu'on s'était promis. Rien n'est moins sûr. Elle était trop feu, trop braise, trop attirée par la brûlure et puis la cendre après.

Elle s'est consumée en fumée glauque puis ensuite en poudre de rêve. Avec tout le cortège des mots qui blessent, des insanités, des actes irréfléchis.

Bien des années plus tard, je l'ai arrachée à une mort certaine pour qu'elle se désintoxique de ce grand plongeon dans les paradis qui n'en sont pas.

Je garde un profond respect et une immense tendresse pour cet être rare et insolent, tombée toute petite dans le vrai et le sans limites. On se ressemble beaucoup. Elle, en mieux parce qu'elle est allée au bout de l'impossible et qu'elle en est revenue.

Moi, je me suis arrêté avant le naufrage. C'est la télé à dose régulière qui m'a sauvé.

Eh oui ! Cette télé que je te démonte depuis le début.

Sans elle, j'aurais coulé corps et biens. Et j'ai beau te peindre ma vie d'avant orgasmes et fous rires, je ne regrette pas vraiment de l'avoir zappée.

Me restent les photos collées au mur de mon crâne. Et les fantômes de mes amours perdues. Je sais déjà que je n'en bannirai aucun. Aucun ne m'effraie, aucun ne me fait honte.

— C'est quoi la drogue ?

— Un sale truc qui ne fait du bien qu'à ceux qui en vendent. N'y touche jamais, Lilly.

— Il vaut mieux que je boive de l'alcool, alors ?

— Non plus. C'est pareil. Dans les deux cas, tu as

l'impression d'être meilleur. C'est pas vrai. Il se trouve seulement que quand tu es mauvais, tu ne t'en aperçois pas. Et je sais de quoi je parle !

J'ai arrêté de boire comme mille trous le 14 novembre 1985. Parce que j'étais usé de la scène et que je commençais à penser à une reconversion possible à la télé.

Juste le temps d'un entracte célibat « mannequins et danseuses frivoles », et a débarqué, sur ma planète cœur, Fanfan.

Fanfan, l'eau.

L'eau, parce que l'océan et ses plages paradisiaques.

L'eau d'un spot publicitaire de légende.

Mais si, souviens-toi !

Sur la musique d'un slow tubesque, une splendide sort de la mer turquoise, le tee-shirt mouillé moulant des seins superbes. Un mec regarde ça à la télé tout excité. Dans son dos, le bruit d'une porte qui s'ouvre. Sa femme rentre des courses. Et il zappe la naïade pour une autre chaîne où un Boeing décolle.

La fille, c'était elle. Et moi, j'en rêvais.

Je ne t'ai pas menti sur le sous-titre. « La réalité de ma télé. » Elle était rêve et elle est devenue à moi en vrai.

Recyclée Coco Girl, fantasme quotidien de huit heures moins le quart sur TF1, la belle habitait chez Coluche. En copine, juste.

Étrange.

Bien étrange, le hasard.

Le 19 juin 1986. Fanfan est seule dans la grande maison de la rue Gazan à Paris. L'Enfoiré est sur la Côte d'Azur. Il prépare avec ses potes le spectacle prévu pour septembre au Zénith.

Fanfan et moi, on se connaît depuis quelque temps et on sent bien que si on laisse glisser, ça pourrait durer. L'Enfoiré en serait ravi. Il m'aime bien. Mais entre nous deux, pas encore d'oreiller.

Bizarre comme j'appréhende, moi d'habitude si gourmand.

En fait, ma vie de presque célibataire me va. Et j'ai tellement peur de moi. Je sais que si je mets un pied et plus dans l'histoire, ça risque de me prendre le cœur sévère. Alors je fais celui qui patiente.

On se téléphone de temps à autre. Je fais souvent répondre que je ne suis pas là. Je joue ma chochotte, quoi !

Cet après-midi-là, c'est moi qui appelle.

Je viens d'entendre l'affreuse nouvelle à la radio. Et on partage la peine de l'incroyable accident. Tchao Pantin !

Et, la nuit du surlendemain, moi dans ma maison et elle dans celle du gros, au bord du cercueil, on parle.

Longtemps.

Fort.

Tendre.

Elle viendra me kidnapper quelques semaines plus tard et on se mariera en janvier 1989 après un peu plus de deux ans de vie commune.

On essaiera cent fois de faire un enfant sans y arriver.

Et de méthode miracle en positions inconfortables à des heures programmées, elle finira par abandonner tout effort. C'est souvent à ce moment-là que la grossesse inespérée se présente. C'est ce qui arriva.

Putain de hasard !

Coluche s'est tué en moto le 19 juin 1986. Mon fils, Sébastien, mourra dans les mêmes circonstances quatre ans plus tard. Un autre enfant était pour moi plus qu'un symbole. Benjamin naîtra le 19 juin 1991, le jour anniversaire de la mort de Coluche.

Coluche, comique insolent, scorpion ascendant grossier. Comme moi.

Putain de camion ! Mais ça, Renaud te l'a déjà dit.

— C'est fou, le hasard, papa ! Si ça se trouve je suis née à une date qui voudra dire quelque chose.

— Si ça se trouve.

— Peut-être le jour où tu finiras d'écrire ce livre.

— Va savoir !

Fanfan et moi formeront un vrai couple médiatique.

Notre mariage à Brive se déroulera dans une cohue indescriptible. Bousculés, flashés, nous aurons un mal fou à nous extraire de la mairie.

Tous les deux estampillés TF1.

Elle, le samedi matin animatrice d'une émission qui parlait enfants, et moi le soir. Une émission toute de moi : « Sébastien c'est fou ». L'émission qui a le mieux porté son titre de mon intime à mon public.

Fou, c'est sûr.

Gavé de téléspectateurs. Douze millions de moyenne, tous les quinze jours. L'engrenage. Le vrai moment où j'ai perdu les pédales.

Un boulot de dingue. Deux heures de création de sketchs. Le livre des records pour le prix le plus cher d'un spot de pub dans une émission. Les reportages people. La naissance de Benjamin à la une de *Paris Match*... Etc., etc.

Tout. En plus grand même.

Et cette sournoise et imbécile sensation d'être intouchable.

Je me souviens d'une interview de mon pote Jean-Louis Foulquier à qui je confiais que je déciderais peut-être d'arrêter la télé d'ici un ou deux ans pour respirer un peu.

— Tu n'as jamais envisagé que le public aussi ait envie de souffler, mais définitivement ? me fit remarquer Jean-Louis, l'ami véritable.

Tellement embringué que non, je n'avais pas envisagé. Même la phrase de Zitrone m'avait quitté l'esprit.

T'imagines l'étendue des dégâts !

Au point que le mois précédant la mort du gamin, j'ai eu un spleen abominable.

Et pourtant, rien ne pouvait être mieux.

Des vacances au chaud de chez nous avec Fanfan qui m'aimait encore, une tournée gigantesque à venir, un succès chanson dans les tout premiers du top 50, un confort financier hors norme, la reconnaissance du public.

Tout, je te dis.

Alors quoi ?

Pressentiment d'orage violent ?

Avec le recul, je ne pense pas. Je dirais plutôt, premiers effets pervers de la surmédiatisation à outrance.

Tout ça trop fort, trop vite, trop brillant et bruyant. Et tu sais quoi, surtout ?

J'étais confortablement installé dans le camp des gagnants, des maîtres, des plus forts. Super star de TF1, la plus puissante chaîne européenne. Gavé de sollicitudes de peur que je déserte. Pardon, que 45 % de parts de marché désertent.

Et ça, tu vois, ce n'était tout simplement pas moi. Sans réelle blessure, ni moulins à vent à combattre. Et pour cause, le moulin à vent... C'était moi.

Et Fanfan ne comprenait pas ce blues terrible.

— Je crois que tu es tout simplement allergique au bonheur.

Elle avait raison.

À ce bonheur-là, c'était sûr.

Elle voulait une vraie famille, d'autres enfants, et moi à ses côtés. Omniprésent, heureux simplement de n'avoir ni soucis matériels ni soucis de santé. Elle était prête à donner tout son amour sincère pour qu'on chemine tous les deux en toute quiétude.

Et moi, l'inquiet, le tourmenté chronique, qui tournait comme un lion en cage.

Même pas reconnaissant d'une vraie tendresse qu'elle m'offrait et que je rejetais en grommelant :

— C'est pas ma vie, ça.

Cette putain de télé, qui m'avait fait roi, me rongeait lentement le vrai, l'authentique.

À la fin de l'été 1990, cette tension de moi à moi ajoutée à la détresse de la mort du petit dont personne ne pouvait comprendre les méandres avaient creusé un long fossé entre moi et Fanfan.

Que veux-tu dire à un homme dont tu partages la vie et qui perd son enfant ?

Quel mot ?

Quel réconfort ?

Aucun ne peut être suffisant.

Surtout quand, en plus, cet homme, pantin tellement adulé qu'il en est pitoyable, s'est éloigné de lui-même au point de se demander s'il se retrouvera un jour.

Fanfan m'a « désaimé », à bout de forces. J'en suis le seul responsable.

La télé aussi un peu, bien sûr, mais c'est moi qui avais fait ce choix, en toute connaissance de cause. Personne ne m'avait forcé à cette allégeance au confort facile d'une chaîne faiseuse de produits et seulement de produits. Je me suis vautré dans ce manque d'âme qui m'entourait, en me posant sans cesse la question de ce que je voulais, mais jamais de ce que je ne voulais pas.

Aujourd'hui, je sais : je ne veux pas vendre mon âme. À aucun prix.

Et je m'y tiendrai sans faillir parce que, même à la rue, je sais maintenant que mon bonheur est là.

Encore une fois, si je l'avais compris plus tôt, Fanfan serait peut-être encore à mes côtés.

Comme Sylvie... Une télé trop tard.

Fanfan reste mon amie pour la vie. Elle m'a supporté au moment où j'étais certainement le plus insupportable. Débarrassé de mes démons alcooliques, mais pire, enivré de moi.

Aujourd'hui, je souffre, bien entendu, mais je souffre comme j'aime souffrir.

Je souffre d'injustice, d'une télé qui n'est plus la mienne, de l'âge qui me dinosaure, de mes colères d'idéaliste. J'ai mal, mais Dieu, que j'aime ce mal-là ! C'est celui du petit Boutot, bâtard sur le banc froid des soirs de Noël en face du marchand de télé.

Normal que Nana soit là.

Nana. La terre.

Elle a déboulé dans ma vie en téméraire. Après une aventure en zigzag de quelques mois, je lui ai téléphoné un soir de printemps 1992.

— J'ai besoin de toi, là, maintenant. Alors tu lâches tout. Ton salon de thé, ta vie à Saint-Gaudens et tu me rejoins dans la journée. Attention, c'est peut-être pour un jour, peut-être une semaine. Je ne sais pas. Mais j'ai besoin de toi tout de suite.

Quatre heures plus tard, elle était là pour une semaine.

Elle est là depuis quatorze ans.

Elle a vécu à mes côtés le plus violent et le plus doux.

Elle est ma terre. Racines. Un rappel constant à « D'où je viens ». Elle sera ta mère, Lilly.

Mais il s'en est fallu de peu.

Quand l'orage « Osons » est arrivé, elle était sous la pluie avec moi. Ça tombait dru. J'ai pris la foudre. Un coup de tonnerre énorme que je te détaillerai au dessert comme je l'ai promis.

Sache juste qu'à ce moment-là, je suis devenu le pire. Foudroyé par l'injustice, je n'étais que blessure et colère. Mes états d'âme se mirent à massacrer tout ce qui tournait autour.

Difficile à accepter.

Elle a fui.

Loin.

Me laissant seul avec moi.

De toute façon, il n'y avait pas d'autre solution. Si elle était restée à ce moment-là, sûr qu'aujourd'hui nous ne voguerions plus ensemble.

Une rupture salvatrice, dit-on.

C'est toujours merveilleux de rêver d'ailleurs. On devrait toujours aller y faire un tour pour se convaincre qu'on est mieux ici.

Quand elle est revenue trois mois plus tard, le match a été serré avec celle qui l'avait remplacée.

C'est elle qui a gagné.

Tout juste.

Lilly, petite Brésilienne, tu es peut-être fille de footballeur, qui sait ? Ce serait raccord. Ta mère et moi, ça s'est joué aux tirs au but !

Depuis, Nana est devenue ma femme.

C'est aussi une collaboratrice de tous les jours. Et de toutes les nuits.

Les compagnes de créatifs les connaissent par cœur, ces sursauts de plein sommeil où, d'un coup, la lumière éclate.

— Chérie, écoute, j'ai trouvé une idée géniale, un concept en béton !

— Mais je dormais, Patrick.

— Moi pas. Écoute, je vais t'expliquer.

Et d'angoisses en enthousiasmes de cinq heures du matin, Nana a été obligée d'accepter dans son lit la « maîtresse envahissante ».

Je reviendrai plus loin sur ce rôle ingrat d'ombre, de suiveuse, de double.

Mais, reconnaissons quand même que le plus beau de nos exploits est de tenir encore côte à côte en faisant le même métier. Beaucoup nous prédisaient l'explosion dans cette promiscuité quotidienne.

En fait, je crois qu'elle est notre survie.

Il y a bien d'autres couples du show-biz qui ont tenu ainsi : Starsky et Hutch, Aglaë et Sidonie, Herv et Vilard !

Nous c'est « PatricketNana ».

En un seul mot.

En un seul lit.

En une seule Lilly !

Elle est ma complice, mon épaule, ma conseillère, ma maman.

— Décidément, tu les aimes les grand-mères !

— Comment ça, Lilly ?

— T'es mon papa, c'est ta maman... Donc c'est ma grand-mère.

— Mais non, ma fille, rassure-toi, c'est bien ta maman en premier et une deuxième pour moi après ! Et Dieu sait si, aujourd'hui, être ta maman est le plus beau cadeau que le ciel pouvait lui envoyer. Ça fait si longtemps qu'elle t'attendait. Une grossesse de 63 ans. Ses rêves de petite fille jusqu'à 17 ans. Et puis, depuis le jour où elle a appris la sécheresse définitive de son ventre, 23 ans d'espoirs qui comptent double. 46 et 17 = 63. Tourment mathématique lancinant. Comme un oiseau sans ailes. Une rivière sans eau. Une maison sans... Toi. Tu as bien de la chance, Lilly, entre celle qu'elle ne pouvait être et celle qu'elle sera, tu auras deux mamans. Et ce ne sera pas de trop !

Comme moi.

Deux mamans.

Nana, le complément, et Dédée, ma vraie maman.

Elle est souvent derrière moi, ma maman du début pour toujours, perdue dans le public quand j'enregistre mes émissions.

Comme une surveillante de bac à sable. Un regard d'un peu plus loin que je sais tout près.

— Fais attention, Patrick. Ne va pas trop loin... Méfie-toi de la balançoire, elle t'envoie très haut, mais si tu tombes tu te feras très mal... Ne te salis pas. Il est très joli, ton château de sable, je suis fière de toi... Méfie-toi de la petite fille, elle te fait des bisous, mais c'est pour te prendre ton seau et ta pelle !

Une maman, quoi !

— Maman, je t'aime plus que les autres femmes parce que je suis le premier à être passé dans l'autre sens.

— Idiot, va !

À 52 ans, je continue à appeler ma maman au téléphone toutes les nuits, ou presque.

Pour lui dire que je vais bien.

Pour la rassurer.

Pour ne jamais me dire, le jour où elle partira : « Si j'avais su que je l'aimais autant, je l'aurais aimée davantage. »

— Tout va bien, maman... Tout va bien... Oui, j'ai bien tout fait comme tu m'as dit... Excuse-moi si je ne t'ai pas appelée hier, j'avais beaucoup de boulot... Oui, je passerai le bonjour à Roger Hanin, je lui dirai que tu l'aimes bien... Et toi, ça va ?... Bon, très bien... De toute façon, je sais bien que, même si ça n'allait pas, tu ne me le dirais même pas, pour que je ne m'inquiète pas... Hein, quoi ?... Non, rassure-toi... Je ne retournerai jamais sur TF1...

## 10

## Patrick

Un phallus de métal sans gland au bord du périphérique.

Et un T bleu, un F blanc et un 1 rouge.

Cocoricouac !

Un symbole moderne et kitsch à la fois. La tour de Babybel. Le plus grand supermarché de France.

Et dans le grand bureau du quatorzième, profil d'aigle et costard métal, le gourou de la secte.

Patrick Le Lay.

— C'est son vrai nom, le Laid ?

— Pas le Laid, Lilly. Lelay, en un seul mot. L. e. l. a. y.

— Ça a pas dû être facile à l'école, pour lui.

— C'est peut-être pour ça. Il se venge !

Patrick Le Lay.

« Brillantissime. » Moulé dans le béton. Glacial et impénétrable.

Capable de tout, même de convictions. Cynique et breton d'abord. Menhir solide et mystérieux.

Jeteur de sort. La surpuissance de l'occulte. Réinventant les sortilèges d'antan dans une ligne éditoriale d'information et des écrans de publicité subliminaux.

— Il faut que le peuple achète.

Moi je le savais, mais depuis peu, il l'a dit à tout le monde. Tu sais, le nettoyage de cerveau pour vendre du Coca.

Même plus peur ! L'impunité en étendard. Qu'est-ce qu'il peut risquer de l'opinion ? C'est lui qui la fait.

T'as vu comme je persifle !

Je persifle et je signe. Je prétends que l'hégémonie de cette chaîne est un danger pour mon pays. Je te rassure, ce ne sont pas ces pauvres lignes que je t'écris qui y changeront quoi que ce soit.

Je me souviens du sourire d'Étienne Mougeotte, le sous-Le Lay, lors de notre dernier face-à-face dans le bureau du quatorzième, quand, à bout de nerfs et d'arguments, j'ai lâché :

— J'en ferai un livre de tout ça.

— Mais mon pauvre, ça n'a aucun intérêt, un livre aujourd'hui.

Il avait raison. Deux phrases au journal de 20 heures ont cent mille fois plus de poids.

Le Lay ne parlait pas. Seul Étienne me tenait tête.

— Pourquoi tant de haine, Patrick ?

Mea culpa. C'est vrai que j'étais virulent et excessif, leur reprochant tous les maux de la terre, alors que pour être juste, ils ne sont responsables que de certains seulement.

Ce sont juste d'excellents marchands de tout, l'œil rivé sur la cotation boursière.

Ce serait leur faire le pire des procès que de les peindre sans moralité aucune, sans coups de cœur, sans coups d'amour, sans générosité. Dans le privé, ils sont comme toi et moi, fragiles et forts, attentifs à leurs proches et finalement ni pires ni meilleurs que d'autres.

Mais je ne partage pas et ne partagerai jamais leur vision de l'outil dont ils usent et abusent.

Lors du dernier entretien que j'évoquais plus haut, j'ai planté mes yeux dans ceux d'Étienne et j'ai affirmé avec force :

— Nous n'avons pas les mêmes valeurs.

— Ça, c'est bien vrai, m'a-t-il répondu sans baisser les yeux.

Et nous sommes restés ainsi plus de deux minutes (c'est très long), sans qu'aucun de nous deux accepte de baisser les yeux.

Il n'y eut ni insulte, ni geste brusque, mais je me souviens de cet instant comme un des plus violents que j'ai vécu.

C'est moi qui ai rompu en me redressant brusquement pour me diriger vers la porte.

— Je me casse, parce que j'ai envie de vous emplâtrer tous les deux, ai-je lancé en guise d'adieu.

C'est te dire si je ne suis pas près de la repasser, la porte du quatorzième.

C'était juste après « Osons », après que j'ai annoncé que j'arrêtais la télé définitivement, et juste avant le « long doigt noir et froid appuyé sur une sonnette qui ne marche plus ».

Maintenant, tu sais que je te développerai tout ça à la fin. Patience.

Pour l'instant, je veux seulement essayer de justifier cette animosité qui doit te sembler bien partiale.

C'est vrai que ça fait un peu « charognard obsessionnel », toutes ces insanités que je te déverse sur TF1 depuis le début.

Cracheur dans la soupe. Aigri de première catégorie. Insatisfait chronique.

— Parce que tout compte fait, pourrait me rétorquer Patrick Le Lay, TF1 t'a bien nourri, tu t'y es vautré, dans cette chaîne que tu maudis tant. On ne t'y a jamais volé, ni humilié. On a contribué largement à ta célébrité, à ton confort. Tu en étais parfaitement content des chèques Bouygues. C'est quoi ce retour de pudeur démagogique ? Pureté d'âme, mon cul ! Valeurs de mes couilles ! Qui es-tu pour donner des leçons d'éthique, toi qui vis grassement aujourd'hui sur les deniers du service public ? T'étais dans une entreprise commerciale, mon gars, pas une association caritative. Alors tes caprices de soi-disant saltimbanque, à d'autres !

— Ok, Patrick, je vais te répondre...

— Ta gueule, j'ai pas fini. Tu nous reproches quoi ? D'être un miroir à cons ? On a inventé le miroir, mais pas les cons. On ne force personne à nous regarder. Et s'ils nous regardent, c'est qu'on les intéresse. On fait bosser des milliers de personnes. On vend du rêve. Effectivement si l'audimat baisse, on dégage l'animateur sans état d'âme. Et alors, il est où le problème ? Elle est où la morale ? Tu nous vois garder un mauvais qui n'intéresse plus personne sous prétexte d'humanisme ?

— J'entends bien, mais...

— Laisse, j'en ai encore. C'est vrai que dans nos infos, on est plus complaisants avec celui qui peut nous arranger nos bidons dans le bâtiment et la téléphonie. Mais, dis-moi, toi qui chantes pour les campings, le patron de la bodega qui remet sa tournée aux flics pour pouvoir faire de la musique un peu plus tard, c'est quand même pas une pratique rare ? Nous c'est surdimensionné, alors, forcément, on traite directement avec le ministre de l'Intérieur.

— Oui mais...

— Je sais ce que tu vas me dire. On manipule la populace. Le foot, la Star Ac', les Miss France, les jeux pour gagner des millions. Et alors ? On est les garants de la paix sociale. D'accord, on les endort, mais tu préférerais quoi ? Qu'on laisse parler le tout-venant, le révolté de base ? Qu'on montre la misère qu'on doit et pas celle qu'on nous dit de choisir ? Mais, pauvre con, il y a longtemps qu'on aurait déclenché la mise à feu et à sang du pays. Il y a longtemps que ces cons-là auraient explosé nos privilèges et les tiens avec.

— Il faut quand même que...

— Qu'on arrête de les prendre pour des cons ? Mais ils le sont. Et à un point que t'imagines même pas. Qu'est-ce que j'en ai à branler, moi, de la gamine qui va niquer toute sa vie parce que la « Star Ac' » lui aura fait miroiter des rêves de gloire qu'elle ne touchera jamais ? Elle rêve, c'est déjà bien. Qu'est-ce que j'en ai à carrer des dommages collatéraux de nos reportages sur la racaille choisie ? Je m'en fous, j'y habite pas, moi, à Clichy-sous-Bois !

— Mais alors, il n'y a que...

— Que le fric et le pouvoir qui nous intéressent ? Presque. Il y a le cul aussi. Mais quand t'as le fric et le pouvoir, ça va avec. On est une chaîne généraliste, alors on généralise. On ratisse large. Le plus large possible. Et on fait attention à n'oublier personne, on ne sait jamais. Il n'y a pas de petit profit. T'as remarqué, comment physiquement, on diversifie malin ? J'ai fait faire des études. Eh bien, il paraît que les difformes, ça court les supermarchés. C'est pour ça qu'il n'y a pas que des botoxés à l'antenne. Y'a de l'obèse aussi. Du bronzé à la météo. On les parsème par précaution. Tout en gardant quand même la ligne BCBG : « beau cul belle gueule ». Et de temps en temps, on rajoute une pincée de « pas pareil ». On va pas se mettre à dos les bancals. Ça consomme aussi. Le petit Grégory de la Star Ac', c'est pas une idée de génie ça ? Un gamin malade qui devient riche et célèbre. T'imagines l'espoir pour tous les comme lui qui ne le seront jamais ! Bon, c'est vrai qu'on le fera pas systématiquement, parce qu'il faut pas déconner non plus, ça finirait par faire barrer le client normal. On s'est pas fait chier à refuser tous les fauteuils roulants au deuxième rang du public pour les mettre devant tous les vendredis.

— Ça veut dire que...

— Mais non, ça veut pas dire qu'on compatit pas, sauf qu'on est une vitrine de jouets, pas d'appareils orthopédiques. Et on a tant d'autres choses à dire. Tant d'histoires à raconter. Et puis de quel crime sommes-nous coupables, sinon de montrer aux gens ce qu'ils veulent voir ? Hein ? Ce ne sont pas eux qui regardent la télé, c'est la télé qui les regarde et qui les reproduit. Et ils adorent ça. C'est qui les fautifs ? Nous ? Tu sais bien que non. Tu sais bien que c'est la loi de l'évolution. Toi, t'es un rêveur de jour, forcément tu peux pas comprendre. Moi, je ne rêve que la nuit. Le jour, je compte. Mais je ne cache pas que parfois je t'envie.

— Ah bon...

— Oui. Tu peux lâcher tes vérités, toi, t'es un artiste. Moi pas. J'adorerais avoir tes indignations romanesques, tes colères contre le système, tes idéaux plombés, mais j'ai une boîte à tenir, des actionnaires. Et puis, au début j'étais dans le bâtiment. C'est peut-être pour ça que la pierre me va si bien au teint et au cœur. Si tu mets un artiste peintre dans l'équipe d'ouvriers, je te dis pas le prix du ravalement. Mais, tu sais, la pierre peut cacher des tendresses. La preuve, c'est à partir d'elle qu'on fait le talc pour adoucir le cul des bébés. Et puis à te dire vrai, je me suis fort bien accommodé du personnage que je suis.

Toi-même, tu me trouves « brillantissime ». C'est peut-être une revanche sur tout un tas de blessures que tu ne connais pas. S'il m'est arrivé de me conduire en salopard, et ça reste à prouver, ça a dû être par devoir, jamais par nature profonde. Allez vas-y ! À toi, tu peux répondre, maintenant.

Je ne répondrai pas évidemment, puisque tous ces mots sont fictifs, nés de ma seule imagination, et que Patrick Le Lay ne les a bien entendu jamais prononcés.

Et, même, qu'est-ce que tu veux que je réponde ?

Il a tout dit.

— T'as dû étouffer, papa !

— Pourquoi, Lilly ?

— Parce que là, comme t'as écrit, il n'y a pas eu beaucoup d'espaces entre les lignes. Ça a dû être pénible pour toi le « Cause trop fort ».

— Claustrophobe, Lilly, pas « Cause trop fort ». Remarque, « Cause trop fort » aussi.

La preuve : à TF1, du temps où j'y étais, j'ai vu des gens se faire humilier devant moi qui ne demandais surtout pas à être témoin de la scène. D'autres se faire insulter au premier audimat moyen. J'en ai vu pleurer tant leur dignité était foulée aux pieds.

Bien sûr, il faut des résultats, mais moi, quand j'étais président du club de rugby de Brive, c'est dans la défaite que j'étais le plus présent, le plus attentif.

Jamais de reproches.

Que du réconfort.

On a quand même été champions d'Europe.

Je veux dire, pour résumer, que le résultat à tout prix, au mépris des valeurs de base du respect de chaque individu, ce n'est pas ma façon de considérer la vie.

Je veux dire que dans mes toutes premières années à TF1, ce respect existait encore, mais que la puissance et les intérêts financiers grossissant l'ont relégué au fond de la classe.

Je veux dire que la télé que j'y ai faite n'était dictée que par mon seul sens artistique en toute liberté d'expression. En tout cas, les premiers temps. J'ai commencé à me sentir mal quand on m'a averti qu'à partir de dorénavant, tout ce que je produirais serait vérifié et édulcoré si besoin.

Je veux dire qu'au moment de l'affaire « Osons », tous les décideurs de la chaîne connaissaient le contenu de l'émission puisqu'ils l'avaient visionné et approuvé. Mais que par la suite ils me lâchèrent aux « chiens », sans aucun état d'âme.

Je veux dire que (mais ça c'est de ma faute et pas de la leur), si je n'avais pas été persuadé qu'il était garant d'audience certaine, je n'aurais pas diffusé ce sketch sur Le Pen qui m'a valu tant d'ennuis, mais dont j'assume cependant encore aujourd'hui le bien-fondé.

Je veux dire que ce jour-là, l'espoir d'audience l'a emporté sur la prudence.

Je veux dire que c'est là que j'ai compris que je m'étais fait baiser par le système. Que j'étais devenu presque prêt à tout pour cette putain d'audience.

Je veux dire que j'ai eu la conscience à temps de

m'échapper d'un piège où bien d'autres sont tombés depuis.

Je veux dire surtout, et même si pour toi, cher Patrick Le Lay, ce ne fut qu'une péripétie, que, pour moi, une parole d'honneur vaut mille contrats.

C'était en juin 1995. Je venais de prendre la présidence de mon club de rugby de Brive. La chaîne me proposait une augmentation pour la saison suivante. Comme je gagnais suffisamment bien ma vie et que je commençais à appréhender, comme je te l'ai confié plus haut, l'overdose, j'ai demandé un service.

Que TF1, via une filiale, sponsorise mon club, à hauteur d'un million de francs. Il était bien entendu qu'en cas de refus, je ne m'en offusquerais pas plus que ça.

Démarche traditionnelle d'un président de club sportif à la recherche de partenaires.

— Patrick, ai-je insisté, enthousiaste en diable, je sais qu'on ira loin. Cette somme serait une aubaine pour Brive. Avec mon cœur, je ferai le reste. Qu'est-ce qu'il vous faut de plus qu'un mec qui sacrifie sa propre augmentation pour alimenter le rêve d'une ville qui n'a jamais eu un seul titre en quatre-vingt-dix ans de rugby ?

Il m'a regardé profond de son regard acier doux. Et il m'a tendu sa main à plat.

— Moi aussi je suis un maquignon, comme chez toi. Allez, tape là, c'est d'accord.

Et on s'est tapé dans la main. Seulement. Pour moi ça valait toutes les signatures. J'ai couru téléphoner à mes potes brivistes la bonne nouvelle. On pouvait affûter le recrutement.

Deux semaines plus tard, dans le couloir du quatorzième, j'ai croisé mon « maquignon » en coup de vent.

— Alors mon sponsoring, ça avance ? ai-je demandé, joyeux.

Et il m'a lancé avant de disparaître dans son bureau :

— Tu me fais chier avec ton rugby. On le fera pas.

Moi j'ai tenu ma parole. J'ai versé un million de francs à mon club de ma poche. Pour l'honneur. Pour tenir, moi, une promesse qu'on avait reniée.

Cette trahison d'honneur a été pour moi bien plus grave que tout le reste réuni.

Nous avons été champions d'Europe en janvier 1997.

Deux ans plus tard, les gens que j'avais mis en place au comité directeur du club m'ont demandé de partir parce que je parlais trop fort.

Qui sont les pires ?

Putain d'audience !

Putain de rugby !

— T'es où Lilly ? ça fait longtemps que je ne t'ai pas entendue. Tu ne lis plus ? T'es fatiguée de tous ces coups bas, de ces délires approximatifs, de tout ce gris sale. Tu veux du beau ? Ok. Alors, une histoire d'amour. Merveilleuse.

— Elle finit mal ?

— Évidemment, comme toutes les histoires d'amour. Mais reste quand même. Pour le beau. Si tu veux, tu pourras partir avant la fin et tu me retrouveras au chapitre d'après, derrière le stade.

— Le stade ?

— Oui, le stade. Tu vois le mec sur le toit, c'est moi. Et la pelouse en bas, c'est celle où j'ai marié ta mère.

— Dans le stade ?

— Oui, devant quinze mille personnes.

— Pourquoi ?

— Par amour.

— Non, pas maman, pourquoi le stade ?

— J'avais compris. Par amour, j't'ai dit...

Je suis tombé dans la bassine tout petit.

Le cœur ovale. Noir et blanc aussi. Les couleurs de mon club.

Rugbyman à Brive, ça faisait franchement plouc quand je suis arrivé à Paris. J'ai traîné pendant longtemps ma passion comme un sac à dos plombé dans les couloirs du show-biz. Rugbyman égale gros bœuf. Primaire violent et con. Surtout con. Beauf et grossier.

Il a fallu les efforts insensés de Max Guazzini avec le Stade Français pour qu'aujourd'hui l'image des aficionados de ce sport prenne du galon. Et encore. C'est toujours pas gagné. Mais les torses huilés et les poses lascives des mecs du calendrier ont un peu sorti les bestiaux de leur étable.

Pourtant, quelle belle école de courage, de solidarité, de respect, mon putain de rugby !

Toutes les valeurs qui m'ont fait homme.

Tu les vois, les gros cons hurleurs de haine dans tous les virages nord des tribunes de foot ?

Chez nous, il n'y a pas.

Chez nous, il y a tchatche, violence contrôlée, amitiés d'après-combat impérissables.

Chez nous, tu ne bouscules pas l'arbitre.

Chez nous, tu peux amener ton minot au stade, il ne risque rien.

Chez nous, ça ne s'embrasse pas jusqu'à la simulation d'accouplement après la marque.

Chez nous, les petits n'ont pas peur des grands.

Chez nous, les gros pleurent comme des fillettes.

Chez nous, on déforme les oreilles et on forge les âmes.

J'ai usé ma jeunesse dans des combats de boue et de sang qui m'ont fait roc et fleur.

C'est ma culture. Mon terreau.

Aujourd'hui, je suis catalogué primaire sympathique et balourd parce que j'ai grandi entre deux poteaux en H et des fanfares qui jouaient faux. Mes musiques ressemblent à mon enfance, et mes outrances à des mêlées relevées, qu'est-ce que j'y peux ?

Il aurait fallu que je naisse ailleurs. En Nouvelle-Zélande alors, si j'avais eu le choix. Tu vois, on n'en sort pas !

En 1995, pour rendre au rugby ce qu'il m'avait donné, je suis devenu président du club qui m'avait fait grandir et qui n'allait pas bien. Pour vivre par procuration, ce dont mon choix de vie d'artiste m'avait privé. Et surtout pour me retrouver.

Rappelle-toi comme je m'étais perdu entre mes

photos à la une, l'argent facile et les baltringues de la tour aux sortilèges.

J'avais besoin de me mêler à de vrais guerriers et que les héros, ce soient eux.

Et ce fut ça.

Ils n'en avaient rien à battre, eux, de Sébastien, le pantin de la télé. Ils étaient dans leur combat, mes « guerriers », et se moquaient bien du mien. Ensemble on parlait rugby, pas télé. Et moi, juré, je les admirais grave. Ils étaient ce que je n'avais pas pu être.

Je les aimais, tout simplement.

Quand, à la une de *L'Équipe*, j'ai annoncé que j'allais faire marcher mon équipe à l'amour, les journaleux ont doucement souri.

Quand on a apporté à Brive, à peine six mois plus tard, le premier titre en quatre-vingt-dix ans d'existence (Challenge Yves du Manoir), ils ont commencé à comprendre.

Il n'y avait pas que de l'amour. Il y avait aussi une vision différente. Nouvelle. La diététique. Le physique. Les premières empreintes du professionnalisme.

J'avais recruté des caractériels. Des effrayants. Des disjonctés parfois ingérables, mais attachants en diable. Des Moscato, Carminati dont le nom résonnait rital et sulfureux.

En vrai, des anges.

Ça ne pouvait que marcher.

Parce qu'en plus, il y avait le « Secret ».

Le Secret, qui était de Polichinelle pour certains, et qui allait bien au-delà de ces empoignades viriles.

Un Secret à la Pagnol que je te confierai plus loin.

J'ai vécu quatre ans d'intense bonheur. Quatre ans de stades du dimanche, tant loin des couloirs paillettes de ma boîte à images.

Une histoire d'amour. Une vraie. Avec des orgasmes insensés.

La quête du Graal : le bouclier de Brennus qui nous a échappé de justesse la première année. Une entrée dans l'arène au Parc des Princes à la tête de mes lions superbes et généreux.

On s'est pleuré dessus de tristesse. Mais qu'elles avaient bon goût, ces larmes-là !

Et puis au bout du bout, la première coupe d'Europe avec le gotha du rugby. Les Anglais, absents de la première officielle, un an avant, étaient là.

Gagnée.

Et ma ville en liesse. Toute ma ville. Heureuse. Fière.

Mets dans la balance une courbe froide d'audimat qui tombe le dimanche matin sur ton fax. Même si elle est mirobolante. Rajoute une photo dans *Télé 7 Jours*. Même avec le costume de pingouin en prime time, et la fréquentation de quelques intouchables stars officielles, ça ne fait pas le poids.

Il manque du lest. Le supplément d'âme. Le simple et beau.

Alors, j'ai joui.

Très fort.

Et puis, le Secret.

Au nom du père.

Tu sais, mon absent du début. Celui qui a choisi de ne pas me reconnaître.

Là, il a bien été obligé de me voir.

Il avait eu d'autres enfants, « l'absent ».

Putain de hasard !

Le plus doué d'entre eux était un de mes « guerriers ».

Et pas des moindres.

C'est moi qui lui ai remis son maillot, devant tous les autres au fait du Secret, juste avant la finale de la coupe d'Europe.

Les yeux dans les yeux. Fort. Intense de non-dits.

On ne pouvait pas perdre.

On a gagné.

Et puis, ça a tourné âcre.

Une deuxième finale de coupe d'Europe perdue d'un point l'année suivante.

Et moi qui gesticule trop. Qui parle fort. Trop. Qui dénonce, une fois de plus, la hiérarchie suffisante. La bourgeoisie locale. Les élus précautionneux. J'essaie d'arranger. Alors, on dit que je dérange.

J'ai épousé ta mère, Lilly, sur le stade devant quinze mille personnes, pour le panache. Pour que mon club que j'aime par-dessus tout se retrouve à la une d'autres magazines.

Pour faire bouger. Ils ont fait passer ça pour de la mégalomanie.

Aujourd'hui, avec les délires formidables de Max Guazzini, ils y viennent. Un stade d'avance, donc, j'avais.

Quand je pense qu'ils me croient vieux !

À Brive, ceux que j'avais mis en place dans le train du rêve m'ont demandé de débarquer. Comme ça, sans sommation. Parce que mes révoltes blessaient une fédération corsetée d'intransigeance. Et que si je ne partais pas de mon plein gré, le club en subirait tout entier les conséquences, par le biais d'arbitrages télécommandés.

Dictature fédérale. Le choix du roi.

Alors, je suis parti, Lilly.

Le cœur en lambeaux.

Depuis, le club survit. De médiocre en un peu mieux. Sans âme, sans véritable défi.
Sans amour fanfaron. Sans exagération. Sans faste et sans déglingue. Dans le rang. Au milieu de la classe.

Une histoire d'amour, je te dis.

Imagine la « femme », mon Club.

Elle a joui, vibré à l'extrême. Je lui en ai fait voir de toutes les douleurs. Elle a connu toutes les outrances. Les plaisirs les plus interdits. La démesure. L'extase. En talons hauts, bas résille et musiques de fête. Les frissons. Les cavalcades. Les confettis.

Aujourd'hui, tranquille, en pantoufles, assise dans un fauteuil gris, elle contemple, les photos de son passé vibrant épinglées aux parois du club house.

J'ai demandé qu'on retire la mienne de ces murs. Qu'on me raye de la mémoire affichée.

Je ne sais pas s'ils l'ont fait.

Huit ans après, j'ai toujours mal au cuir.

La cicatrice est bien plus présente que celle des mille coups de fer de ma vie d'audimat.

C'est un chagrin d'amour... Un vrai !

À la télé, quelle que soit la fin de l'histoire, je sais déjà que ce ne sera qu'un chagrin simple. Une aimable nostalgie.

Disproportionné, tout ça ? Non.

La télé ne m'est que superficielle.

Le rugby, ses foules, ses envolées, son lyrisme d'un autre temps, sont ancrés bien plus profond.

C'est moi, en vrai. Pas la marionnette sans fils.

Minuscule.

C'est Moi.

Majuscule.

— Et pourquoi tu n'essaies pas de la recommencer ton histoire d'amour, papa ? Comme avec maman.

— Parce que je sais que je ne retrouverai jamais le même plaisir, Lilly. Celui de la découverte et de l'insouciance.

— Tu l'aimes encore, ton club ?

— On aime toujours ce qu'on a aimé trop fort.

## 11

## Étienne

— Voilà, Étienne, j'ai une nouvelle idée pour la saison prochaine.

De l'autre côté du bureau, au quatorzième, Étienne somnolait. C'était une constante.

Quand on venait lui proposer un projet, Étienne somnolait.

Tu commençais à parler et une minute après, il piquait du nez. Et il ne rouvrait les yeux que lorsque tu te taisais.

En fait, tu faisais berceuse.

Il suffisait de le savoir, et de t'arrêter de parler au moment où ce que tu voulais dire était vraiment important.

— C'est totalement nouveau comme concept, affirmai-je, après un silence de réveil.

— J'espère que ça sera aussi efficace que le Grand Bluff, jubila-t-il.

Le Grand Bluff, c'était au mois de décembre 1992.

Record absolu d'audience de toute la télévision. Dix-sept millions et demi de téléspectateurs.

*Parenthèse :*

17 millions et demi, c'était aussi le nombre record absolu de spectateurs dans une salle de cinéma. *La Grande Vadrouille.*

Les deux records tomberont la même année, en 1998.

Symbolique.

Nouveau record d'audience à la télé : la finale de la coupe du monde France-Brésil.

Nouveau record d'affluence dans les salles obscures : *Titanic.*

On a changé d'époque.

Avant, une émission d'humour et un film drôle, bien franchouillards les deux.

Nouveaux vainqueurs : un événement sportif mondial et le plus gros budget du cinéma international. Tu saisis le virage ? On peut plus lutter, ma brave dame !

Parenthèse fermée.

Revenons à l'endormi du quatorzième.

— Ça ne fera pas autant d'audience que le Grand Bluff, Étienne, mais ça a le mérite d'être très original.

— Raconte.

— Voilà, ça s'appelle « Super Nana ». C'est un concours de femmes, tous les mois pendant un an.

— Des stars ?

— Non.

— Des canons, alors ?

— Non plus.

— Des inconnues, ni belles ni moches. Des femmes du quotidien dont on élira la meilleure pour ce qu'elle a dans les tripes et dans le cœur.

— Des inconnues, mais tu es fou ! Les gens n'ont pas envie de voir leur voisine. Ils veulent des stars, des actrices, des chanteuses, du rêve.

— Je te promets que ça peut les intéresser. Je crois qu'ils en ont marre du superficiel. Ils veulent du sens, du profond, des valeurs.

— Mouais. Pas sûr. Mais bon. Le Grand Bluff, personne n'y croyait et vois ce que ça a fait. J'ai envie de te faire confiance, mais j'ai quand même un doute. Sur un an en plus. Remarque, si ça capote à la première, on fait autre chose.

— Ah ! non, on va jusqu'au bout.

— Pourquoi ? Tu connais la maison : ça marche pas, on arrête.

— On peut pas. Si on lance le truc, on pourra pas trahir celles qui espèrent. Le public, si peu nombreux soit-il, ne comprendrait pas. Question de respect.

Respect. Le mot à ne surtout pas prononcer.

— Patrick, on est sur une chaîne commerciale, pas dans un laboratoire d'analyses.

— Alors c'est non ?

Il prit un temps, ferma les yeux, somnola un peu et dit finalement :

— C'est oui. Si tu y crois, j'ai confiance en toi. Mais franchement, des inconnues et qui n'ont même pas un beau cul, je vois pas ce qui peut attirer le public.

— En plus, ajoutai-je, de deux coupures de pub, on peut passer à trois. La dernière juste avant le résultat.

— Tu vois, quand tu veux !

Il y a trois enseignements à tirer de cette conversation.

1) J'ai été l'initiateur de la troisième coupure de publicité dans les programmes de prime time de TF1. Je m'en excuse, même si les publicitaires et certaines prostates doivent m'en être reconnaissants.

2) Étienne m'a fait confiance. Je l'en remercie vraiment.

3) C'était la première émission de téléréalité moderne.

Il n'est pas beau, le paradoxe ?

Moi, le pourfendeur de Loft Story, Star Ac', et autre Nice People, j'ai, sans le vouloir, été visionnaire et précurseur.

Je ne regrette pas. À la différence de la téléréalité d'aujourd'hui, Super Nana ne promettait ni célébrité, ni richesse. Juste l'occasion d'exprimer des sentiments vrais, des conduites exemplaires, des caractères rares.

Je vais quand même t'avouer qu'on a triché.

Le soir de la finale, il y avait deux candidates au-dessus du lot, à seulement un point d'écart. Un tout petit point. J'ai pris seul, en coulisses, la décision de déclarer les deux gagnantes ex æquo. Pour ne pas blesser.

Elles ont repris leurs vies tranquilles. On ne les a pas surexposées à des médias qui auraient pu bouleverser, justement, cette solidité qui les avait faites reines. On ne leur a pas fait signer de contrat aliénant pendant un an ou plus les bénéfices sur tout ce qu'elles auraient pu engranger, comme cela se fait à présent. On ne leur a rien promis qu'elles n'aient pas eu.

Toute la différence est là.

— C'est quoi, pour toi, papa, une Super Nana ?

— Une femme que je pourrais aimer pareil, même si c'était un homme.

— Maman, c'en est une ?

— À ton avis, Lilly, qui a bien pu me donner l'envie de faire cette émission ?

Pour moi, ce qui comptait, c'était de montrer qu'il existait dans le pays d'autres types de femmes que les stars en carton-pâte qui se pavanaient à longueur d'antenne. Qu'une femme n'était pas qu'un bout de viande agréable à voir défiler en bikini, comme dans l'élection de Miss France.

C'est d'ailleurs à la suite de « Super Nana » que les Miss France eurent aussi la possibilité de s'exprimer quelques instants.

Ce qui ne change pas grand-chose au vote.

Tiens, faisons une autre parenthèse plaisante sur cette cérémonie kitsch et d'une indécence rare qui me ravit.

Parce que je suis, malgré mon emploi, un téléspectateur lambda.

Quand ça m'intéresse, je regarde.

Parce que le mot essentiel, le sésame de la télévision, ce n'est pas « intelligent », « instructif », « drôle », « distrayant » ou « cultivant ». Le mot essentiel, c'est : « INTÉRESSANT ».

ça peut être d'une débilité profonde, d'une qualité douteuse, mais si le téléspectateur appuie sur le bouton de sa télécommande, c'est que ça l'intéresse.

Combien sommes-nous, déconnectés du vrai, à nous vautrer dans des programmes insipides par je ne sais quel besoin de rien ? Qui ne s'est pas maudit de se laisser passionner par un spectacle d'une vacuité effarante, par voyeurisme primaire ?

C'est comme ça que je ne rate aucune élection de Miss France.

Les défilés en costumes régionaux à la con me gonflent. Les pubs m'horripilent. Et la grande gueule réac systématique de Madame de Fontenay me casse les couilles.
Couilles que j'ai d'ailleurs en parfaite quiétude, tant la vraie sensualité est absente de ce défilé de cuisses pâles au sex-appeal savamment caché.

En string et porte-jarretelles, je ne dis pas qu'une légère érection ne me donnerait pas un peu plus envie de me passer de Téléthon. Note qu'en deux mots, Télé thon, c'est parfois la même émission. (Mais non les « Chiennes de garde », je plaisante !)

Cette soirée du premier week-end de décembre

résume à elle seule toute la télévision de notre belle et paradoxale France.

D'un côté la solidarité profonde d'un pays entier dévoué à ses exclus. De l'autre, le sacre du superficiel et du clinquant. Et chacun sait très bien où ira la « putain d'audience » qui n'a jamais aussi bien porté son nom.

Parce que pas conne, la dame au chapeau.

Compatissante, mais pas conne !

Une année, j'ai demandé à y aller en face de Miss France, l'imbattable, avec mon « Plus grand cabaret du monde ». Comme ça, pour le plaisir du match. Je n'ai pas gagné, bien sûr, mais les Miss ont perdu deux millions de téléspectateurs. Depuis Mamie Ginou m'écrit chaque année pour me demander de ne pas me remettre en face.

De toute façon, la date du Téléthon est immuable. Il suffit pour TF1 de s'adapter. Et ils ont décidé que Miss France, ce serait là parce que c'est là qu'il y a le plus de thunes à ramasser.

Alors bien entendu, Foucault et Madame Chapeau se fendent du petit appel traditionnel pour montrer que, quand même, hein... On a du cœur sur TF1.

Tiens, monsieur Endemol, j'ai une idée : le Téléthon sur les deux chaînes en même temps et les Miss en face de moi un autre soir. Les myopathes seraient ravis et les téléspectateurs pourraient comparer les clowns et leurs chapeaux.

Non, ça ne vous plaît pas ?

J'en ai une autre : vous restez à cette date-là, mais

vous et TF1 reversez la moitié des recettes de la soirée aux malades d'en face.

Aïe... Arrêtez, je déconnais... Aïe... Non, me lancez pas des pierres, ça fait mal... Aïe.

N'empêche que, je raille, je raille, mais ça fait dix ans que je n'ai pas raté une cérémonie des Miss.

Je ne sais pas pourquoi.

Le suspense. L'habillage vieille France qui me rassure. Des réminiscences d'enfant. La Geneviève, qui est bien moins pire que je m'amuse à le dire ici.

Et puis ma séquence régal que j'attends toute l'année. Mon cadeau de Noël anticipé.

L'instant où toutes les Miss caissières ou shampouineuses se découvrent étudiantes en psychologie, en troisième année de fac d'animaux malades de la science mathématique pour une carrière de diplomate ou d'ingénieur en communication dans le tourisme et le pénal !

Je t'ai tout regroupé pour faire court.

— J'aimerais bien que tu sois Miss France un jour, Lilly.

— C'est pour ça que tu m'as choisie ?

— Mais non, je plaisantais... Allez, arrête de pleurer, mon cœur. D'abord, je ne t'ai pas choisie. On m'a dit que c'était toi. De toute façon, ça ne pouvait être que toi. C'était écrit. Et je te le jure sur la mémoire de ton grand petit frère, je me fous de ce que tu es dehors, ma fille. Mais si sainte Geneviève des Âmes existe, je suis prêt à la prier chaque jour pour que tu sois la plus belle dedans.

Quand je pense que certains adoptent sur photo !

Pourquoi pas « satisfait ou remboursé » pendant qu'on y est ?

Pourquoi pas des bébés en soldes ?

Putain de nature humaine !

Allez, revenons à la téléréalité, ou je vais vomir.

Comme quoi, il y a toujours pire que la téléréalité : la réalité tout court !

La téléréalité m'indispose plutôt, mais, soyons honnête, parfois ça m'intéresse. Alors je regarde.

Loft Story, ça m'intéressait, j'ai regardé. Comme des millions de toi. Et puis ça m'a moins intéressé, alors moi aussi, comme toi, j'ai moins regardé.

J'aime les putes, tu le sais. Ce qui me dérange vraiment dans le métier du tapin, c'est le proxo. Le julot casse-croûte. Le négrier.

Ils sont aujourd'hui des centaines à se prostituer l'intime pour trois euros de gloriole éphémère en quête du micheton royal qui les gavera à vie.

Pourquoi leur en vouloir, et de quoi ?

Le client est roi.

Mais je déteste leurs macs. Toutes ces sociétés de production gigantesques ou infimes qui ont trouvé dans l'exposition de l'individu commun leur gagne-pain quotidien.

Sans aucun souci des dommages collatéraux.

Et il y en a, crois-moi.

Félicien est un brave garçon. Un très brave garçon.

Tu te souviens, Félicien du loft ? D'ailleurs, c'est comme ça qu'on le présente. En un seul mot.

Félicienduloft !

Ce petit gars est la pureté même. Une âme d'enfant monté sur une carcasse de bûcheron... Un d'en bas. Un de la terre, des corridas, des peñas et des gourdes de vin chaud aux fêtes de Bayonne.

On se connaissait un peu. Et puis un soir, à Toulouse, après le studio, on est allés boire un verre ensemble. En rentrant, j'ai garé la voiture dans le noir et je l'ai laissé se confier.

Putain d'audience !

Parce que c'est pour elle qu'ils sont venus le chercher. C'est pour elle qu'ils ont démâté ce gamin à vie. Pas qu'il va dériver, non. Mais ils l'ont intoxiqué sans le prévenir. Ils s'en sont servis moitié cow-boy, moitié cobaye. Sans autre calcul que lui prendre tout ce qui était possible en ne lui donnant en retour que l'illusion d'un avenir incertain.

— Tu sais, Patrick, me confia-t-il à mi-voix, tu peux pas savoir comme je suis heureux d'être là ce soir à parler avec toi. À la ferme quand j'étais petit, on arrêtait les travaux aux champs à huit heures pour ne pas rater « Sébastien c'est fou ».

— C'est gentil, mon gars.

— Alors aujourd'hui, le rêve, je suis dedans, et pour rien au monde je n'accepterais qu'on m'en sorte.

— Mais tu sais bien que, dans le Loft, tu t'es contenté d'être toi. Un personnage dont ils avaient besoin, parce que tu représentais une certaine France qu'il fallait faire venir pour lui vendre du foie gras, des Twingo, et des magnétoscopes à la coupure publicitaire.

— Je sais. Je suis conscient de tout. Je sais comment ils ont été. Je me suis retenu pour ne pas les fracasser tous. Ils m'ont utilisé. Ils ont volé des photos intimes chez mes parents pour les journaux. Mon père était dégoûté de ce monde qu'il découvrait. Tu sais, mon père, c'est un vrai paysan. Un pur. Un intransigeant. Et puis ceux qui étaient mes meilleurs amis de là-bas me reprochaient de donner d'eux une image de crétins. Et puis un, encore plus proche, à qui je faisais confiance quand l'argent a commencé à rentrer et qui m'a escroqué sur tout.

— Puisque t'as compris, retourne d'où tu viens. Tu y étais heureux, non ?

— Très heureux. Mais en secret, je rêvais toujours du show-biz. À l'école, j'étais le clown. Tout le monde me disait que j'étais fait pour ça, alors quand l'occasion est passée...

— Je suis ton ami, Félicien, l'ai-je interrompu. Je n'ai pas le droit de te mentir, moi. Je n'ai rien à te prendre. Ce métier n'est pas ce qu'on vous montre. Il est difficile, semé d'embûches. Il faut prendre du temps, avoir du talent, bosser comme un fou et même avec tout ça, t'es pas sûr d'y arriver.

— Il est hors de question que je fasse autre chose.

J'ai haussé un peu le ton, pour son bien.

— Mais putain, tu crois que t'es un chanteur à vie parce que t'as été premier du top avec une chanson aussi gaie et aussi légère que les miennes ?

— Bien sûr que non.

— Tu sais danser, jouer la comédie ?

— J'apprendrai. Je te jure, j'apprendrai. Mais aujourd'hui, je suis allé trop loin.

— Ils t'ont envoyé trop loin, rectifiai-je, en colère.

— Je sais, mais il faut que je vive de ça. Absolument.

— Au point de faire des grosses conneries si ça ne marche pas ?

Il m'a regardé au fond des yeux, sincère et déterminé :

— À ce point-là, oui.

Je suis resté un long moment silencieux. Et puis j'ai dit :

— Il y a peut-être une solution. Sois le premier à faire un spectacle où tu te moques de tout ça. De toi. Où tu racontes tout.

Ce soir-là, je lui ai lancé une bouée.

Mais j'en veux terriblement à ceux qui l'ont jeté pardessus bord sans gilet de sauvetage.

J'aime profondément la fragilité et l'abnégation de ce roseau fort comme un chêne.

Le spectacle qu'il joue en ce moment s'appelle « Félicien, un sacré schpountz ». Il m'appelle de temps en temps pour me remercier. Je continue à être sévère.

— N'oublie pas de bosser, Félicien. Travaille pour progresser. C'est dur, tu sais.

— Je bosse, Patrick, je te jure que je bosse. Encore merci.

Si j'avais vocation de voiture-balai, je les ramasserais tous en fin de peloton.

Je sais que la plupart n'ont rien à faire sur un vélo.

Certains feront encore des petites courses.

Un ou deux en gagneront peut-être.

Mais je te jure que certains organisateurs de critériums mériteraient d'être en taule !

Ça viendra, j'espère.

# 12

## Paul

T'en veux de la téléréalité ?

J'en ai plein la mémoire. Des souvenirs hors cadre. Des téléfilms en vrai. Du poignant ordinaire. En plein pays du sourire, en plus. Encore plus douloureux par contraste.

On est au printemps 1997. Nana et moi remontons à pas lents d'appréhension le long couloir de l'hôpital.

C'est là.

Avant de pousser la porte, je prends une grande respiration. Ça va être terrible, je le sais. Déchirant, c'est sûr. Je sais déjà que la première vision que j'aurai après la porte ne s'effacera jamais de ma mémoire.

Ridicule, le mot d'enfant qui m'obsède. Comme une mélodie stupide qu'on n'arrive pas à chasser : « Agreu ».

Une onomatopée de cartoon.

« Agreu », ça a toujours été son cri de guerre.

Paul Préboist.

Rien que le nom, ça ne sonne pas prestige.

Paul Préboist.

D'entrée, l'image s'imprime sans dorures. Un vague clown sans nez rouge au deuxième voire troisième plan dans des cinémas d'antan.

Paul Préboist.

Des dents immenses et autour une figure de vieux. Toujours. Même quand il n'avait que la quarantaine.

Écoute, Lilly. Je te le raconte d'abord, et après tu pourras fouiller dans mes cassettes pour lui mettre un visage.

C'est ce qu'on devrait toujours faire.

Si tu fais ça, tu l'appréhenderas comme personne, ce petit homme rare. L'ordinaire porté au paroxysme de l'exceptionnel. Un non-sens absolu. Certainement le plus grand Pierrot lunaire que je croiserai jamais.

Et j'en ai rencontré des extraterrestres tombés de « Sélénie ». Des bord-cadres. Des évadés du vrai. Des fous. Doux dingues ou absolument déjantés.

Celui-là c'était le plus « plus » de tous.

Un astre fait homme infime, qui marchait à petits pas, à petits pieds, sur le fil de soie d'or d'une vie de funambule. Vexé que le sol n'ait pas d'étoiles, lui aussi.

Mes aficionados gardent de lui les images d'un Frégoli populaire et rigolard, pensionnaire régulier de mes escapades du samedi.

Je lui ai donné une deuxième vie.

Ce petit pantin de rire à l'accent de Marseille végétait

depuis fort loin dans des seconds rôles de complément. Il avait été le pique-bœuf de tous : Gabin, Fernandel, de Funès, Bourvil, Richard, Deneuve, Delon, Belmondo.

Moi, dès l'adolescence, j'étais tombé en passion pour ce petit homme drôle. À l'époque, au-delà des Voltaire, Socrate ou Kant dont je faisais mon ordinaire par conscience d'étudiant, je m'étais « addicté » aux faiseurs de rire.

— Ça sert à quoi, le rire, papa ?

— À nous différencier des animaux, Lilly.

— Il faut rire souvent ?

— Le plus possible. Marcel Pagnol disait : « Dieu a donné le rire aux hommes pour les consoler d'être intelligents. »

— Il était bien renseigné. Ça devait être un super copain de Dieu, Marcel Pagnol !

Le foyer culturel de Brive proposait à la location quelques vinyles empruntés à la journée.

Des 33-tours, comme on disait. Que du son. Des comiques à ouïr : Devos, Bedos, Dufilho, Cousinier, Roger Pierre et Jean-Marc Thibault et Paul Préboist, donc.

Tous des seconds rôles dans le grand bal des stars de l'époque, acteurs et chanteurs.

Aujourd'hui, les comiques sont aussi des premiers rôles.

Résultat : les mégalomaniaques des zygomatiques se pavanent en intouchables.

Stakhanovistes de la vanne, ils se sont organisés en multinationale.

Pool d'auteur. Plan d'attaque. Double DVD et tournée de rock star.

Beaucoup viennent souvent à la télé, non pas pour faire rire mais pour raconter comment ils font rire. Ils dissertent sur l'amusant. La plupart du temps, ils y méprisent, hautains et cyniques, le bon rire d'avant. Ils enterrent une deuxième fois les « passés de mode ». Sans même se douter qu'ils creusent ainsi leur propre tombe.

Le temps les fera eux aussi vieilles gloires. Et ils n'ont même pas la lucidité de l'envisager.

C'est te dire la suffisance !

Certains ne se montrent sur le petit écran tête de gondole, que bardés de reparties préparées, testées, et calibrées en fonction du rapport promo-vente. Des VRP de la déconne.

En représentation Tupperware.

Souvent, les moins cascadeurs ne peuvent envisager la moindre apparition sans le dopage qui rend gai. Sous dépendance forte aux produits interdits sous peine de « pas drôle ».

Tu les ferais pisser, Armstrong en pleurerait !

Défoncés pour être vifs. Et ils le sont. Percutants, incisifs. Et vainqueurs toujours au sommet du mont Vend Tout !

Irrésistibles, soit, mais si peu humbles. Dénaturant

cette profession de bouffon qui se doit de railler rois et puissants sans condescendance.

Certains en sont arrivés à un tel degré d'hégémonie qu'ils en sont plus sinistres que ceux dont ils se moquent. Sans oublier, bien entendu, mais ça, on en a déjà parlé, le ralliement humanitaire indispensable pour atténuer le grossier.

Merci, l'Enfoiré !

Car, en humour, comme en politique d'ailleurs, il y a un avant et un après-Coluche.

Les plus perspicaces d'entre nous ont bien observé la progression implacable du clown en salopette. De gros rigolo grossier et détesté par la moitié des Français, il est devenu artiste au talent incomparable avec *Tchao Pantin*, puis homme au cœur d'or quand il a lancé les Restos du Cœur. Enfin sa mort brutale l'a béatifié.

Et tous les nouveaux venus rêvent de ce chemin-là. La mort en moins, bien sûr. La postérité peut attendre.

Politiquement, certains ont aussi la tentation de l'important. L'illusion que le persiflage donne forcément les qualités requises. Meneur de foules. Président du parti des pourfendeurs. La plupart ne discourent leurs idéaux de société que par pur ego.

J'exprime aussi, t'as vu. Mais, moi, juré, ça s'arrêtera là.

Et puis, dans le costume de politique, il n'y a pas ma taille en slip !

— Ça veut dire quoi, ça ?

— Comment dire, Lilly ? Pour ne pas choquer tes oreilles de petite fille, disons que les hommes politiques manquent un peu de courage. Leurs décisions sont marquées du sceau de l'irrésolution, et leurs valses hésitations les enferment dans un carcan de prudence induisant un manque d'engagement autoritaire et tranché. Tu comprends ?

— Oui. Et en plus, ils ont pas de couilles !

— Voilà.

Je t'en reviens à mes 33-tours loués que je me mettais en boucle sur un Teppaz de bazar.

C'est là que j'ai attrapé la maladie d'humour.

Préboist me faisait rire.

Aux éclats.

Ses sketchs étaient des petites merveilles d'écriture et d'interprétation.

Les enregistrements étaient touchants. On devinait une poignée de spectateurs dans un petit cabaret. Les rires étaient si parsemés qu'on imaginait proportionnellement la grosseur du cachet. Et inversement du cœur à l'ouvrage.

Quand je suis arrivé à Paris, c'est le premier spectacle que je suis allé voir. Un dimanche après-midi dans un Olympia presque vide. Un bonheur formidable.

Je lui ai demandé un autographe sur mon paquet de gauloises filtres.

C'est peut-être pour ça que je le serre si fort dans ma poche, mon paquet de clopes au moment où je rentre dans sa chambre d'hôpital, en ce triste mars 1997. Et le cœur me fait si mal qu'il me faut une force incommensurable pour retenir les larmes qui me montent.

Je me pleure dedans à torrents, mais je fais barrage par précaution.

Qu'il ne voie surtout pas en reflet dans mes yeux l'image terrible que j'ai de lui. Oiseau décharné, plissé de douleur. 30 kilos. 35 au mieux. Le cancer l'a rétréci à l'extrême. Même la perfusion de morphine ne l'empêche pas de geindre de douleur.

L'émotion n'est pas que là. L'intensité du regard ne vient hélas pas que de cette vision insupportable. Ça fait deux ans que je ne l'ai pas vu, mon Paul. La dernière fois que j'ai souhaité lui parler au téléphone, il m'a fait répondre un « Dites-lui que je suis mort » qui m'a assommé.

C'est après que j'ai cherché à savoir pourquoi. Et j'ai su.

Mais reparlons des années bonheur.

Le succès avait fait que l'admirant dépassait l'admiré.

J'étais connu, reconnu et Paul s'enlisait de plus en plus dans des rôles de sixième zone. Alors j'ai décidé qu'il serait mon clown récurrent. Pas par compassion. Seulement par plaisir.

Et Dieu qu'on en a eu, du plaisir !

Chaque répétition de sketch pour la télé durait dix fois plus que nécessaire. Et le studio entier croulait sous les rires. Quand il arrivait, on savait qu'on se ferait une heure de plaisir qui ne nous servirait à rien sinon nous remplir le cœur d'une bonne humeur salvatrice.

« Agreu », disait-il à chaque fois, pour nous dire bonjour. Son salut de bébé grand.

Et il partait en lançant : « Saleté de gens », en guise d'adieu.

On le voyait claudiquer vers la sortie, le pantalon trop court sur ses chaussettes rouges. Il ne quittait jamais son immuable petit cartable d'écolier où il rangeait avec ordre tous ses prospectus du parti communiste.

Quel fascinant personnage !

Il était vierge. Réellement vierge. Puceau, disait-il en souriant. Il mourra ainsi. Les plaisirs de la chair ne lui manquaient pas.

— Pourquoi veux-tu que ça me manque, je n'ai jamais connu ça ? Quand j'étais petit, j'étais amoureux d'une petite vache. Je dansais avec elle.

— Une vache... Une vraie, Paul ?

— Bien sûr. Va pas t'imaginer des saloperies. Elle me donnait la tendresse juste. Elle ne partait pas quand je m'approchais, elle... Pas comme les filles.

— Alors parle-moi des vaches, Paul.

— D'accord. La première vache a été fabriquée en 342 avant Jésus-Christ, par un certain Vascher, un ingénieur allemand, d'où le nom... Etc., etc.

Et c'était parti pour au moins une heure. Une heure d'improvisation totale. Il sortait de son cerveau de Pierrot génial des poésies, des trouvailles insensées tellement inimaginables qu'on aurait aimé les croire.

Et ça finissait toujours par « saleté de gens ».

C'était sincère.

Il haïssait la race humaine pour ses lâchetés, ses

cruautés, la manière dont elle assassinait la planète que Dieu lui avait confiée.

Après l'avoir questionné, je crois que cette vieille rancœur remontait à la fin de la guerre où il avait vu de soi-disant résistants massacrer allègrement de prétendus collaborateurs.

Et puis, aussi surprenant que cela paraisse, il traînait pour sa mère, qu'il citait si souvent dans ses sketches, une haine imprescriptible. Les soirs de « trop boire », dans l'intimité, il se lâchait dans l'ordurier.

— Cette salope qui nous a empêchés d'être vivants, mon frère et moi.

L'histoire était pourtant belle.

La maman de Paul était la fille de riches propriétaires de chevaux en Angleterre, châtelains nobles et puissants. Elle tomba amoureuse du lad marseillais qui nettoyait les écuries.

Pour le suivre, elle renonça à tout.

Et cette noble et belle femme, qui avait fui par amour, éleva ses deux garçons à l'anglaise dans un quartier pauvre de Marseille. En les protégeant à l'extrême. Leur donnant une éducation stricte avec la rigueur de son propre rang.

Et ces deux gosses à tête de cheval grandirent dans l'abstinence.

Paul voyageait sûrement dans sa tête à cause de cette existence faite d'interdits et de privations de plaisir. Et il en voulait terriblement à cette mère castratrice.

Vieux garçon définitivement engoncé dans le passé, il vivait chichement.

Je lui ai donné à la télé de quoi vivre largement. Il n'a jamais voulu quitter son minuscule logis, donnant la plus grande part de son argent au parti communiste.

Quand le mur de Berlin est tombé, je lui ai dit :

— Tu vois, Paul, tu t'es trompé.

Il m'a répondu, avec un sourire triste :

— Eh oui, je me suis trompé d'utopie. Je le vois bien. Mais je vais rester communiste, en mémoire de tous ceux qui sont morts pour cet idéal.

Il riait quand même. Il riait toujours.

Et puis un jour, il est venu me parler sans rire.

— Écoute, Patrick. Je ne me déguiserai plus, parce que, tu vois, j'y ai bien réfléchi, le rire que je fais, il n'est pas noble.

J'étais abasourdi.

— Le rire des enfants, pas noble ? T'es un clown, Paul. C'est pas noble, un clown ?

— Si, mais je veux changer de voie. J'ai plus de soixante ans. Je veux repartir sur scène et rien que ça avec un spectacle où je dis des choses importantes.

— Paul, tu sais que je t'aime profondément. Fais ce qui te semble bon. Je crois que tu te trompes, mais soit. Et si tu as besoin de quoi que ce soit, je serai là.

Et Paul est parti faire le « Pas clown » loin de moi.

Sans donner de nouvelles.

Pas de nouvelles, mauvaises nouvelles.

La maladie l'avait rattrapé. Le remords peut-être aussi d'avoir pris une route que la fierté l'empêchait de reconnaître pleine d'ornières.

Je pense encore que ce péché d'orgueil tardif, alimenté par des proches profiteurs de sa faiblesse est étroitement lié à la déclaration de son mal. Les culpabilités de l'âme sont des accélérateurs aux souffrances du corps. La médecine le sait bien.

Ma pianiste, sa seule véritable amie qui, avec son compagnon, le soutenait dans la douleur, m'appela un matin.

— Paul va mourir. Il faut que tu viennes.

— Il l'a demandé ?

— Non, mais je sais qu'il en crève. Il voit bien qu'il s'est complètement trompé sur son choix. Il se sent si fautif qu'il n'osera jamais te demander de venir à son chevet. Alors, viens, s'il te plaît.

— Je viendrai.

Ses grands yeux bleus se levèrent sur moi.

Sa main, déjà légère comme une plume d'ange, se posa sur la mienne.

— Mon Patrick, gémit-il, pendant que de grosses larmes coulaient sur sa peau terriblement creuse. Mon Patrick, que je suis heureux...

Il me prit la main avec une force qu'il dut aller chercher au plus profond de sa volonté.

— Agreu.

— Agreu, Paul.

Le reste n'est qu'une mort ordinaire.

Je me repasse souvent nos mascarades. Lorsque je pense à lui, ce n'est jamais triste.
Nous continuons, nous tous qui l'avons connu, à nous saluer en disant « Agreu ». Ce petit grand homme a été un des plus beaux soleils de ma vie.

Et pourtant, c'était un futile, un second rôle, qui n'a jamais souffert de ne pas être un premier.

— Je suis un homme heureux, Patrick. Quand je mets du miel sur ma tartine, je mesure le bonheur de pouvoir avoir du pain et le travail qu'il a fallu à ces pauvres petites abeilles pour me fabriquer mon manger du jour. Il y en a tant qui se persécutent tous les jours à souffrir de ce qu'ils n'ont pas alors qu'il est si simple de se réjouir de ce qu'on a. Je n'ai jamais été le premier, et alors ? Ma vie me va. Je l'aime comme ça. Quand je repense à tous les malheurs, tous les doutes de ces stars avec lesquelles j'ai joué, je bénis le bon Dieu de m'avoir fait sage. Je n'ai jamais connu l'aigreur de l'envie. Je n'ai jamais jalousé la réussite des autres. Je n'ai pas connu l'amour physique, ni l'amour normal pour une femme d'ailleurs, et je ne le regrette pas. Quand je vous vois souffrir tant avec vos chagrins d'amour, d'orgueil, vos jalousies, je remercie encore le bon Dieu de m'avoir privé de cette malchance. Dans mon monde à moi, il n'y a que des animaux. Vois le monde des fourmis, celui des dauphins, même des loups, il est passionnant. Bien sûr, il y a aussi de la cruauté, mais nous avons nous, les hommes, un bien triste handicap : on parle. Et la plupart du temps c'est pour dire des conneries, hélas. Sinon, il y a bien longtemps que la terre tournerait en paix. Saleté de gens !

— Ça veut dire quoi, Papa, saleté de gens ?

— Ça veut dire, Lilly, que ce sont souvent les hommes les plus propres qui sont responsables des plus grandes taches.

— On parle de quoi maintenant ?

— De Noël 2005... Et tu ne seras pas dans ce chapitre-là.

— Pourquoi ?

— Par superstition. J'ai tellement envie que tu sois dans mes bras au prochain !

# 13

# Noël

Je n'aime pas bien le 24 décembre. Pas plus celui-là, 2005, que les autres.

Alors j'ai vite quitté la fête pour aller écrire. Seul. Je suis mieux.

Je n'aime pas Noël, parce qu'il me manque trop de monde.

Et parce que je me goure sans arrêt sur mon ordinateur au moment de mettre le tréma à sa place. Sur le « o » aussi, c'est joli. Nöel... Tiens, j'essaierai sans tréma. Ou avec un circonflexe. Ou n'importe comment. De toute façon je fais ce que je veux, c'est mon livre.

En vrac, je t'ai promis que j'écrirais, au début. Alors tu comprendras sans effort que ce soir, mon vrac est nostalgique. Mais je vais y remédier, promis.

Le soir de Noêl, la télé ne se casse pas trop la bûche. Normal, le plus gros des achats a déjà été fait. La publicité n'a plus grand-chose à te vendre. Elle a fait le maximum pendant quinze jours pour t'encombrer le sapin. Même là, elle est omniprésente.

C'est Jésus qui serait content !

Sympa, le cadeau d'anniversaire. Aimez-vous les uns plus que les autres. Aux plus riches les plus beaux cadeaux, aux plus pauvres ce qui reste. C'était bien la peine de chasser les marchands du temple.

Nohel (je fais ce que je veux, je t'ai dit), c'est avant tout la fête des commerçants. Un lieu commun, jour de gloire du paquet-cadeau. La télé y contribue largement. Au point qu'à minuit, à la fin du bêtisier traditionnel, quand est apparu sur l'écran le nouveau pape Benoît XVI, un de mes petits-cousins a lancé :

— C'est quoi, ça ?

— Ça, c'est la commémoration de l'événement qui va te permettre de déplier tout à l'heure le papier doré où sommeille ta console de jeux, p'tit con. On fête Jamel qui serait né entre Zidane et Lebœuf. Il y a tous les DVD dans le paquet blanc à droite du sapin.

Ça fait quelques jours qu'on nous vend de tout.

Des CD, des portables, des MP3, des *Harry Potter*.

Et encore, on a échappé au pire. Le portable « Si Lady Di avait su ». Celui qui passe sous les tunnels, lui. Le CD de la comédie musicale sur les disparus de l'Yonne : « Je m'appelle Emile Louis joli »... Etc., etc.

Comment ça, ignoble ?

Les *games* où ça flingue de partout ne le sont-ils pas tout autant ? Dans ces jeux-là, les héros ont souvent deux vies. Je connais beaucoup de gamins qui ne sont pas loin de penser qu'ils les ont aussi. Et qui, par conséquent, se foutent de la première.

Les enfants de la télé. La télé et les enfants. Voilà une dissertation intéressante. Un bon sujet pour ce bac qui ne leur servira à rien.

Les parents posent leurs gosses devant l'écran comme leurs chiens devant un os. Pour qu'ils n'aboient plus. Et la marmaille ingurgite sans discernement la pub, les clips érogènes, et la violence récurrente.

Récemment, un gamin de quatre ans est entré dans la chambre de ma mère. Son regard s'est posé sur le cadre où souriait la photo d'un vieillard moustachu.

— C'est qui ? a demandé l'enfant.

— C'est mon papa, a répondu ma mère.

— Il est où ?

— Il est mort.

— Ah, bon. Et c'est qui qui l'a tué ?

Ricochet de tir à balles réelles dans une série américaine.

Alors les enfants devant la télé, d'accord. Mais pourquoi pas un sticker sur chaque écran, comme sur les paquets de cigarettes : « Attention abus dangereux ».

Risque d'intoxication élémentaire !

Et quels adultes vont-ils devenir, ces gentils gnomes que j'ai vu galoper ce soir autour du sapin ?

Ils dirigeront un jour. Ils décideront.

Les chevaux de bois de nos Noëls de petits garçons nous fabriquaient des rêves de chevaliers justes. Ça ne nous empêche pas, adultes, dans nos armures automobiles, de descendre nous taper sur la gueule au moindre refus de priorité.

Est-ce que les consoles de jeux des petits garçons d'aujourd'hui, où les avions se bombardent entre les tours des villes, en feront des maîtres de guerre ?

Les poupées mousselines des Nhoëls des petites filles de ma génération les préparaient à un Prince charmant qu'elles n'ont jamais trouvé.

Les DVD érotiques de Mariah Carey et consorts préparent les gamines du XXIe siècle au tapin.

Match nul intergénérationnel alors ? Qu'en penser ? Que redouter ? Franchement, moi qui d'habitude ai plutôt des avis tranchés, là, je ne sais pas.

Et toi ? Tu t'en fous.

Ah, bon !

C'est peut-être ça, le vrai problème. En tout cas, une chose est certaine : Le père Noël est une ordure. Donc, nous tous.

Mais c'est quand même Noêll. Alors :

Alléluia ! Que le monde soit un monde de paix où il n'y aurait pas la guerre. Alléluia !

Que tout le monde soit en bonne santé, surtout les malades. Alléluia ! Que la justice soit juste pour ceux qui souffrent. Alléluia ! Que l'équipe de France gagne le mondial de foot pour qu'on oublie le reste. Allez luia, Allez luia, Allez...

Sûr que si on fait un casting d'animateurs télé qui viendraient présenter leurs vœux en ce jour de paix, ça ressemblerait à ça.

Du convenu. Du prêt-à-dire.

Parce que la vérité n'est pas faite pour la télé. L'essentiel est d'en être conscient. Ça veut dire, accepter les limites de cet incontournable média.

Attention, je vais te faire un sermon.

Ma messe de Noël à moi. Grand prêtre de la religion cathodique. Ne serait-ce que pour le jeu de mots éculé, c'est ce soir ou jamais.

Mon bien cher frère, je dois te confesser que j'ai écrit ce livre pour deux raisons :

Premièrement, pour que tu ne me voies plus pareil, moi le clown du samedi.

Deuxièmement, pour que tu regardes ta télévision d'une autre façon.

Et par-dessus tout, je souhaiterais que tu comprennes définitivement que TON ÉCRAN NE DOIT PAS PENSER À TA PLACE.

Je l'ai écrit gros parce que plus la surface de ta télé augmente, plus la place de ton propre jugement rétrécit. Et c'est le plus grave de tes péchés. Tu n'en sera absous qu'en délivrant ta conscience des chaînes qui l'enserrent et la conditionnent.

Et tu seras sauvé pour les siècles et les siècles.

Ainsi, chaque fois que tu te planteras devant un journal d'infos, dis-toi : « ILS m'informent de ce qu'ILS décident, et comme ILS le décident, mais c'est à MOI de faire le tri. »

Chaque fois que tu regarderas une émission de divertissement, pense : « ILS ont choisi ces artistes-là, mais il y en a tant d'autres qui n'ont pas accès au système. Alors je vais essayer d'aimer par moi-même. »

Quand tu trouveras un animateur détestable et un autre admirable, n'oublie jamais que les deux te mentent.

Tout ça parce que ce média n'est pas conforme à la « Vérité ».

La télévision est un faux témoin, dans tous les cas de figure. Par conséquent, aucun procès ne doit en découler sur la foi d'une simple écoute. Il y a du maquillage, une façon de filmer, de monter, de démontrer que tu ne dois jamais prendre pour argent comptant.

La télé est une loupe trop grosse. Déformante et terriblement perverse.

J'entends parfois gronder la rue sur la seule base d'un reportage coup de poing. Les conversations de bistrot débordent d'affirmations qui ne sont que le relais de ce que PPDA a choisi de dévoiler ou de taire.

Des catastrophes humanitaires ont fait bien plus de morts que le tsunami de l'année dernière. Mais on n'a pas les images. Ou bien elles ne sont tellement pas spectaculaires que tu les as déjà zappées.

L'élan de générosité pour la grande vague a été sans précédent. C'est à la fois superbe et infiniment dégueulasse pour le reste de la misère du monde.

Dans ce cas précis, la responsabilité de la télévision est primordiale. Mais, au-delà, c'est notre responsabilité propre qui est à aiguiser.

Dis-toi à chaque fois que l'essentiel n'est peut-être pas le plus visible. Ne te laisse pas emporter par une compassion ou une animosité immédiate. Et n'aie de jugement définitif qu'après avoir fait le tour des autres moyens de communication, qu'ils soient oraux ou écrits.

Pour vulgariser, puisque tel est mon emploi présumé : si tu te torches avec tout ça, tu t'apercevras que parfois la merde est de l'autre côté du papier !

Ou pour vulgariser plus classe : la télévision est une menteuse, ne crois que ce dont tu es certain.

Amen.

Imagine, à présent, chaque animateur présentant ses vrais vœux de Nöel. Ce qu'ils souhaitent en premier. Sans le fard. Sans mentir. On se marrerait, non ?

Allez, je te le fais. Juste pour m'amuser. Ce sera mon cadeau de Noel. Assorti d'un petit commentaire personnel sur l'intéressé.

— On avait dit : pas les animateurs.

— Oui, mais là ça compte pas. C'est pour de faux. Comme quand j'étais gosse. Et je ne vais chatouiller que ceux pour lesquels j'ai quand même de l'estime. Les autres, je serais trop méchant. Et je me l'interdis, absolument. C'est normal, c'est Nohel. Là, c'est juste pour rire un peu. Histoire de renvoyer loin cette putain de nostalgie qui me tenaille au point que si je ne m'amuse pas immédiatement, dans deux minutes, je pleure.

*Pascal Sevran.*

J'aime l'homme et ses émissions. Vraiment.

Et puis cette ouverture sur la culture des pays du soleil couchant me touche : certaines chanteuses sont tellement liftées qu'on croirait l'émission en direct du Japon.

Pascal a quand même un défaut : il est adaptable politiquement. Il a été mitterrandiste quand Mitterrand était président de la République. Il a été chiraquien quand Chirac l'est devenu à son tour. Je me fais beaucoup de souci pour lui. Si Delanoë finit à l'Élysée, j'ai peur qu'il devienne pédé !

Allez à toi, Pascal, lâche-toi en vrai.

— En ce soir de Noël, je souhaite à tous ces gros cons de négriers de la Star Ac' d'aller se faire foutre. La chanson française ne mérite pas tant d'insultes. Et puis, messieurs mes patrons, donnez-moi du prime time. Je le mérite plus que Lumbroso. Pour avoir le même talent qu'elle, moi aussi je peux mettre des décolletés.

Droit de réponse de Daniela :

— Va mourir loin, vieux singe. Je t'emmerde, et tes accordéonistes en play-back avec. J'en profite pour exprimer moi aussi mon vœu personnel : le journal de 20 heures. C'est bien le diable si avec mon 95 C, l'audience ne monte pas de cinq points. Et vous savez très bien que je suis aussi une journaliste compétente et sérieuse. Je sais qu'il me manque un atout. Alors j'en profite pour dire que je cherche un ministre. Ça donne du talent pour présenter les infos. Téléphonez au 06 07........ Etc., etc.

*Michel Drucker.*

C'est le plus gentil. Si tu lui mets un coup de pied dans les couilles, il va te demander si tu ne t'es pas fait mal au pied !

C'est surtout un maître diplomate. Il doit avoir des Ferrero à tous les repas. Il a inventé LA phrase clé. Le compliment imparable qui ne te fâche jamais avec personne : « Celui-là, c'est le meilleur de sa génération. » Imparable. Le concurrent, né un an avant ou après, se sent forcément d'une autre génération.

Michel c'est le boss. À toi, Mimi.

— Mes vœux en vrai ? Un contrat à vie. J'angoisse trop à chaque rentrée. Ça devient usant pour moi, l'hypocondriaque. Et tu veux que je te dise ? Je le mérite bien. J'ai supporté des dizaines de patrons de chaîne successifs. Certains m'ont traité comme une merde alors que le temps a prouvé que les chiures, c'étaient eux. Dans ce putain de marigot politico-médiatique, j'ai réussi l'exploit de ne me fâcher qu'avec un nombre infiniment petit de gens importants. Beaucoup me doivent leur succès, bien peu m'en ont remercié. Je suis un doux, un respectueux et un attentif, mais s'il y en a un qui ose me virer à mon âge, après tout ce que j'ai donné avec sincérité, je lui... Je lui... Comment tu dirais, Patrick ?

— Je lui explose sa sale tronche d'enculé.

— Voilà, pareil... Notez quand même que c'est Patrick Sébastien qui m'a soufflé les mots adéquats.

*Fogiel.*

Royal canin. Il aboie plus qu'il ne mord.

J'ai beaucoup de tendresse pour ce pur produit de la nouvelle télé-procès. Ce procureur qui n'a de véritable toupet que son complément capillaire qu'il assume avec humour.

Doué pour l'opprobre, coupeur de parole, il ne fait qu'exploiter l'exhibitionnisme verbeux et promotionnel de nous tous, les vendeurs de nous.

Et même si le fait que sa société appartienne à Endemol le force à s'offusquer en play-back, il s'exprime en direct. Sans autre filet que celui de sa voix agaçante d'ado gnangnan.

Mais c'est un homme de parole, dans toute l'acception du terme.

— Chers amis, mon cher Guy Carlier, j'aimerais nous souhaiter pour l'année qui vient une foule de Sulitzer, d'Elizabeth Teissier, enfin, je veux dire de proies faciles. Du fragile à donner aux lions. Il n'y a que ça qui passionne la plèbe. Et puis aussi qu'Ardisson arrête de me copier même que mes questions sont bien mieux pour montrer que Guillaume Depardieu est un bon gars malgré la drogue et son père qui n'est plus avec Carole Bouquet. Et na !

Droit de réponse de Thierry.

— Écoute bien, sale petit con, il est hors de question que je ferraille avec toi. On ne combat pas dans la même catégorie. Il est également hors de question que je m'abaisse à l'insulte primaire, même si moi aussi j'ai des couilles au cul, mais que moi ce sont les miennes. Mon immense culture et mon background sex, drogue et rock and roll me placent bien au-dessus de tes invectives de collégien ambitieux. N'oublie jamais que je suis l'animateur le plus intelligent de la télévision. Je suis monarchiste tendance Woodstock. Ça me donne des aisances et des préemptions de dominant contre lesquelles il est vain que je lutte. Je suis un élu de la qualité supérieure, que puis-je y faire ?

Allez, au suivant !

*Nikos Aliagas.*

On dirait Philippe Risoli qui se prendrait pour George Clooney.

Et sûr que ce gamin est vraiment un bon gars. Mais passé à la moulinette TF1-Endemol, il est lentement devenu ce qu'il montre.

Ses poses photo à la une des canards télé m'évoquent immanquablement José Garcia parodiant Cindy Crawford dans « Nulle part ailleurs ».

Encore un égaré qui reviendra à son vrai quand l'audimat baissera.

Mais, pour l'instant, il reste inféodé.

Comme un serf d'antan employé chez un seigneur moyenâgeux. Rentrant chaque semaine à la masure retrouver la famille pauvre attablée autour d'un brouet insipide, et lançant dans une indifférence narquoise : « Il s'est passé beaucoup de choses au château cette semaine. »

Vas-y, cher Grec, envoie tes vœux.

— Cher Étienne, cher Patrick, que cette année vous soit bénéfique. Qu'elle m'apporte en toute humilité la force de continuer à être la main tendue pour tous ces merveilleux jeunes artistes. Ces Gavroche, ces Cosette à qui nous offrons la première marche des escaliers de la gloire... Voilà, ça c'est fait. Maintenant, et du fond du cœur cette fois : saint Zorba, s'il te plaît sors-moi de là. Je suis un bon mec. J'ai des diplômes, un vrai talent de journaliste. J'en ai plein le cul de cautionner cette daube commerciale pour des SMS sur lesquels je ne touche même pas une drachme. Plein le cul de mentir le suspense alors que je sais dès le départ qui la chaîne a choisi de faire gagner pour une rentabilité maximum. Trouve-moi vite un rôle au cinéma, une belle émission d'info de fond à animer. Faudrait pas que ça s'éternise. J'ai le Mercouri qui me gagne et si je veux être ministre de la Culture chez moi, faut que je dégage fissa.

*Sébastien Cauet.*

La bonne méthode.

Bateleur. Clown assumé. Entarteur hors norme. Robinson sur une île gaie perdue au milieu de l'océan TF1.

Avec l'insolence des débutants. Et le bouclier des plus de 40 % de parts de marché, au-delà desquelles tu peux tout te permettre. Même d'être profondément intègre. Et c'est le cas.

Le pétage de plombs est assez improbable. L'homme est sain.

À toi, mon gars.

— Joyeux Noël à tous. En fait, je n'ai rien à me souhaiter d'autre que ce que j'ai eu cette année. C'est-à-dire tout. Les gens m'aiment. Je fais ce que j'aime et j'en vis bien. Alors tchao, je vous aime. Et dites à

Arthur que je l'emmerde. C'est pas de l'antisémitisme.

L'Holocauste n'est pas une excuse à tout. Je ne l'emmerde pas pour d'où il vient, ses croyances et sa réussite. Je l'emmerde tout court, sans préjugés.

Droit de réponse de Jacques Essebag dit Arthur. (On est tellement habitués à voir ça à la une de *Voici*.)

— « Je l'emmerde tout court » sont les mots exacts qu'a employés Cauet. Si ça c'est pas de l'antisémitisme primaire ! Mais si voyons... La circoncision... Tout court... Vous saisissez l'allusion ? Je ne m'y étendrai pas davantage. Je répondrai juste qu'il est facile de s'en prendre à moi sous le simple prétexte que j'ai réussi mieux que les autres. La France est allergique aux vainqueurs. Estelle est belle, les milliards pleuvent, et alors ? Je n'ai volé personne. Et j'ai aussi mes drames. Tiens, pas plus tard hier sur mon yacht. Il se trouve que je possède un système d'ouverture de placards qui permet à ceux-ci de s'ouvrir au simple son de ma voix. Je dis : « chemise », et le placard aux chemises s'ouvre. Eh bien, hier, la tuile. Extinction de voix. Vous voyez que la vie est dure aussi pour moi.

Allez, j'arrête le tir au pigeon, ça commence à me lasser.

Et puis c'est tellement facile.

Je veux juste, avant de passer à la suite, revenir sur ce que je viens de dire d'Arthur, puisqu'il est aujourd'hui le symbole vivant de la télé du XXI$^{e}$ siècle.

Pour ceux qui me croiraient dans l'outrance, je tiens à préciser qu'effectivement Arthur possède un yacht majestueux. Les placards qui s'ouvrent au son de sa voix ne sont pas une invention de persifleur. C'est une réalité. Une des incroyables réalités qui parsèment la vie d'Arthur, mon « copain malgré ».

Oui, tu as bien lu. Mon « copain malgré ».

Par devoir de mémoire.

Je ne supporte pas ce que ce garçon est devenu. Les dangers de son hégémonie.

Le yacht exposé dans le port de Saint-Trop à des chalands qui ne pourraient même pas se payer le plein d'essence qu'il y met. Ces chalands qui l'ont fait roi. Il y a beaucoup d'indécence dans tout ça.

Son arrivée dans la famille des humoristes de scène à grand renfort de publicité, le remplissage des salles à grands coups de marketing, sont pour moi une insulte à tous ceux qui suent péniblement depuis des années pour un petit coin de paradis au théâtre.

Et moi, je reste quand même son « copain malgré ».

Quand il s'est fait jeter de TF1, il y a bien longtemps, je les ai recueillis lui, et son pote Courbit. Je leur ai offert de fabriquer des pilotes d'émissions gratuitement. Et puis, Kido a présenté le duo aux décideurs de la 2, où ils ont pu lancer les « Enfants de la télé ».

Et vous connaissez la suite.

Et dans cet univers d'amnésiques, Arthur s'est montré plus que loyal. Au moment où j'avais besoin d'argent pour monter en solo mon film, *T'aime*, il m'a aidé grassement et sans autre contrepartie que de savoir que, si le film se plantait, il ne reverrait jamais son avance. Ça a été le cas.

Alors, je garde en mémoire et je suis redevable.

— Trop, me dit Nana. Vous êtes à égalité. Tu l'as aidé, il t'a aidé, point final.

Qu'est-ce que tu veux ? Je suis comme ça. Pour une fois qu'il y en a un qui n'a pas eu Alzheimer avant l'âge, ça m'a touché, et ça me touche encore.

Mais je garde ma libre pensée. Mon jugement. Disons que j'éprouve pour lui un dégoût indulgent. Ni plus... Ni plus.

L'indulgence, je n'en ai pas eu beaucoup dans les lignes que je viens de te livrer.

Et sûr qu'au moment de la sortie du livre, ces pages-là seront mises en lumière bien plus que le reste. Tant pis.

Ce persiflage de bas étage, c'est aussi moi.

ça fait partie de mes tares intimes, de mon commun, de ma connerie de base.

J'aurais pu revenir en arrière, édulcorer par précaution. Mais je me dis que ce petit pamphlet n'aura que le poids qu'il pèse. Presque rien. Quelques pages à lire en diagonale et à ranger loin des véritables auteurs.

Alors, entre la valeur infime des mots que j'ai écrits et le bonheur et l'oubli qu'ils m'ont procurés en ce soir de manque, il n'y a pas photo.

On ne guérit jamais de nos deuils, on fait avec. Ils sont tant ce soir, comme moi, à s'être inventé des placebos.

Moi, c'était de l'ironie à deux balles. On fait avec ce qu'on a.

Et puis ça me fera un aide-mémoire relié.

Je pourrai consulter le chapitre suivant pour y trouver la photo de ma première apparition à la télévision.

La toute, toute première.

Vite, avant que j'oublie.

— Pourquoi tu ne m'as pas emmenée dans le chapitre de Noël, papa ?

— Je te l'ai dit, Lilly, par superstition. Et puis pour autre chose.

— Quoi ?

— Regarde par la porte entrouverte. Il est cinq heures du matin et ta maman dort pendant que j'écris.

— Et alors ?

— Alors, je t'ai laissée partir dans ses rêves à elle. Tu ne te souviens pas ? Les câlins, le square, le bain, la tendresse.

— Bien sûr que si, mais je pensais que tu viendrais nous rejoindre.

— Pas ce soir, Lilly. Elle a eu un coup de blues, aussi. Alors j'ai préféré vous laisser toutes les deux. Allez, va dormir avec elle. Elle aussi a besoin de gros câlins, cette nuit.

## 14

## Sophie

Système 2, ça s'appelait.

Du divertissement paillettes et bon enfant.

Guy Lux en était le bateleur. Gaffeur et colérique. Organisateur méticuleux de foutoir.

La télé balbutiait sa technique et les répétitions d'émission se déroulaient dans un joyeux bordel. Le résultat final en direct était un miracle perpétuel.

Avec, en plus, les dérapages maison.

— Eh bien voici une chanteuse italienne qui s'appelle... Qui s'appelle...

— Euh...

— Bon sang, aidez-moi, Sophie.

— Excusez-moi Guy, c'est vous qui avez la fiche.

— C'est pas grave. De toute façon, qui la connaît cette salope ?

Et tout ça dans le micro bien sûr.

La Sophie en question s'appelait Darel. Elle était

l'aide-mémoire de Guy. Imitatrice co-présentatrice essentielle à l'étourdi.

C'est à elle que je dois ma première apparition télé. Un peu pour mon talent, beaucoup à cause d'une bien triste histoire de cul. Ce n'était jamais que la deuxième fois qu'un coup que je n'avais pas tiré décidait de mon destin.

La première fois c'était à Brive, alors que j'avais rangé provisoirement mes envies d'artiste dans mon sac de sport.

J'étais parti jouer au rugby en tournée en Afrique du Sud.

Bien sûr, pour amuser les copains, je tentais quelques facéties aux repas d'après-match. Style tonton soûl à la fin du banquet de noces. Mais de la distraction juste. Mes préoccupations étaient ovales surtout. Et amoureuses aussi, ça va de soi.

J'avais laissé à Brive un gros bout de mon cœur en garde à une petite vendeuse de papiers peints. À mon retour, j'ai appris que les absents ont toujours raison. Raison d'être absents. Sans ça, je ne serais sûrement pas où j'en suis. Je n'aurais pas vécu tout ça. Tu ne serais pas là non plus, Lilly... Etc., etc.

Le grand tourbillon des causes, des coups de pouce du destin, des gouttes d'eau qui mettent le feu aux poudres, comme dirait Van Damme.

Si je n'avais pas été absent, elle ne se serait peut-être pas vautrée dans le lit d'un musicien d'orchestre, ma demoiselle de cœur.

Quand je dis le lit, j'exagère, ça devait être la banquette arrière du car !

Tu penses bien qu'en trente ans de tournées, aujourd'hui, je les connais tous, les baldaquins des baiseurs furtifs de groupies énamourées. Au plus bas de l'échelle, c'est contre les parpaings qui soutiennent l'Algéco. Au plus haut, il est rare que ça dépasse le Campanile !

Enfin, toujours est-il que la volage m'avait trahi pour un faiseur de notes. Un gringalet épais comme ses deux feuilles d'OCB.

L'outrage.

Moi le costaud, le solide des pelouses, le vrai mec quoi, doublé par un charmeur de faciles. Putain de musique !

— S'il faut monter sur une scène pour niquer les nanas des autres, tu vas voir !

Vue, la médiocrité du prétexte ? Et pourtant.

Il y avait un radio-crochet sur la grande place. J'y suis allé. Par bravade. Par vengeance. Tout crétin d'amour, le béret sur la tronche en guise de couronne de lauriers. J'ai imité Bourvil. Les 124 spectateurs se sont tous marrés sauf la moitié ou plus. Et moi, fiérot je me suis dit : « Ça y est, c'est parti. » Et c'est parti de là. Tout.

Non, mais franchement, elle est pas belle, l'histoire ? Impossible surtout.

De ça à aujourd'hui.

— Donc, si je suis là, papa, c'est un peu grâce à la petite vendeuse de papiers peints.

— Forcément, Lilly. Et puis aussi grâce au musicien

qui me l'avait empruntée. Grâce à Bourvil que j'ai imité. Grâce à William Webb Ellis, l'inventeur du rugby. Grâce à...

— Eh bien, dis donc, ça va t'en faire du boulot !

— Pourquoi ?

— Quand je vais arriver, faudra envoyer des faire-part à tous pour les remercier !

Souvent, il m'arrive de croire que tout ça n'est pas arrivé. Que ce soir de radio-crochet, j'ai pris une cuite phénoménale (je l'ai prise d'ailleurs), et que je vais me réveiller dans cinq minutes. Employé au Crédit Agricole d'Aurillac, une femme, trois enfants, la carte de pêche et une petite télé où je ne rate aucun passage de Joe Dassin qui n'est pas mort.

Joe, c'était mon idole de ce temps-là. C'est la première imitation que je ferai à la télé avec Sophie Darel. Et c'est là que vient se greffer la deuxième histoire de cul essentielle à ma carrière.

Dans la grande surface où travaillait ma petite vendeuse de papiers peints, a déboulé un jour la Sophie.

Séance de dédicace. Des ménages, on appelle ça dans le métier. Quelques signatures, des bisous, des serrages de pinces, un cocktail d'au revoir et quelques biftons pour améliorer l'ordinaire.

Je suis allé la voir, la blonde de la télé. Impressionné. Tu parles, elle connaissait Joe Dassin !

— Hé, M'dame ? Je joue au rugby, mais je fais un peu l'imitateur aussi. Regardez Dassin, j'vous le fais.

Aujourd'hui, j'en croise cent fois, des comme moi de

l'époque, persuadés qu'ils ont le don. Qui me font Cloclo ou Céline Dion pendant que je prends de l'essence.

Jamais je ne me moque. Pourtant, parfois, c'est déchirant, un gamin qui massacre *Alexandrie Alexandra* au milieu des vapeurs de GPL.

Alors moi, en souvenir de moi, je rassure. Je dis « pourquoi pas ». Et je range le CD offert dans ma boîte à gants. Juré, je l'écoute toujours... On ne sait jamais.

— On ne sait jamais, me dit Sophie souriante en quittant le supermarché, voilà un téléphone où tu pourras me joindre si un jour tu montes à Paris.

— J'ai décidé de partir dans quinze jours.

— Alors bonne chance... Euh... C'est quoi ton nom ?

— Patrick Boutot... Mais je vais changer.

En vrai, je n'avais pas décidé avant de lui parler... J'ai décidé pendant !

Je suis arrivé à Paris au bout de l'été 1974. Avec 600 francs en poche.

Avec de l'habileté à défaut d'adresse.

Au début, une sordide chambre d'hôtel, et puis après une piaule re-sordide, au sixième étage, sans ascenseur.

Putain d'escalier ! Quand j'oubliais le pain.

Je ne vais pas te la jouer pleureuse parce que ça me gonfle, tous ces arrivés qui geignent de leurs départs difficiles, comme pour réclamer je ne sais quelle absolution, je ne sais quel pardon d'être tant gavés aujourd'hui.

Vache enragée. Tu parles, elle aurait pas pu passer dans le couloir !

— Y en a qui mangent de la vache enragée ?

— Mais non, Lilly, c'est une image.

— Ah, bon, j'ai eu peur. Parce qu'il paraît que c'est très dangereux la maladie de Krots, de Kreuz, de Kretz... De... Aide-moi, papa.

— Laisse tomber, je sais pas l'écrire !

Ce que je sais, c'est que ces moments de galère sont essentiels si on veut traverser le reste avec la conscience de n'avoir rien volé à personne.

J'en ai suffisamment chié pour ne pas avoir honte de ce que j'ai aujourd'hui. Point. Mais je ne vais surtout pas te sangloter ma valise en carton et mes chemises trouées.

Je n'avais presque pas de sous, presque pas à manger, presque pas de fringues.

Et alors ?

Il y avait le « presque ».

J'avais un moral en béton, 20 ans, des rêves, une belle santé et la bite raide comme un col d'ambassadeur.

Tu parles d'une misère !

J'avais, en plus, un enthousiasme à toute épreuve qui faisait passer pour du talent, ce qui n'était, en fait, qu'un petit don de fin de banquet.

Et c'est ainsi que, le 14 novembre, jour de mes 21 ans, avec le prénom de mon fils et le mien, j'ai inventé Patrick Sébastien sur la scène d'un petit cabaret de la rue de Poissy.

Au bout d'un an d'apprentissage, j'ai rencontré un marchand de chocolats qui m'a produit un disque. Une petite galette d'imitations.

— Ça serait bien qu'on te voie à la télé, me disait-il.

J'ai fouillé ma vieille valise.

Le bout de papier déchiré était collé à la pièce de cinq francs que m'avait donnée ma bonne grand-mère, en me disant, les larmes aux yeux, le jour de mon départ :

— Fais attention à toi à Paris et puis n'oublie pas de revenir me voir. Tiens, prends cette pièce, elle te portera chance.

Collé à la pièce, le numéro de Sophie. Si c'est pas un signe de chance, ça !

Je l'ai appelée.

— Vous vous souvenez, le petit imitateur de Brive... Le supermarché... Dassin...

— Bien sûr. Écoute, tu peux pas tomber mieux. Tu peux passer me voir rapidement ?

— Évidemment, je fais les cabarets la nuit, mais je peux venir dans l'après-midi.

— Parfait. Ça te dirait de passer avec moi chez Guy Lux, la semaine prochaine ?

— Hein !... Euh...

— Viens. Je t'expliquerai.

Oh, putain ! La soudaineté.

Passer à la télé.

Moi, le gamin du petit banc de la place de l'église.

Rentrer dans la boutique du marchand de mon Juillac petit, pour faire rêver d'autres frigorifiés.

Non, les gamins ont chacun leur télé maintenant. Chez eux. Au chaud.

Alors on va dire que j'y suis encore, sur le banc.

— Y a quoi Michel, ce soir ?

— Des variétés et puis un nouvel imitateur. Il paraît qu'il fait vachement bien Joe Dassin.

L'imitateur est assis dans le fauteuil du salon de sa bienfaitrice.

— Voilà, me dit Sophie, on va faire un duo ensemble. Joe Dassin et Dalida. Je devais le faire avec un autre imitateur, mais je vais le faire avec toi, et je te promets que je ferai tout pour qu'on te connaisse plus que lui, l'enculé !

J'ignorais encore que l'insulte était totalement appropriée.

Sophie était à l'époque responsable d'un cabaret de la rive droite. Elle y avait rencontré un charmeur dont elle était tombée profondément amoureuse. Appelons le Stanley. Même s'il y a prescription, l'histoire est tellement glauque que je ne voudrais blesser personne.

Stanley lui présenta un ami. Un jeune imitateur que, pour les mêmes raisons que précédemment, nous appellerons Peter. Il était très doué. Au point que Sophie l'emmena au plus vite sur les plateaux de Guy

Lux où il commença à acquérir une notoriété bien méritée.

À l'époque, un seul passage télé garantissait une célébrité immédiate. C'est dire la valeur d'un coup de main et les excès que ça engendrait.

Des dessous-de-table impressionnants. Des coucheries à tout-va. La différence avec aujourd'hui est que l'artiste débutant qui voulait se faire connaître devait payer avant. Aujourd'hui, il est rackettté après la plupart du temps.

Par chance, je n'ai pas eu besoin de payer. Le hasard a fait que j'ai eu juste à accepter d'être l'outil d'une vengeance. Je l'ai été sans état d'âme. La saloperie qui l'avait suscitée le méritait bien.

Stanley avait promis le mariage à Sophie. À une semaine de la cérémonie, elle avait ouvert malencontreusement la porte qu'il ne fallait pas. Et elle les avait surpris. Stanley et Peter. Encastrés. Amants depuis la première heure. Stanley n'avait joué la comédie de la passion à Sophie que pour que son petit ami Peter accède à une gloire rapide.

Je comprenais mieux l'insulte de Sophie pour Peter : « L'enculé ».

Elle en était malade. Aujourd'hui, on glousserait qu'elle a attrapé la « grippe arrière ».

On rigole, on rigole, mais elle en pleurait, la petite Sophie. Et pour venger l'affront, elle avait décidé de propulser le premier venu à la place du traître.

Et c'est ainsi que j'ai montré ma gueule pour la première fois à la télé. Exposé pour cause de fourberie. Exhibé par ressentiment.

Ça augurait la suite, non ?

C'était donc ça, la télé et son univers impitoyable ?

Non, ça ne pouvait pas être que ça.

Et mes clowns alors, mes danseuses en écailles de poisson ?

Allez, me disais-je, c'est parti grâce à un coup tordu, ça ne peut que se redresser.

Eh bien ! Non. Et je n'ai pas eu à attendre longtemps.

J'avais bluffé tout le monde avec mon imitation de Joe Dassin. Copie conforme. Au point que Guy, enthousiaste, m'invita la semaine suivante, mais pour faire Bourvil, cette fois.

Benêt à souhait, ce fut un triomphe.

— Tu iras loin, coco, m'avait affirmé tonton Lux.

Pourtant, dès le lendemain, on me fit savoir que je ne passerais plus chez Guy.

— Jamais plus ?

— Jamais plus, me confirma Sophie, attristée. Je ne comprends pas.

J'ai eu la solution de l'énigme un an plus tard, de la bouche d'une attachée de presse.

Elle m'a confié que le soir de mon triomphe rôdait dans les coulisses l'imprésario le plus influent de Paris. Celui qui avait sous sa coupe Thierry Le Luron.

Vu le danger que je pouvais représenter pour son artiste, il imposa, soi-disant, à Guy de me laisser de côté sous peine d'être privé des deux plus grandes stars du comique dont il s'occupait à l'époque : Thierry et Coluche.

Exit, le petit nouveau. J'ai appris par la suite que la pratique était courante.

J'ai fait avec.

Guy a fini par me reprendre. Et Paul Lederman est devenu un ami. Je ne lui ai jamais parlé de ce qu'on m'avait dit pour justifier ma mise à l'écart. Peut-être est-ce faux. Et puis quelle importance ! Mon éviction a été réelle, elle. Et ça n'a rien empêché. J'ai pris d'autres chemins.

Mais j'ai traîné avec moi, depuis ce jour-là, un sentiment d'injustice qui ne m'a quitté que très rarement.

Certains appellent ça de la parano.

Elle existe parfois.

— On dit pas « Parano », papa, on dit « Parana ».

— Non, Lilly, parano, c'est un état.

— C'est ce que je viens de dire, un État du Brésil.

— Un état d'âme, Lilly. « Parano », c'est quand tu crois que tout le monde te veut du mal, alors que ce n'est pas vrai.

— Alors, moi aussi, je suis parano.

— Et pourquoi ?

— Parce que j'ai été abandonnée. Parce que je pleure dans un orphelinat. Alors, je crois qu'on me veut du mal. Et toi et maman, vous allez venir me chercher pour me faire du bien. C'est ça, non ?

— Un peu, oui.

— Qu'est-ce que je suis contente d'être née au Parano !

Il est vrai que je m'invente de temps en temps des ennemis que je n'ai pas. C'est ma manière de remettre de l'essence dans le moteur, puisque c'est ma source d'énergie depuis tout petit.

J'ai lu un jour dans le *Journal du Dimanche* : « Patrick Sébastien a beaucoup moins d'ennemis qu'il suppose, mais ceux qu'il a sont beaucoup plus acharnés qu'il le croit. »

J'aime cette version.

Elle me stimule encore plus.

Il faut bien comprendre que mon métier est une lutte perpétuelle. Contre la concurrence, contre l'habitude, l'abandon, les coups bas, les patrons et surtout l'époque qui change.

C'est une adaptation permanente.

Distraire est un art mineur, et pourtant un des plus difficiles. Parce que les nouvelles générations de téléspectateurs arrivent devant l'écran gavées d'autres valeurs, d'un autre humour, d'une conception du rêve différente.

L'info reste l'info. Les guerres se ressemblent depuis toujours. Les faits divers ne sont ni plus ni moins horribles qu'avant. Les problèmes de société essentiels sont récurrents d'un siècle à l'autre. L'amour, l'argent, le pouvoir, la religion.

Mais vois comme l'humour des comiques troupiers du début du siècle dernier ne fait plus rire personne. Même mes galéjades des années 80 qui remplissaient des chapiteaux et attiraient des foules innombrables devant l'écran sont passées de mode.

De mes débuts à la télévision dans les émissions des autres ne me restent qu'une belle nostalgie, et une gêne horrible lorsque parfois une rediffusion me renvoie à ce que je faisais.

Et dans ma mémoire s'entassent des cadavres exquis : Guy Lux, Maritie et Gilbert Carpentier, Coluche, Le Luron, Cloclo, Dassin, Brassens, Nougaro, Bécaud, Trenet, Balavoine... Et tant d'autres.

Des camarades de travail.

Un ossuaire pailleté.

Putain de temps qui passe !

J'ai essayé un jour de reconstituer le passé au présent, pour voir.

C'était en 2003. L'émission s'appelait « De l'autre côté du miroir ». Celle-là, c'est la seule que j'ai faite pour moi plus que pour vous.

Grimé en artiste disparu, je recevais un de ses plus proches.

Tout y était. Le physique, la voix, le lieu.

D'une aimable cruauté.

L'instant était totalement improvisé. De mon face-à-face avec Lautner où j'étais déguisé en Ventura, avec Claude Gensac en de Funès, avec Claude Brasseur dans la peau de son père, entre autres, subsistent des traces indélébiles de moments rares et intenses.

Il y eut de vraies larmes. Les leurs. Les miennes.

Mon plus beau souvenir restera le regard de Patrice Dard, le fils de Frédéric. Son état second. Sa maladresse d'enfant grondé s'excusant de n'être que l'héritier.

Dans cet entretien, j'ai dit des choses que je ne savais pas et qui s'avérèrent être l'intime du père et du fils. Comme si papa Frédéric était à ce moment-là avec nous. Tous les techniciens présents ont ressenti cette aura étrange qui planait sur la rencontre.

Seule la télévision pouvait me donner la chance de vivre ça. Rien que pour ce moment-là, je ne renierai jamais rien du chemin.

Quelles qu'aient été les souffrances pour le parcourir.

Frédéric Dard a toujours été mon maître à exister. Il a été mon père adoptif. D'âme, bien entendu.

J'ai retrouvé récemment son livre *Je le jure*, où il avait dédicacé de sa main : « Patrick, tu es plus que mon fils... Je t'aime. » C'est ma plus grande fierté d'homme. Le reste n'est que péripéties de parcours.

J'avais passé ma jeunesse à me remplir l'âme de ses cris d'amour, de ses colères et de ses parenthèses, surtout. Parce que, chez Frédéric, ce sont elles les plus importantes.

Je redoutais la rencontre. Il est rare que nos idoles ressemblent trait pour trait à l'image que l'on s'en fait. Question de quotidien. Et si cet homme que j'avais placé si haut n'était en fait qu'un ordinaire à effet de style ?

On s'est d'abord écrit. Et puis trouvé.

Et ce fut féerique.

Il était encore plus merveilleux que je l'avais imaginé.

Il était amour.

Avec ce regard de chien bâtard battu pardonnant à l'humanité entière ses oublis, parce qu'il y a des coups de pied au cœur qui se perdent.

Il était vivant.

Aujourd'hui, qu'il repose en paix à Saint-Chef, il me manque éperdument. Il m'a laissé le flambeau. Il m'a autorisé à être grossier, paillard, en colère, humaniste et contradictoire. Il n'avait pas peur de la mort, il avait peur de la vie. Son regard sur le monde était pertinent et d'un pessimisme gai désarmant.

Il écrivait : « Je suis un vieux fœtus blasé, ma vie m'aura servi de leçon, je ne recommencerai plus jamais. »

Je prends.

Les soirs d'ego à outrance comme en ce moment, il vient en douce sur mon épaule me conseiller de surtout ne pas en avoir honte. L'homme est ego. Et dans le métier que j'ai choisi, encore plus.

J'ai bien retenu la leçon, « papa ».

Être ou ne pas être, disait l'autre. Ce n'est pas la réponse qui pose problème. C'est la question. Je ne me pose jamais de question à laquelle je suis certain de ne pas avoir de réponse. Ça fait partie de mon équilibre. Je me contente de planer au gré des vents qui me mènent où ils veulent.

Et je « m'overdose » d'activités par sauvegarde.

Aujourd'hui, je pourrais quitter tout ça. Vivre en contemplant mon passé. Mais je suis un oiseau. Il faut que je batte des ailes. C'est ma survie.

Alors moi : colibri... Le mouvement rapide et permanent. Si j'arrête, je tombe.

Et, après la chute, il y a de grandes chances qu'on me retrouve au fond d'un asile.

Un chapelet entre les mains, je l'égrènerais en psalmodiant des prénoms : Sébastien, Olivier, Lilly. Ceux que j'avais mis en chapitres dans un livre qui s'appelait *Putain d'audience*. Quand je battais encore des ailes....

J'aurais donné rancard à la mort dévoreuse et répétant sans cesse la même phrase : « J'attends le chat. »

Aliéné, donc. Ou supposé l'être.

La télé ne rend pas plus fou qu'autre chose. Ceux qui prétendent le contraire sont ceux qui n'y trouvent pas leur place. Elle aiguise seulement un septième sens. Un semblant de schizophrénie, juste un semblant, qui vous détache du quotidien en même temps qu'il vous y enferme.

Pour y durer, il faut être à la fois celui qui y parle et celui qui regarde. Cette dualité n'est pas une forme de folie, juste une capacité d'adaptation. Je possède au moins cette intelligence-là.

Elle en vaut d'autres.

Quant à cette onde étrange qui survit entre moi et vous depuis bientôt trente ans, l'expliquer reste pour moi un mystère.

J'ai des coiffures douteuses, un humour limite et une élocution de joueur de belote.

J'ai des enthousiasmes de pucelle devant DiCaprio,

une culture générale moyenne haute, des références philosophiques de bistrot.

J'énerve, je soûle, je me répète.

Je suis Scorpion ascendant ma bite, libidineux à souhait.

Asocial, et contrariant systématique. À l'affût d'une reconnaissance permanente sous peine d'autovictimisation.

Je suis mégalo chronique, égocentrique et mal fringué.

En contradiction permanente entre mes indignations et mes coups de cœur.

Je sature, je glousse, je gémis.

Il m'arrive de donner des leçons de généreux à des gens qui le sont bien plus que moi.

Je suis pétri de bons sentiments sincères, mais tellement utopiques que même un aveugle ne me laisserait pas lui faire traverser la rue. Il aurait peur que je le laisse au milieu jusqu'à ce que le feu passe au vert en lui disant :

— Crois à la bonté de l'homme. Tu vas voir, ils vont tous t'éviter.

Je suis hors d'âge. Accroché désespérément à mon terroir comme un koala à son arbre.

Et je continue malgré... Pardon, pas malgré, grâce plutôt, à tout ça à rassembler des millions de personnes devant l'écran.

Dis, petit, t'as vu les défauts qu'il te faut engranger pour faire l'audience et que ça dure !

Bon courage, mon gars.

Ah si, j'ai une vraie qualité... Je suis lucide.

(Avant de quitter ce chapitre pour un autre entièrement consacré à la célébrité et ses effets secondaires, je veux juste imprimer quelques mots nostalgiques à destination de la petite vendeuse de papiers peints. Tu peux croire qu'elle n'a été que le déclic involontaire de tout ce qui m'est arrivé. Elle a été bien plus. Ma compagne de sixième étage sordide à Paris. Mon insouciance des débuts. Elle riait à tout, même quand ce n'était drôle que pour moi. On a partagé rien à deux, c'est dire si elle s'est contentée de peu. On était jeunes, un peu fous. Elle était là quand ça ne brillait pas encore. On s'est séparés aux premières lueurs. Elle était au début du chemin, et même un peu avant. Je suis parti sans me retourner. Mais comme je marche en pleine lumière, son ombre ne me quitte jamais. Merci...

Tu remarqueras que pour elle, j'ai ouvert une parenthèse que je n'ai pas fermée. Je ne la fermerai jamais.

# 15

# Céline

D'abord, il est venu pour me voir au studio de Bry-sur-Marne où j'enregistre.

Il avait l'air en colère, m'a-t-on dit. Au point qu'on ne l'a pas laissé m'approcher.

Il en passe de temps en temps, des comme ça. Souvent, ce sont de doux dingues persuadés d'avoir le talent du siècle. Présumés victimes éternelles du système, ils se jettent sur moi comme sur leur dernière chance. Je les écoute poliment, je les rassure et tout se passe bien.

Celui-là était très agressif. Il parlait de complot contre lui. Alors les gardes de la sécurité du studio l'ont éconduit, poliment mais fermement, et je n'en ai eu qu'un vague écho.

— Il y a un « barge » qui voulait te parler, on l'a jeté gentiment.

Le problème est que le « barge » en question a déboulé au bureau quelques jours plus tard. Je n'y étais pas. Il a déversé contre moi une litanie de griefs. J'avais, paraît-il, dit du mal de lui à la télé. J'étais au centre d'un complot visant à le détruire. Encore une fois, on lui demanda aimablement de partir.

Nana, le soir, reçut un coup de téléphone nettement plus menaçant. Il voulait me tuer. Tout simplement. Son numéro s'était affiché et en rentrant je l'ai appelé. Il n'était ni énervé, ni hurlant. Et c'est bien ça qui m'a fait peur. Un discours posé, complètement incohérent, mais excessivement déterminé.

— D'accord, tu vas me tuer. Mais est-ce qu'au moins je pourrais savoir pourquoi ? questionnais-je, mi-tendu mi-amusé.

— Tu as dit du mal de moi à la télé.

— Je n'en ai pas de souvenir. Je veux bien que ce soit vrai, mais rafraîchis-moi la mémoire. C'était quand et j'ai dit quoi ?

— Je ne peux pas répondre. Mais tu as alimenté le complot.

En réalité, le complot et le mal que j'avais dit de lui n'étaient que dans sa tête.

Il était buté, incapable de m'accuser de quelque chose de précis. Et pour cause : il s'était inventé un roman. J'en étais le héros parce qu'il m'avait vu à la télé et qu'il s'était focalisé sur moi.

Un vrai dangereux.

De la catégorie des pires, me confirmera la BAC du VIIIe arrondissement que j'ai été obligé d'informer pour ma sécurité.

Un calme.

Tranquillement ancré dans son délire.

Capable de tout.

Me revint alors en mémoire le meurtre chez Polydor. La maison de disques de Mylène Farmer, où un fan entra un jour pour lui parler. Éconduit, il sortit une arme et abattit froidement la standardiste.

Les flics, après m'avoir imposé un garde du corps pendant deux jours, serrèrent le « barge » et immédiatement le firent interner pour des soins.

Aujourd'hui, il est dehors. Je ne sais pas où. Il peut revenir à n'importe quel moment.

Ma seule protection est une photo de lui au standard de mon bureau au cas où il se présenterait à nouveau.

Ça fait léger comme bouclier.

— Je ne veux pas que le « barge » te tue, papa.

— N'aie pas peur, ma puce.

— Justement, j'ai peur. Je t'ordonne d'arrêter d'être célèbre immédiatement !

— Ça, c'est pas possible, Lilly. Célèbre, c'est pour la vie. C'est comme noir.

— Alors, je préfère que tu sois noir.

— C'est pas possible non plus. Je te promets quand même d'essayer d'être moins célèbre.

— Comment tu feras ?

— L'année prochaine, les mêmes semaines que j'ai passées à écrire ce livre, je les passerai à m'occuper de toi.

— Tu n'inventeras plus de jolis mots qui n'existent pas alors ?

— Si, mais que pour toi.

— Alors, juste un avant que tu continues...

— Je « t'amoure ».

— « Moissi » !

La menace d'agression est un des dommages collatéraux de la célébrité.

Nous sommes à la merci de l'image que nous renvoyons et de l'interprétation que chacun peut en faire. Et nous déclenchons, de ce fait, tout un tas de sentiments extrêmes qui vont de l'adulation à la détestation, et dont on ne peut hélas mesurer les conséquences.

Personnellement, je crains bien plus ceux qui m'aiment trop que ceux qui me haïssent.

Il fut un temps où Nana recevait un bouquet de roses noires au moment où j'en recevais un de roses rouges. C'est le côté sombre de ma surexposition. Je fais avec. Ça fait aussi partie de la réalité de ma télé.
La célébrité porte en elle une foule de conséquences qui vont du plus agréable au plus pernicieux. L'un dans l'autre, ça s'équilibre. Je pense même que les avantages sont un peu plus nombreux que les inconvénients.

C'est pour cela que ça m'horripile de les entendre geindre, les connus torturés.

— Vous vous rendez compte, on ne peut plus prendre un verre tranquille à Saint-Tropez en charmante compagnie, sans qu'une horde de paparazzi nous assaille !

Va boire ton « gin-fesse » au fond d'une auberge à

Brioude, connard, personne viendra t'y casser les glaçons !

Ah, les fourbes !

Les impolis.

— Qu'est-ce que j'en ai marre de signer des autographes à tous ces blaireaux !

Fallait pas faire célèbre alors.

C'est vrai qu'il m'est arrivé, moi aussi, d'envoyer paître des demandeurs de signatures. Mais seulement quand ils m'abordaient avec grossièreté. Je répondais avec la même. Là, ce n'était plus le mec de la télé qui disjonctait. C'était celui qui, même quand il n'était pas connu, ne supportait pas qu'on lui parle mal.

— Eh, machin, là, signe-moi mon truc !

— Excusez-moi deux secondes, je suis au téléphone, je finis ma conversation et je vous le fais tout de suite.

— Pour qui tu te prends ? Tu peux bien me le signer.

— Excusez-moi, Madame, je viens de vous dire que je finis ma conversation au téléphone et je suis à vous.

— Il faut qu'on te paye ? J'te regarde à la télé, t'es bien plus sympa.

C'est là que je fonds les plombs en principe. À la hauteur du « compliment ».

— Va te faire enfiler, connasse !

— Oh, comme vous êtes malpoli. Je ne vous regarderai plus jamais le samedi.

— Tant mieux pour ton cul, ça te laissera plus de temps pour y inviter des amis !

Et chaque fois, après, quand la colère est retombée, je m'en veux évidemment.

Manque d'indulgence, j'avoue. Réaction épidermique, disproportionnée. Vulgarité primaire et gratuite. Connerie de base, quoi ! Mais que veux-tu ? Je suis allergique aux abus de pouvoir, je te l'ai déjà dit. Et celui-là, même s'il paraît bien innocent, en est un aussi.

Privilège acquis de considérer le célèbre comme redevable de tout. Non, pas d'accord.

Obligé d'amabilité, de disponibilité quand elles sont sollicitées sans sommation, soit. Mais les soumissions de clébard, « Au pied, gentil chien chien », c'est non. Désolé, Mesdames.

Parenthèse : les femmes, en ce domaine, sont bien plus agressives et insolentes que les hommes. Ce n'est pas une misogynie refoulée, c'est un fait, hélas. Et c'est bien chagrinant, tant la gent féminine occupe une part prépondérante dans le côté « avantages » de la célébrité... Enfin, pour moi, garçon de plaisirs.

J'avoue que la « gloire cathodique » a été un atout primordial dans ma chasse aux aventures de passage. Je ne suis quand même pas dupe. Je la connais, ma gueule. Je me la déteste tous les matins dans la glace.

Celle qui au bout d'un long temps de proximité finit par céder à ma tendresse, ma bonne humeur, ou ma santé de bon vivant, je peux concevoir. Mais les multiples qui m'ont offert leur intime au bout de juste trois mots de sollicitation, ne me dis pas que c'est du coup de foudre !

Sûr que c'est l'antenne parabolique du 16/9e qui a fait paratonnerre.

Je ne renie pas.

Je ne méprise surtout pas.

Mais je dois reconnaître que mon petit bonhomme en mousse a bien facilité les aventures de mon petit bonhomme en bite.

C'est pas de la forfanterie humiliante de cynique macho, c'est une évidence.

Je ne les compte plus, les abandonnées subites, qui, à peine la fellation terminée et la bouche enfin close, ne l'ont rouverte que pour demander :

— Tu peux me faire un autographe pour ma mère ? Elle t'adore.

Elle est pour qui l'humiliation ?

— Et tu le signais, le « topographe », papa ?

— Ça m'est arrivé.

— Et la fille, tu l'as revue ?

— Jamais. Elle avait eu ce qu'elle voulait.

— Moi, je serais revenue.

— Ah, bon !

— Ben, oui. Pour avoir un deuxième « tographe » pour ma tante !

J'ai bien profité de ces filles faciles, je l'avoue. En revanche, même si la pratique est courante, je n'ai jamais supporté de m'abaisser au chantage de la promotion canapé. Là, pour le coup, si j'abusais de ma position pour promettre du boulot, je ne me sentirais vraiment pas propre.

Il y en a tant qui le font. Et partout, pas qu'à la télé.

C'est vrai qu'il me serait facile de me taper un Noël gras par jour. Je veux dire : me farcir une petite dinde prête à tout pour passer à l'image.

Faut pas tout mélanger. C'est mon intégrité de chien fou.

Coucher pour réussir. Le beau mirage. Tout ce que ça donne, à la sortie, c'est réussir à coucher !

Conseil aux gamines, et aux gamins aussi, puisque la pratique se banalise :

« Ce qui te rentrera entre les jambes ne te ressortira pas par les cordes vocales. »

Quand il a eu ce qu'il voulait, l'animal n'a plus de mémoire.

Je dis ça, et pourtant j'avoue qu'une fois, je suis passé bien près de céder à l'offrande de mon propre corps pour plus de gloire. Le jour où Naomi Campbell est venue dans « Le plus grand cabaret du monde ».

Si elle m'avait dit : « Ok, Patrick, je peux te présenter à Spielberg, mais d'abord t'es obligé de me faire l'amour là, tout de suite, dans la loge », je ne suis pas sûr que j'aurais pu résister. J'aurais sacrifié mes principes pour l'hypothétique gloire suprême. J'aurais, à contrecœur bien sûr, posé mes lèvres sur sa bouche de rêve. J'aurais dérivé le long de ses jambes interminables, et puis ses hanches, et ses seins...

— Et ma main dans ta gueule ? vient de me glisser

Nana à l'oreille, en lisant ce que j'écris par-dessus mon épaule.

— Oh ! ça va. Je m'amuse. On peut rêver, non ?

— Je t'en foutrais du rêve, moi. Tu pourrais aussi envisager de coucher avec moi. Je ne connais pas Spielberg, mais je connais Patrick Sébastien. Je lui parlerai de toi.

Pas facile non plus, dans la célébrité, la place de l'ombre.

Le double.

Je t'en ai déjà un peu parlé, mais juste un complément pour celle qui m'accompagne aujourd'hui.

Quand tu la vois elle, belle, tendue comme un arc, douze piges de moins au compteur, et bossant dans mon sillage alors qu'avant elle travaillait dans la cantine de province, forcément, il y a de la sentence :

« Si c'était pas Patrick Sébastien, elle serait pas avec lui ! »

L'amour aveugle devrait me faire bondir.

— Enfoiré, va. Jaloux. Même si je n'étais rien, elle serait là, ma princesse.

Eh bien, tu vois, même pas utopiste primaire, je suis.

Qu'elle soit avec moi, même si j'étais inconnu, je ne le saurai jamais puisque je suis connu et que même déchu, je le serais quand même.

Si je n'étais pas Patrick Sébastien, elle ne serait pas avec moi. C'est une évidence.

Parce qu'il n'y a pas moi et l'image à part. Patrick

Boutot et Patrick Sébastien ne font qu'un malgré une dichotomie propre à tous les gens célèbres. Elle aime certainement l'un et l'autre et n'aurait sans doute pas aimé l'un sans l'autre.

Qui va reprocher à unetelle d'aimer le boucher du village parce qu'en plus elle adore la viande ?

Nana aime, comme moi, la vie sans horaires, sans contraintes. Comme moi, c'est une grosse bosseuse, capable d'aller jusqu'à l'épuisement pour la simple conscience du travail bien fait. Elle est ordonnée, méticuleuse, folle de déco, cuisinière exceptionnelle, tolérante sur tous mes excès, critique sans arrière-pensée, sensuelle, drôle, intègre. Elle me sait, me devine, me soutient et me pardonne.

Alors, s'il y en a un des deux qui est là par intérêt, c'est bien moi !

Et même si un brigand me la kidnappait demain matin. Même si la lassitude l'exilait. Même si un cœur ou une bite, ou les deux, me la confisquaient pour toujours. Même au plus loin d'une séparation que nous n'excluons ni l'un ni l'autre (et c'est peut-être là notre vraie force), nous n'effacerons pas ce qui a été écrit.

Comme dit le mot d'auteur : si l'un de nous deux meurt, je suis certain qu'elle en sera inconsolable !

Tout ça pour te dire, Lilly, les insanités dites et propagées que ta mère a dû supporter sans faillir, quand elle s'est glissée à mes côtés dans l'écran plat. La célébrité par procuration est parfois aussi dommageable que la vraie. Nana en a été souvent victime.

Mais il y en a tant d'autres qui ne sont que coupables.

Vois tous ces parents jockeys, qui cravachent leurs mômes pour le Grand Prix de l'Arc de Triomphe. Ils l'ont flairée, la bonne mise. Le bon rapport. La nouvelle télé leur apporte des espoirs de jackpot inouïs.

Ils vont te mentir, affirmer évidemment, que le petit a toujours rêvé des podiums. Qu'eux-mêmes ont un peu peur de cet univers qu'on dit impitoyable. Mais, quoi ! Les rêves du gamin d'abord.

Abominables tricheurs, la plupart.

Proxos d'ados ! Va, mon petit, va... Et qu'on soit fiers !

J'en ai vu tant venir me prostituer leurs minots.

— Elle chante bien, vous savez, ma fille.

— Oui, mais ils sont des milliers à bien chanter. Et puis, treize ans, elle a le temps. D'abord les études.

— Vous plaisantez ! À 13 ans, Céline Dion était déjà sur scène. Vous le saviez ?

Et comment que je le sais !

Elle chantait sur ma scène, à l'Olympia, toute timide et fragile, en première partie. Je l'embrassais tous les soirs avant qu'elle entre sur scène en la réconfortant d'un trac bien compréhensible.

Depuis, elle a fait du chemin et des heureux. Elle a donné des frissons étonnants avec sa voix exceptionnelle.

Mais elle en a cassé des clones, sans le savoir. Fracassé des illusions de comme elle, qui ont commencé et fini leur carrière en petites suceuses du bout des lèvres sur des sofas de producteurs pervers.

Dommages collatéraux, encore. C'est la célébrité. C'est comme ça. Hélas et tant mieux.

Une autre Céline, à présent.

Mais, celle-là, enfant martyre, violée et assassinée.

Elle a télescopé ma mémoire un soir de décembre 1990.

Je sortais du Téléthon.

Sur le parking de la Maison de la Radio, alors que je rangeais mes affaires dans le coffre de ma voiture, j'ai vu deux hommes s'approcher de moi. Mal rasés, la démarche bancale, j'ai d'abord craint l'agression. C'est le plus petit qui a parlé en premier :

— Monsieur Sébastien ?

— Oui.

— Je voudrais que vous m'aidiez à retrouver l'assassin de ma fille.

Violent, l'abordage. Et il enchaîna.

— Vous devez avoir entendu parler de moi. Je m'appelle Jourdan. Vous savez, Céline Jourdan, la petite fille violée et assassinée à La Motte-du-Caire. Le type avec moi, c'est mon beau-frère. On est à Paris depuis deux jours. On a dormi dans la voiture, alors on est un peu chiffonnés, excusez-nous si on vous a fait un peu peur.

Le fait divers avait défrayé la chronique.

Une petite fille violée et assassinée un soir d'été.

Et deux présumés coupables : Gentil le mal-nommé, un routard récidiviste, et Roman « l'Indien », un marginal égaré. Gentil avait été condamné, Roman acquitté.

Toute l'histoire, en ce soir de décembre 1990, Jourdan me l'a déversée en vrac, et sans que j'en comprenne tous les méandres.

— Mais pourquoi êtes-vous venus m'en parler à moi ?

— T'as perdu ton fils cet été, m'a-t-il dit, en me tutoyant soudain en solidaire. Alors tu la connais par cœur, cette douleur.

— Et alors ?

— Alors c'est bientôt Noël. Moi, je sais que Roman est coupable. J'en suis sûr. J'étais là. Ils l'ont acquitté à cause de plein de magouilles. Quand il était aux Baumettes, y a des voyous qui m'ont proposé de le tuer pour venger la petite. Mais il fallait payer et j'ai pas les sous. On est des pauvres gens. Lui, il avait une famille, de l'argent, des relations, c'est pour ça qu'il est libre.

Il a continué de parler en pleurant.

— Ma petite, elle ne reviendra jamais. Lui, ce soir il est dans Paris, bien au chaud et je le supporte pas. Avec mon beau-frère, on est montés avec les fusils. Ils sont dans la malle de la voiture. On a le numéro de téléphone où il est ce soir, mais on n'a pas l'adresse. Alors, toi, avec les gens que tu connais, je suis sûr que tu peux nous trouver l'adresse.

Bien sûr que je pouvais trouver l'adresse. Je l'ai trouvée d'ailleurs. En moins d'une heure.

Mais je ne la lui ai pas donnée.

J'ai amené Jourdan et son beau-frère quelque part dans un bar, chez mes amis de la nuit. Des vrais méchants, eux. Ce sont eux qui, en un quart d'heure, ont retrouvé l'adresse grâce au numéro de téléphone.

— Tu vois, ton adresse, je l'ai, ai-je dit à Jourdan. Mais je ne te la donnerai pas. Pour deux raisons. D'abord pour te protéger de toi. Tu souffres assez comme ça et tu n'es pas un criminel. La pire des choses quand tu condamnes un assassin à la peine de mort est qu'il te fait devenir aussi abject que lui. Et en ça, c'est lui qui gagne. Deuxièmement, même si tu en es intimement persuadé, tu n'es pas sûr à cent pour cent de la culpabilité de l'Indien.

Finalement, au bout de la nuit, Jourdan est devenu raisonnable.

Nous nous sommes revus.

Nous nous revoyons encore.

C'est un dommage collatéral de la célébrité cathodique qui, cette fois-là, a bien tourné.

— C'était un « barge » aussi, celui qui a assassiné Céline ?

— Sûrement, Lilly.

— Et, il faut lui pardonner aussi ?

— Il faudrait.

— Tu pourrais, si ça m'arrivait à moi ?

— Non... Mais la question ne se posera jamais. Allez, on change de chapitre et on parle d'autre chose.

— Moi j'ai envie qu'on continue à parler de ce que

ça fait quand on est célèbre. Je veux que tu me racontes une autre histoire. Mais rigolote, celle-là.

— Ok, mais on change quand même de chapitre. La prochaine se passe au bois de Boulogne. Ça te rappellera le pays.

— Pourquoi ?

— Non, je déconne, mon cœur.

## 16

## Zorro

À Paris, je vis surtout la nuit.

Depuis longtemps déjà, j'ai choisi la compagnie des étoiles. Je suis un solitaire amoureux du silence, je te l'ai déjà dit.

Je travaille dans mon bureau jusqu'à 4 heures du matin, et après je me faufile jusque chez moi, à Boulogne.

Je traverse souvent le Bois. J'habite à deux pas.

Moins légendaire que Brocéliande, c'est quand même la forêt la plus mythique de France.

Ses sous-bois nocturnes bruissent de péchés, de sous-entendus, d'excès les plus rocambolesques. Glauque et magique à la fois, le bois de Boulogne est un chaudron où bouillonnent des turpitudes bien banales et des destinées incroyables.

Bien sûr que je m'y suis arrêté souvent en vingt-cinq ans.

Pour le plaisir du plaisir.

Pour l'ethnologie aussi.

Ce melting-pot de carnaval me fascine tant il est riche d'histoires à mourir debout, de vraies violences, de solitudes du bout du monde.

Y faire une escale pendant ce livre n'est pas hors sujet. J'en ai vu des dizaines et des dizaines de tes stars préférées s'y prélasser, l'ennui en fin de nuit ! J'en ai vu des grosses berlines, vitres teintées et cocarde, s'arrêter à un arbre, charger le perroquet en talons, et filer rapide se faire aimer un peu !

La fidélité m'y a créé des amitiés. Et forcément des confidences.

Si j'étais bavard, je pourrais faire sauter un gouvernement !

J'ai connu le Bois fête foraine, il y a plus de vingt ans.

Quand, à trois heures du matin, il fallait se faufiler dans les embouteillages. Il y avait des baraques à frites tous les cent mètres. Les tapins étaient plantés serrés. En rang d'oignons, pour faire dans la métaphore triviale.

Le lieu faisait même partie de la visite officielle de Paris pour les « Touring Cars ». On pouvait admirer des régiments de Japonais collés aux vitres de l'autobus défilant à vitesse réduite. Et le guide au micro historiait la pute colombienne comme la *Vénus de Milo* au Louvre de l'après-midi.

Décalé et décadent. Et bon enfant surtout.

Aujourd'hui, les autorités préfectorales en ont neutralisé la majeure partie.

— On ferme ! ont-ils annoncé, il y a quelques années de ça.

En fait, c'est resté entrouvert. Pourquoi ? C'est un mystère. Il ne subsiste de la période héroïque qu'environ un quart du périmètre de jeux.

Hypocri(Sarko)sie. Encore lui.

« Exit » aussi, les filles. Rien que des garçons. Si tu passes, tu peux douter tant les jambes sont fines et les poitrines débordantes. Mais dans les numéros de Sécu, il n'y a que du 1 au début.

Garanti.

Un jour, je te raconterai tout. Dans le prochain bouquin, tiens. Si celui-là ne m'envoie pas aux catacombes des cascadeurs insolents.

— J'ai compris pourquoi tu m'as dit que ça me rappellerait le pays.

— Ah, bon ! Et tu as compris quoi, Lilly ?

— J'ai compris que, là aussi, il y a des « Paranos ». Les Japonais, ils ont cru qu'on fermait le Bois pour leur faire du mal. En fait, c'était pas vrai. À la place des putes colombiennes, maintenant, ils peuvent photographier Alain Delon. C'est quand même plus joli à montrer aux amis quand ils reviennent à Tokyo !

Cette nuit-là, je rentrais presque tranquille.

Sur mes gardes, comme toujours.

Je m'étais fait « carjacker » quelques mois plus tôt à Bourgoin. C'est la mode. Des méchants cagoulés nous avaient braqués, Nana et moi, et ils étaient partis avec ma voiture.

Alors, l'œil dans le rétro, je roulais au pas vers ma

maison voisine, avec ce soir-là un vrai soupçon. Une BMW chargée à ras bord me pistait depuis la porte Maillot.

Juste avant ma rue, j'ai brusquement fait demi-tour pour la semer. Et presque aussitôt un autre demi-tour, en mordant à peine sur la ligne jaune.

Bingo. Le gyrophare.

Ils m'ont serré, pas aimables. Deux bleus. Deux Zorros. Des rares. Flic Hystérie.

En vingt-cinq ans, ils m'ont contrôlé cent fois, les flics du Bois. Souvent, je savais bien qu'ils m'arrêtaient plus pour un autographe que par conscience professionnelle. Jamais une embrouille.

Même que, parfois, les conversations glissaient sur l'étalonnage des talents sur l'échelle de la pipe furtive. Parce que crois pas, ça chaperonne, mais ça consomme aussi. Et gratos, en plus !

Mes deux de ce soir-là, c'était vertu et couture du pantalon. Service service. Le côté désagréable de la célébrité : on t'a reconnu, et c'est justement pour ça qu'on va t'emmerder.

À équivalence de non-droit avec l'Arabe à capuche. Délit de sale gueule connue ! Genre : « J'vais me l'épingler, le clown de la télé ». Chacun ses petites gloires !

Tout de suite, il me l'a fait comprendre, Zorro, avant que je dise quoi que ce soit.

— De toute façon je regarde pas la télé.

Et moi, évidemment, pas poli, tu imagines bien. Non d'ailleurs, tu peux pas imaginer.

Les capotes usagées en rigolent encore.

J'ai sorti l'arsenal complet des mots qui fâchent. Que c'était un règlement de comptes de frustré. Que la racaille était partout autour et que c'était bien plus facile de me faire chier moi. Que les seuls qui avaient des couilles aux alentours, c'est ceux qui portaient des robes, pas des uniformes.

— Nom ?

— Patrick Sébastien. Fais comme si tu ne t'en étais pas aperçu.

— Profession.

— Gladiateur, mais en ce moment, j'ai pas trop de boulot.

— Nom du père ?

— Vous êtes de la police, alors si vous le retrouvez, vous lui demandez, parce que moi ça fait cinquante ans que je cherche.

Et puis l'estocade.

— C'est ça, ai-je lancé, provoc, aligne-moi. Et quand tu vas rentrer, tu pourras t'en vanter à ta femme.

— Restez correct, Monsieur, c'est pas mon genre.

— Et ben, tu le diras à ton mec !

Et hop ! C'est Bernardo, l'autre, qui m'a passé les menottes. Commissariat. Garde à vue. Et condamnation pour outrage à agent.

Au panthéon des précédents : Vian, Coluche, Gainsbourg, Blondin. En bonne compagnie, non ?

Voilà, Lilly.

Célèbre, ce sont tous ces abus-là. Les leurs, les miens. Les places faciles au restaurant.

Les passe-droits aux files d'attente de tout (sauf de toi, et c'est justice). Les sourires des uns, les crachats des autres. L'obligation de vivre caché.

Mais il faut toujours garder bien ancré que la célébrité est une baudruche.

C'est du vent.

Rien que du vent.

Récemment, j'étais à la première du spectacle fantastique du Cirque de Pékin. En principe, je ne me montre jamais dans ces mascarades people, mais là, c'était pour le boulot. Et ce fut aussi un réel bonheur tant les numéros étaient exceptionnels.

À la mi-temps (tu vois que je ne suis pas guéri du rugby), j'ai été abordé par une foule de demandeurs de signatures et de photos.

La maman et la fillette.

La maman : « Tu le reconnais, le monsieur ? »

La fillette : « Bien sûr, c'est Henri Dès ! »

Trente ans de célébrité.

Ça résume tout, non ?

Et c'est qui Henri Dès, papa ?

— Quelqu'un qui chante pour les enfants, Lilly.

— Vous vous ressemblez ?

— Sûrement un peu des yeux, puisque la petite fille m'a pris pour lui.

— Comment ça « des yeux » ?

— Pour chanter pour les enfants, il faut l'être resté un peu plus que les autres. Tiens, approche-toi... Plus près... Voilà. Regarde bien au fond de mes yeux, tu vois quoi ?

— Oh, des ruisseaux, des sapins de Noël, une piste avec des étoiles, un banc sous la neige. Tiens, un dessin avec une petite fille. C'était ta petite copine ?

— Non, c'était toi.

— Déjà ?

— Oui, déjà.

Imaginer ce qu'on ne connaît pas encore, c'est ça, être artiste !

Sur la porte de mon studio, j'ai fait inscrire en très gros : « Interdit aux stars, réservé seulement aux artistes ».

Précaution de confort.

Bouclier anti-casse-couilles.

Je refuse définitivement désormais les compromis de politesse avec toutes ces étoiles qui scintillent de suffisance.

J'en ai reçu tant, escortés d'une troupe d'attachées de presse, de secrétaires, de protège ceci, de protège cela. Comme des chalutiers traînant dans leur sillage des mouettes crieuses et désordonnées.

Des « Joconne », des Vénus démolies, insolentes avec le petit personnel. Fardant pendant des heures leurs silicones avant de venir se pavaner en hautaines.

Des ténors de juke-box, statues provisoires au panthéon des futiles, qui gonflaient tout le monde avec leurs exigences de paraître. Pointilleux sur tout, sauf l'essentiel : la générosité.

Des acteurs marchands de la bande-annonce du petit dernier. Limite insultants pour l'écran plus petit. En corvée de présence.

Il y a deux catégories d'invités que tu ne verras jamais à mes côtés : ceux que je viens de te citer et ceux qui en aucun cas ne s'abaisseront à me fréquenter par souci d'image.

C'est de ma faute aussi, j'ai qu'à être moins commun et plus Endemol !

Et pourquoi ils se forceraient à venir sur mes plateaux puisqu'ils n'aiment ni ce que je suis ni ce que je propose ?

Je ne vais quand même pas leur en vouloir, moi qui prône l'absolue nécessité de ne faire que ce qu'on a envie.

J'ai cependant parfois un petit pincement au cœur devant le mépris de certains dont je fus en d'autres temps l'étrier pour le pied. Des chanteurs que j'ai emmenés avec moi sur mes scènes pour faciliter leurs débuts et qui aujourd'hui m'ignorent totalement.

On appelle ça l'ingratitude.

C'est une siamoise de la célébrité.

Je m'y suis fait.

Aujourd'hui, même si, soudain, ils avaient un retour de conscience, je les renverrais à leurs cimes. J'ai décidé de ne plus composer avec les vaniteux.

Je m'incline, je déplore, mais je ne compose plus.

— T'as raison, papa, il faut claquer la porte au nez des ingrats.

— Qu'est-ce que tu peux connaître de l'ingratitude à ton âge, Lilly ?

Et, pour une fois, Lilly ne répond pas. Juste son regard dur, ses yeux fixes, et une larme au bord.

J'y lis sa peur qu'on revienne la chercher.

— Viens contre moi, ma puce. Serre-toi fort. Personne ne viendra. Personne.

Le regard dur, les yeux fixes et une larme au bord... Moi aussi.

Au crépuscule de ma vie, débarrassé des importuns pas si importants, ne me resteront, pour remplir ma mémoire aux étoiles, que les souvenirs de mes stars à moi : les acrobates, clowns, danseurs, illusionnistes venus de tous les coins de la planète, dont aucun ne s'est jamais pris pour ce qu'il n'était pas.

J'ai choisi d'en remplir mes shows par dégoût des autres.

Même l'amertume est recyclable.

J'ai gagné au change.

« Le plus grand cabaret du monde », grâce à TV5, fait le tour de la planète. Ça m'attire des louanges internationales inattendues. Tout ça parce que j'en avais ma claque de supplier des prétendues idoles de chez nous de venir vendre leur soupe chantée à la maison.

Merci les clinquants, et que la gloire vous soûle !

Mais attention à la gueule de bois au réveil. J'en connais déjà qui la gerbe acide, l'intransigeance d'image.

C'est la maxime la plus utile de nos métiers : « Fais attention, ceux que tu croises en montant l'escalier sont les mêmes que ceux que tu croiseras en descendant. »

— Je m'en fous, j'ai pris l'ascenseur, me rétorque le parvenu.

— C'est pire. Tu peux rester coincé entre deux étages, et là, personne ne viendra te chercher, connard !

Et puis, le divertissement paillettes qui a été si longtemps le fer de lance de la télé détente a un avenir très incertain.

Le Lay, en bon visionnaire, me le prévoyait il y a quinze ans déjà.

— Les émissions de variétés seront bientôt reléguées, comme aux États-Unis, aux deuxièmes parties de soirée. Et les chanteurs chiants avec. Ne subsisteront en début de soirée que des mégashows avec des mégastars internationales.

Le problème, c'est que je ne suis pas méga. Je suis terriblement micro. Accroché à la télé du passé.

C'est donc aussi la chronique de ma mort annoncée.

On a changé d'époque.

J'ai toujours fait une télé d'instinct. Et on m'a fait confiance. Mais ça ne durera pas.

Déjà, on commence à me tester les enthousiasmes en cachette, pour pas me vexer.

Aujourd'hui, le moindre projet est soumis à des analyses, des juges, des panels. Les décideurs renvoient la copie avec des graphiques d'appréciation.

Le téléspectateur potentiel y est débité en tranches.

Comme à un étal de charcutier.

Moins de 25 ans, plus de 60, cadres, ménagères, citadins, provinciaux.

Le danger prochain est l'encartage de chacun. La mise en banque de données de nos penchants, nos humeurs. Une infiltration totale, et à notre insu, dans notre vie privée. Et ça, dans le seul but de proposer des programmes qui draineront à coup sûr l'acheteur obligatoire de ce que la publicité lui assène.

Déjà aujourd'hui, le téléspectateur n'est plus passif.

Il est acteur, sans le savoir, d'une gigantesque organisation commerciale dont il est le pigeon. Sondé et conditionné, il n'est que le relais payant entre ce qu'on veut vendre et ce qui s'achète.

Une des graves conséquences en est l'investissement sournois qu'a fait la télévision dans toute la création cinématographique.

Ce sont les chaînes qui financent le cinéma. En contrepartie, le film doit être diffusable à une heure de grande écoute pour retour sur investissement. Ce qui exclut en premier toute critique acerbe des pouvoirs occultes de la télé, et toutes les dénonciations qui dérangeraient les financiers.

Pour schématiser, si tu veux faire un film qui dénonce la toute-puissance des banques, à qui tu demandes l'argent ?

On y est.

Et le cinéma français, de *Brice de Nice* en *Astérix*, innocents de toute perversion intellectuelle, gave le box-office de produits diffusables en prime time, audience garantie.

*Putain d'audience* !, le livre, adapté au cinéma, vous n'y pensez pas ?

Si, on y a pensé.

Au départ, ce livre était un scénario.

Tu penses bien qu'aucune chaîne n'a voulu aider à le produire. Normal.

C'est une autre forme de censure. Celle de la faisabilité.

Tous complices.

Et aujourd'hui le 7e art, la chanson, le sport sont tous sous la coupe des tyrans de l'audiovisuel. Avec résultats financiers obligatoires. C'est dire les dérives que ça peut entraîner. Et l'acceptation par le public de la génération « Gladiateurs ».

Ce sont les nouveaux jeux du cirque.

Mort aux plus faibles !

Je n'exagère pas.

Je ne peins pas rouge sang par je ne sais quel passéisme.

Je raconte à Lilly le monde où elle va arriver au regard de celui d'avant pour qu'elle compare en toute objectivité.

Le glorieux Tour de France est gangrené depuis fort longtemps et de plus en plus par le dopage. Au plus fort des révélations, en 2000, le public, scotché à sa télé d'été, a donné son verdict :

— On s'en fout de tout ça. Laissez-nous rêver. S'ils veulent se droguer, c'est leur problème.

— Et s'ils en meurent ?

— C'est aussi leur problème. Faites ce qu'il vous semble bon, mais ne nous privez pas du spectacle.

Les jeux du cirque, je te dis !

Putain d'audience !

À l'heure où sonnera le glas définitif d'une télé sans calcul, je n'aurai plus qu'à regarder dans le rétroviseur et commencer à faire mes malles.

Certaines sont déjà bouclées.

Pleines de frissons, d'émotions de saltimbanques, d'éclats de rire.

— Je pourrai fouiller dans tes malles, papa.

— Bien sûr, Lilly.

— Chouette, je suis sûre que j'y trouverai un habit de fée.

— C'est possible.

— Comme ça, j'aurai une baguette magique. Et avec elle, je ferai un monde joli où toutes les petites filles auront un papa et une maman, où tout le monde aura à manger, où tout le monde...

— C'est pas une baguette magique ça, c'est une utopie.

— Ben, alors je m'en servirai pareil de la « topie ». T'en as une « topie », toi ?

— Oui, et j'aimerais bien m'en servir comme toi. Malheureusement, elle ne marchera jamais, alors, pour oublier, je me contente de remplir mes malles.

J'ai déjà une malle pleine, spéciale enfants.

Des yeux émerveillés de gosses assis aux tables du « Cabaret ». Les insolences des chiards de « L'École des fans » remix. La seule émission que j'ai présentée régulièrement sans l'avoir conçue. J'en avais rêvé. Je l'ai fait.

Et ce souvenir merveilleux, un jour que j'arpentais les couloirs de Bry-sur-Marne, déguisé et maquillé en Coluche à s'y méprendre.

Il s'y est mépris d'ailleurs, ce petit garçon qui s'arrêta net et me lança, incrédule :

— Oh ! Coluche... Alors, t'es bien au ciel ?

Il y aura, dans d'autres malles, les costumes qui ont déguisé tant de monde en tout. Ma marque de fabrique.

Se fausser l'identité.

Être pendant quelques instants oiseau de passage paré de couleurs pour se rêver paon. Comme une projection permanente de mes propres désirs.

Déjà tout petit, je me faisais sans arrêt cow-boy, Indien, comme pour échapper au costume de « pas pareil » dont ma bâtardise m'avait revêtu.

Je le sais maintenant : tout vient de là.

Tout.

Il m'a vraiment tout mis, le boucher de Juillac... Et bien profond !

Et pour cette raison, je ferai une malle spéciale avec tous ceux qui m'ont servi de pères de rechange. Certains étaient plus jeunes que moi. Mais leur bienveillance et leur autorité mâtinée d'estime m'ont fait la prothèse.

Tiens, un au hasard, puisqu'il y aura une malle rien que pour lui.

Yves Bigot.

Pendant cinq ans, il a été mon boss le plus proche à France 2.

Le mec le plus chaleureux, le plus attentif et compétent que j'aie rencontré en plus de vingt ans de télé.

Un seigneur.

Présent et juste. Pas un flatteur. Drôle et humain. Le seul de qui j'ai accepté les interdits sans mettre en doute leur bien-fondé.

La nouvelle direction l'a dégagé pour d'autres que je ne connais pas encore assez pour les juger.

Sans doute aurai-je de belles surprises. Tu sais bien que je n'ai pas d'a priori.

Mais, Yves n'est plus là et ça me fait tout triste.

Son éviction n'est pas à vrai dire un abus de pouvoir, le mot est trop fort.

Pour moi, c'est juste une grosse connerie !

# 17

# Yves

C'est mon Bigot du dimanche, le premier à me parler en ce matin du 1er janvier 2006. Sur le répondeur, comme d'habitude. Pour m'annoncer le triomphe.

39,8 % de parts de marché, hier soir. « Le plus grand cabaret sur son 31. » Le plus beau score depuis que je suis dans le service public. Pourtant, TF1 avait dix fois plus de couvertures de presse, dix fois plus de stars.

Et Yves me renouvelle son estime sincère. Il est heureux pour nous. Il est forcément sincère puisqu'il n'a plus le droit de s'occuper de moi. Il a appelé quand même, comme ça, à l'amitié.

Les trois qui me chaperonnent à présent m'appelleront aussi.

Un de l'océan Indien, un des Antilles et l'autre du Brésil.

Une carte postale parlée de félicitations, elle aussi. Ils ont bien mérité leurs vacances. La rentrée a été tornade. Et, moi-même, j'ai lâché quelques rafales. À tout hasard. Pour tester leurs capacités à s'émouvoir.

Pour être bien sûr qu'ils n'allaient pas me la jouer TF1 bis.

Ça va. Y a de l'humain !

— C'est quoi, « humain » ?

— C'est un sourire, Lilly, un petit mot, un regard, un coup de téléphone juste pour prendre des nouvelles.

— C'est important ?

— Essentiel pour avoir de bons rapports avec les autres. Tu sais, il y a un proverbe de chez moi qui dit : « On n'attrape pas les mouches avec du vinaigre ! »... Où tu vas ?

— Ce matin, j'ai sorti une mouche qui se noyait dans ma tasse de lait. Je l'ai essuyée et je l'ai laissée partir. J'espère qu'elle va bien... Je vais lui téléphoner pour prendre de ses nouvelles !

Mon nouveau tout proche s'appelle Bruno Gaston. Un pareil qu'Yves. Les deux formatés à la presse rock, et même pas hautains. C'est un vrai « vrai », Bruno. En sursis peut-être aussi, tant il accommode le cœur et la raison.

Et puis j'ai Jouy aussi. Le jeu de mot est aussi facile que l'homme est aimable. Pro et solide.

Les autres ? Je ne sais pas encore. Ça a démarré chaotique, mais maintenant ça roule.

Je ne fais pas un caprice, mais comprends-moi. Ils arrivent tout neufs, avec du changement dans les sacoches et en plus ils me suppriment mon « Yves indispensable ».

Alors, je panique. Je vais même jusqu'à m'insurger sans preuve.

Chiant et caractériel, ils doivent me trouver. Je suis juste ingérable. Même moi j'arrive pas à me trouver cohérent, alors eux, imagine !

Bigot m'a téléphoné de la Creuse, lui.

Tu ne me crois quand même pas assez pingre pour que ce soit ça qui ajuste ma préférence ?

Non. Mais c'est vrai que ça aiguise la solidarité rurale. Peut-être que lui non plus n'a pas l'âme aux cocktails, aux salamalecs de couloir, aux soumissions utiles. C'est pour ça que c'est bien passé entre nous. C'est probablement aussi pour ça que j'ai encore plus l'angoisse du placard depuis qu'il a rejoint le sien.

Sa réalité est devenue ma probabilité.

Bien entendu, on me rassure tous les jours et encore plus ce matin, mais que veux-tu ?

J'ai des états d'âme de catalogue. Je redoute. (Celle-là est très mauvaise, mais c'est le Premier de l'an, hein ? Je suis en rodage. En mars, je ferai pire, promis.)

Et à mon avis quand je vais relire tout ce que j'ai écrit, je vais faire plus que redouter. Je vais peut-être commencer à vider les tiroirs.

Comment ? Renoncer à publier ?... Ça, c'est tout simplement impossible.

Casse-cou et casse-couilles. C'est mon blason. Et la devise qui va avec. Grossière et définitive : « Et puis merde, on verra bien ! »

Dans le cas précis de ce livre, je risque la perpétuité. Il vaudrait mieux que je m'amende, que je rampe, pour tenter de récolter les faveurs de tous ceux qui m'ignorent ou me méprisent. Et pas qu'à la télé. Il faudrait que je me bâillonne pour tenter d'extorquer une estime des castes hautes en plus de la ferveur populaire.

De toute façon, même en faisant des efforts, je n'y arriverais pas. Pour une raison qui ne peut souffrir aucun aménagement : JE N'AI PAS LA CARTE.

C'est une expression très show-biz qui t'enlève à peu près toute considération chez les faiseurs d'opinion et les élites des médias. Et tu as beau te démener, rien n'y fait. Alors de guerre lasse, tu acceptes.

Ils sont quelques-uns dans mon cas. Il n'y a pas d'explication précise, mais c'est comme ça : on n'a pas la Carte.

Celle de « l'Otarie Club ». Les luisants qui applaudissent des deux nageoires le moindre ersatz de succès. Et nous, bardés de records d'audience, de ventes et de popularité, à peine un petit « clap clap ».

Allez, des exemples.

Quand je sors un livre, ne cherche surtout pas un commentaire dans des rubriques littéraires. Sauf un démontage en règle.

C'est ainsi, je n'ai pas la Carte.

Pour eux, je suis forcément incapable d'écrire puisque je chante *Le Petit Bonhomme en mousse*. C'est vrai que je ne suis pas écrivain, juste « écriveur ». Mais j'essaie de styliser, sans nègre, et le public suit puisque le dernier s'est vendu plus que correctement.

Mais, bon ! Je n'ai pas la Carte.

Je fais un film. Pareil. Et là, encore plus fort : assassiné avant vision. Sortie dans quatre salles à Paris. Alors forcément, pas de public.

Mais, je suis honnête, même dans cent trente salles, ça aurait été un bide. Ce n'était pas mon métier. Juste une escapade. Mais franchement, ça méritait des critiques, pas des insultes.

Et puis certains ont adoré. Quand ça passe à la télé, ça marche.

Je n'avais pas la Carte.

Les chansons ? Cent à deux cent mille albums vendus à chaque fois. Passages radios ? Pratiquement inexistants. Commentaires des spécialistes : nuls ou déplaisants.

Là non plus, je n'ai pas la Carte.

Attention, ce n'est pas une supplique. Ça me convient parfaitement.

Parce que je vais te détailler les milieux dont je t'ai parlé et tu comprendras que cette Carte, je ne veux surtout pas l'avoir. Et ne t'attends pas à ce que je te vomisse des méchants chroniques que je ne haïrais que parce qu'ils m'ignorent.

L'autosatisfaction ne m'a pas encore vérolé à ce point-là.

Je n'ai pas cette Carte et je m'en accommode fort bien.

D'abord, tout simplement, par crainte de n'avoir qu'Elle.

Ce qui est le cas de beaucoup.

Des écrivaillons bourgeois et vides dont on encense

la platitude à l'extrême. Des cinéastes qui ne filment qu'eux et mal, en faisant passer leur médiocrité pour je ne sais quel surréalisme. Des chanteurs baltringues qui, à partir du moment où ils font rimer « dilemme » et « blasphème », sont consacrés au panthéon des auteurs à textes.

Je ne supporterais pas d'être surévalué à ce point-là. Pour revenir à mon rugby et à son vocabulaire trivial : « Ça m'emmerderait de gagner grâce à l'arbitre. »

Je me sentirais mal à l'aise. Humilié. Voleur de quelque chose.

C'est le cas d'ailleurs dans le domaine de la télé (où là, j'ai quand même un peu la Carte), lorsque je lis des dithyrambes à mon sujet. Quand un exagérateur m'affuble d'audiences gagnantes que je n'ai pas eues ou quand un courrier des lecteurs me prétend exceptionnel ou irremplaçable.

Dans ce cas, je suis bien plus tourmenté que lorsqu'on me dénigre en fourbe.

Tu noteras que dans le domaine de la télé, j'ai bien précisé « un peu la Carte ». Bien loin de l'avoir toute, tu verras, mais suffisamment pour profiter de temps en temps de ses avantages.

Je suis ainsi. Je n'ai pas la Carte, soit. Je ne la veux pas. Ça me laisse le privilège de glousser.

J'en connais tant, par exemple, qui exècrent la fatuité des juges de cinéma et qui se condamnent au silence par peur de chômage prolongé. Ils ont la Carte, eux, et ne veulent surtout pas la perdre. Alors, ils se taisent.

Moi, je peux causer. Je ne ferai plus de film. Ça m'a servi de leçon.

Le tournage a été formidable. Mais l'après tellement terrible. Nana en a pleuré tous les jours. J'ai été insulté par les critiques, méprisé, volé. Même si tu me signes six millions d'entrées, je n'y reviens pas. Ce n'est pas fait pour moi. Je n'en ai ni le talent, ni la bassesse.

Il faut les voir, les critiques à l'heure de la projection de presse. Au sortir d'un repas gras, l'œil torve et le sourire hautain. Même pas la courtoisie de l'invité. Sentencieux. Souvent justes, mais avec tant de mépris, tant de fatuité, qu'on est obligé de ne pas les croire.

Je ne vais pas m'étendre, ce serait laborieux et je risquerais de glisser dans l'outrance gratuite et la mauvaise foi systématique.

Alors je fais court. En trois parties.

1) J'ai fait un film que la majorité des critiques ont détruit sans l'avoir vu. Bon nombre des directeurs de salles de province que j'ai rencontrés, lors de la tournée de promo, étaient incultes et plus soucieux de vendre des pop-corn que du cinéma.

2) « Le cinéma français d'aujourd'hui se branle beaucoup et ne jouit pas souvent. » ça, c'est pas moi qui le dis, c'est Depardieu.

3) Cannes est l'affiche parfaite de ce monde-là. Des people pingouins au bras de leurs oies déshabillées par de grands couturiers acclament des chefs-d'œuvre dont beaucoup ont pour thème la plus sordide misère du monde.

Scénario type : « Le dilemme d'une veuve de guerre bosniaque et sidaïque qui doit donner un de ses enfants à manger à l'autre pour cause de dénuement total. »

Et, après la projection, les donneurs de palme vont se gaver d'alcool et de coke sur leur yacht voisin, persuadés d'avoir délivré un message à l'humanité. Cannes, ce sont des riches qui s'assoient pour voir jouer des pauvres. Le contraire du football !

Passons à la littérature.

Je ne connais que très peu de ce monde-là. Il serait « mal aimable » d'accabler sans savoir. Mais quelques foires du livre m'ont fait comprendre que je n'étais pas le bienvenu.

Alors juste un exemple. Dans un de mes livres (*Isatis*), je racontais l'histoire d'un homme tombé d'un train. La chute l'avait atteint au point qu'il n'employait plus qu'un langage haché, maladroit, comme celui d'un enfant de trois ans. Il disait, par exemple :

— J'ai tombé... Mal fait ma tête.

Un chroniqueur littéraire a reproduit cette phrase-là, sortie de son contexte, sans explication, en commentant juste :

« C'est signé Patrick Sébastien... Pour se dire écrivain, il faut un minimum. Il ne sait même pas écrire en français. »

Pas la Carte.

La chanson maintenant.

« *Et on fait tourner les serviettes, comme des petites girouettes, ça nous fait du vent dans les couettes, c'est bête, c'est bête, mais c'est bon pour la tête.* »

Rien à ajouter. J'assume. Je refuse catégoriquement de devenir adulte.

Pas la Carte. Normal.

— Moi je les aime bien tes chansons, papa.

— Merci, Lilly.

— Surtout *Le Petit Bonhomme en mousse*. J'aime beaucoup quand tu dis : « *Le Petit Bonhomme en mousse, qui s'élance et rate le plongeoir, c'est comme la chanson douce que chantait ta maman le soir...* » Ça veut dire, si j'ai bien compris, qu'il est essentiel de se raccrocher à l'enfance lorsque les vicissitudes de l'existence et de notre pseudo-maturité, sous-tendent un mal-être latent. Et que cet apophtegme musical subliminal est une garantie de bonheur concrète et non point superfétatoire.

— C'est ça, mais si je te reprends à regarder Arte en cachette, je vais me fâcher, Lilly !

À la télé, j'ai donc un peu la Carte.

Ouf ! Mais juste un peu.

Ils ont même eu le culot de me remettre un 7 d'Or d'honneur à la cérémonie qui a suivi la mort de mon fils.

Ils ont dû croire que ça me consolerait, ces gros cons !

J'ai un peu la Carte, parce que, quand même, ça fait vingt ans. Au moins le respect de la longévité. Mais la Carte « joyeux animateur » seulement, pour la beauté des numéros de cirque. Et encore pas dans *Libé* et consorts. Faut pas déconner non plus !

Si un jour, il advenait que j'aie la Carte *Libé*, *Télérama*, *Les Inrockuptibles*, *Le Nouvel Observateur*, *Charlie Hebdo*, *L'Express*, *Le Point*, etc., etc., je me demanderais sincèrement où j'ai merdé.

Parenthèse (je me marre. L'attachée de presse du bouquin doit s'arracher les cheveux).

Ça voudrait dire que je leur ressemble. Que s'ils m'ont trouvé un semblant d'intérêt, c'est que j'ai dû rejoindre leurs valeurs.

Au secours ! Je ne veux pas dépérir à ce point.

Ils sont donneurs de leçons, intolérants, malhonnêtes, suffisants et si loin de mon peuple de « blaireaux », comme ils disent.

Mais, moi, je les adore, mes « blaireaux ». Mes tout vrais. Mes sans a priori. Mes téléspectateurs de bistrot. Ils sont ceux que je rejoins tous les week-ends dans ma campagne, et puis tous les étés sur les plages du Sud. Ils sont mes frangins. Casse-couilles parfois avec leurs autographes et leurs portables, style :

— Soyez sympa, dites un petit mot à ma mère, elle vous adore.

Mais ils m'ont bien expliqué : ils me regardent parce qu'ils s'emmerdent.

Parce qu'ils savent bien que, si vos papiers de kiosque voulaient vraiment changer la société qui les enferme, ce serait un jeu d'enfant. Ils savent bien que vous êtes complices.

Parce qu'il faut vendre. Et vous vendez. Du papier. Et parfois vous avec !

Vous n'allez quand même pas prendre le risque de

soutenir une vraie révolution au bout de laquelle vous y perdriez vos propres privilèges.

Alors, à défaut de quelqu'un qui les entendrait et les défendrait, ils « s'opiument » dans ceux qui les distraient, mes « blaireaux ».

Et qui leur ressemblent.

Et je ne veux ressembler qu'à eux. Parce que je viens d'eux.

Parce que vous en êtes insupportablement beaucoup plus cons qu'eux lorsque vous les traitez de débiles, juste parce qu'ils ont l'outrecuidance d'avoir des goûts différents des vôtres.

Vous êtes la race supérieure, soit.

Et moi, le clown insignifiant, vulgaire et las, je vous pisse à la raie ! Même si je sais que cette urine-là vous est indifférente. Tant moite de toutes vos sanies suées, vous ne la sentez même pas.

Je sais que l'attaque est d'une bassesse grasse et sans panache. C'est de la légitime défense dans le cadre exact de ce qu'impose la loi. Répondre avec des armes de la même catégorie.

Je suis un sale con, je sais. D'égal à égal. Mais c'est pas moi qui ai commencé.

Putain, ça sert à rien, mais ça fait du bien !

Je me sens mieux tout de suite. Bonne année, Patrick !

Bon, allez, je m'excuse. C'était pour rire un peu.

C'est tellement exagéré que c'en est pas crédible. Et puis, je ne suis ni assez naïf, ni assez commun pour généraliser à ce point.

Ce tir d'artillerie est totalement injuste, vu que j'ai quelques amis dans ces journaux-là qui ne correspondent absolument pas à cette bassesse vomie.

Que ce soit à *Libé*, au *Point*, à *Charlie Hebdo*, aux *Inrockuptibles*, à *Télérama*, au *Nouvel Observateur* ou à *L'Express*, il y a aussi des gens qui ne me jugent pas si mal et qui sont bien loin de cette suffisance dénoncée. La majorité sont des journalistes honnêtes qui ont le droit et le devoir d'avoir leur avis et de l'exprimer. Quand ils lâchent des mots critiques, n'est-ce pas pour nous pousser, nous, artistes, à ne montrer que le meilleur de nous-mêmes ?

Et cette Carte dont je parle, le meilleur moyen de l'avoir ne serait-il pas tout simplement de la mériter ?

Ce cortège de faiseurs d'opinion, parfois sévère, n'est en fait acerbe que pour notre bien et l'élévation spirituelle du peuple, qu'il ne prend surtout pas pour des « blaireaux ».

Cette élite veut, en fait, débarrasser l'esprit des gens simples de tout ce qui les encombre et les rabaisse pour les rendre plus intelligents, donc plus heureux.

Et aux journaux précités, dans cette optique généreuse, on peut ajouter *VSD*, *Le Journal du Dimanche*, *Elle*, *L'Humanité*, *La Croix*... Et tant d'autres. (Ouf ! L'attachée de presse respire.)

— Alors, on raye ce qui a été écrit avant ?

— Non, on garde. C'est fait, c'est fait. Et puis je le pense bien plus que ce que j'ai écrit après.

(Et un Lexomil pour l'attachée de presse, un !)

Voilà, je me suis fait mon cadeau de bonne année.

Ce ne sont que des mots. Bien inoffensifs.

Un jeu de foire.

Chez nous, tout le monde y joue toute l'année. J'aime, j'aime pas. Et, souvent, nos exécrations sont aussi fugaces que nos enthousiasmes.

Je ne me souviens plus du nom de ce comique qui résumait l'esprit de nos professions de cette façon :

— J'aimais pas trop Dechavanne, et puis j'ai appris qu'il m'appréciait beaucoup. En fait, il est bien ce mec !

Belle synthèse, non ?

Depuis le bon résultat d'audience d'hier soir, j'ai reçu tout un tas de coups de fil de certains, lointains, qui se rappellent à mon estime. C'est le jeu. Et je le joue volontiers. Je me surprends à reconsidérer des amitiés que je trouvais bien absentes.

Tu as bien compris que celle que j'ai pour Bigot n'est pas soumise à ces variations ?

Et puis, je lui dois bien plus qu'une reconnaissance de professionnel et d'ami. Il m'a sauvé de l'opprobre, l'année d'avant.

Il était 20 heures 30, le 31 décembre 2004.

« Le plus grand cabaret sur son 31 » allait être diffusé une demi-heure plus tard. L'émission avait été enregistrée un mois avant. Les artistes de music-hall étant « surbookés » les soirs de réveillon, il est impératif de procéder ainsi sous peine de ne pouvoir disposer d'aucun.

Yves, en professionnel pointilleux, visionnait une dernière fois l'émission, pour s'assurer qu'aucun télescopage avec l'actualité ne pouvait nuire à sa diffusion.

Bien lui en prit.

L'actualité, c'est le talon d'Achille de tout programme enregistré à l'avance.

J'étais loin de Paris.

— Allô ? Patrick. Je viens de visionner... Il y a un gros souci.

— Ah bon ?

— Tu sais ce que tu chantes à la fin de l'émission ?

— Ben oui. Et alors ?... *Quand la mer monte* (un long silence)... Oh, putain !

L'éclair.

*Quand la mer monte...* Alors que tous les écrans du monde diffusaient en boucle les images du tsunami récent de quatre jours. On pouvait pas prévoir. Mais là, gros souci effectivement. Plus gros que ça même. Parce que si la séquence était passée, il était pour moi, le tsunami.

Énorme faute de goût.

Une chanson paillettes et cotillons, qui, même si elle n'avait rien à voir sur le fond, m'aurait expédié moi aussi au rayon victime des catastrophes naturelles.

En quelques minutes et avec le dévouement d'un chef de chaîne remarquable, le faux pas fut évité, grâce à quelques coups de ciseaux dans la bande.

C'est aussi ça les risques de nos métiers. La méprise. Le carambolage de circonstance qui peut vous tuer en une seconde.

Putain de vague !

Donc, ce soir-là, Yves m'a sauvé d'une noyade certaine, car je sais que l'ensemble des médias se serait précipité sur ce manque de chance pour en faire une erreur professionnelle rédhibitoire.

Ouf ! Sauvé.

Provisoirement.

Je sais que comme pour beaucoup dans mon cas, ils n'attendent que le dérapage.

C'est la règle.

Est-ce pour ça que, par anticipation, j'ai délesté plus haut toute ma colère vulgaire et outrée à l'encontre des juges de papier ?

Sûrement un peu.

À moins que ce soit la faute au temps qui passe.

Un problème de moi à moi.

En ce 1er janvier, jour de résolutions, je regarde dans la glace mon corps vieilli, et je me dis que quelles que soient celles que je prendrai, soit je ne les tiendrai pas, soit elles ne freineront rien.

C'est sûrement ça qui m'a fait pousser les nerfs.

Et cette putain de balance qui s'obstine à vouloir dépasser le 100 !

Il est où Sarkozy ?

C'est quand qu'il installe des radars automatiques sur les pèse-personnes ?

Il dira que c'est pour notre sécurité. Pour éviter le surpoids. Et nous, on saura bien que c'est juste un péage de plus.

Et c'est reparti. Les nerfs qui me reprennent.

Mais tais-toi, Patrick !

Tais-toi donc !

Change de chapitre et reviens au cœur du sujet.

Putain d'audience !

— Eh ben dis donc, papa, là, t'as envoyé sévère. Je comprends pas...

— Peut-être, parce que tu n'es pas tout à fait ma fille.

— Non, tu ne m'as pas laissée terminer. Je comprends pas pourquoi tu ne leur en as pas mis plus que ça dans la gueule à ces gros cons !

— Bien réfléchi, tu es vraiment ma fille. Complètement.

— Je veux, oui !

## 18

## Silvio

Avant, la télé ne se découpait pas en parts de marché, elle se découpait en parts de plaisir. Ce n'était pas le nombre de téléspectateurs qui comptait, c'était le nombre d'heureux.

Je vous parle d'un temps que les moins de 20 ans ne peuvent pas connaître, dirait l'Arménien.

Au début était la préhistoire.

Une chaîne, une seule dans les années soixante. Moi, je suis arrivé en plein Moyen Age. Trois chaînes et très peu de publicité. Cette publicité qui deviendra le nerf de la guerre. Puisque aujourd'hui c'en est une. Et cruelle.

Le paysage d'alors était loin d'être idyllique.

L'audimat a l'avantage d'être une sanction de démocrate. Ce sont les téléspectateurs qui influent directement sur le contenu des programmes. Même si on programme le téléspectateur comme je te l'ai démontré auparavant. Moindre mal ?

À mes débuts, il n'était pas rare que ce soit l'épouse

du directeur de chaîne qui devienne programmatrice de tout selon ses humeurs. Une contrariété, un cycle menstruel douloureux, et l'opprobre s'abattait sur l'émission qui avait le malheur de passer à ce moment-là.

— Comment pouvez-vous accepter de laisser diffuser ça, chéri ? Intervenez, je vous en conjure.

Et « chéri » intervenait, et l'émission disparaissait dès le lendemain.

Je ne pense pas que ce soit allé jusqu'à :

— Si vous n'éliminez pas cette émission sur l'heure, eh bien, je vous le dis tout de go, vous serez privé de turlute, mon ami !

Quoique. Les mystères de l'intimité des plus haut placés sont-ils si éloignés que ça de ceux des plus humbles ?

Toujours est-il que certaines émissions ont dû leur suppression à des incompatibilités de ménage. Et à l'inverse, d'autres y ont dû leur survie.

Aujourd'hui, Maître audimat fait la loi.

Mais c'est quoi au juste, cet audimat dont on parle tant ?

Petite parenthèse technique à destination des profanes.

L'audimat est un instrument de mesure de l'audience potentielle.

J'ai bien dit potentielle, et pas réelle. On ne doit lui accorder que la fiabilité qu'on donne à un sondage. Quand on te dit qu'une émission a réuni 10 millions de téléspectateurs, c'est une projection, pas une réalité.

En fait, ce sont des petites boîtes (plusieurs centaines) disposées en tout anonymat (?) chez des téléspectateurs choisis pour leur représentativité.

À partir de l'enregistrement quotidien de leur choix de programme, une estimation est calculée sur des barèmes bien précis. 1 point d'audimat = environ 550 000 téléspectateurs potentiels, donc.

Le résultat n'est pas une photo précise, comme le croient beaucoup, mais un ajustement de calculs. Cette méthode est d'ailleurs surtout un étalonnage destiné aux publicitaires.

L'instrument s'est affiné avec le temps pour que ceux-là puissent connaître le nombre et la qualité du public à qui ils vont tenter de vendre.

— T'as compris, Lilly ?

— Pas bien, non.

— Bon, je stylise. Le Père Noël choisit une lettre au hasard. La tienne. Tu lui demandes une poupée et du maquillage. Il en déduit que des milliers de petites filles dans le monde veulent une poupée et du maquillage.

— Et alors ?

— Alors, il s'emmerde pas à ouvrir les autres lettres. Et il apporte à toutes les petites filles une poupée et du maquillage.

— Et la petite fille qui voulait autre chose, elle fait quoi ?

— Elle arrête de croire au Père Noël... T'as compris ?

— Oui, mais ça m'ennuie... Je peux aller la regarder ?

— La télé ?

— Non, la nature. Il y a un super feuilleton : *Les oiseaux se cachent pour sourire*.

— Va, Lilly, va !

Reprenons.

Plus haut, j'ai mis un point d'interrogation entre parenthèses après le mot « anonymat ». Question personnelle.

Les détenteurs de petites boîtes sont censés être anonymes et rémunérés.

Mais je me souviens d'un temps où les divertissements squattaient 90 % des meilleures audiences de l'année. Et brusquement, la tendance s'est inversée au profit des fictions. En quelques mois seulement.

Qu'il y ait eu lassitude ou overdose, c'est certain. Mais je m'interroge encore sur les raisons de ce revirement étrange.

Le volume de production de la fiction est aujourd'hui colossal et d'une rentabilité internationale, au contraire des divertissements courants qui n'engendraient que des rapports bien français. Sans compter les états d'âme ingérables des animateurs vedettes.

Mais, bon, acceptons ce changement de goût miraculeux du bon peuple de France, sans poser les questions qui fâchent.

Mais je garde quand même une intime conviction de manipulation.

Pour rester encore un peu technique (mais pas trop longtemps parce que ça va vite t'emmerder), je vais t'expliquer les parts de marché.

Ce petit cours d'audience est un peu rébarbatif, mais il peut t'éclairer sur quelques filouteries qui te font prendre des vessies urémiques pour des lanternes magiques.

La part de marché, c'est, calculé sur la base de cent, le nombre de personnes qui regardent un programme à un moment précis.

Exemple : 44 % personnes regardent la une, 32 % la deux, 12 % la trois, 10 % la six et 2 % Arte.

On a nos 100 %.

44 est la part de marché de la une, 32 celle de la deux... etc., etc.

Mais ça n'a rien à voir avec l'audience pure.

Une émission peut très bien faire 20 % de parts de marché avec 4 millions de téléspectateurs.

Une autre 60 % de parts de marché avec 6 000 téléspectateurs seulement. Il suffit qu'il n'y ait que 10 000 téléspectateurs devant la télé à ce moment-là.

Certains petits filous se vantent ainsi de parts de marché conséquentes alors que leur véritable audience est infime.

Il suffit de prolonger l'émission le plus tard possible dans la nuit, quand le public s'est raréfié.

Ça fait partie des petites combines de convenance. C'est de la triche, comme on disait, minots. Mais ça permet à certains de parader puissants alors qu'ils ne sont que malins.

Voilà pour la technique. Il fallait bien que je justifie la moitié du titre du bouquin : Audience.

Pour *Putain*, tu as déjà compris, mais je vais détailler.

En fait, toute émission est une racoleuse destinée à remplir les caisses du diffuseur.

La différence d'éthique est dans la manière. Pour rester dans la métaphore de trottoir, il y a les gagneuses traditionnelles et les perverses.

Je les connais tous, les trucs qui font de l'audience à coup sûr. Mais j'ai une conscience qui justement m'en interdit la plupart. Question de principe. De respect que je t'ai suffisamment exposé jusque-là pour ne pas t'en infliger une nouvelle couche.

Mais, comme disait Coluche : « Jusqu'où s'arrêteront-ils ? »

Iront-ils jusqu'au prémonitoire *Prix du danger* d'Yves Boisset, le film où un homme était pourchassé à mort pour l'audience. Je pense que oui. Je pense que ça a même déjà commencé en sourdine.

Et je ne vois pas ce qui pourrait freiner l'escalade.

La télé a déjà beaucoup tué par procuration.

Les déferlements d'images violentes sont évidemment les responsables directs de bien des assassinats. Je tiens aussi les sportifs morts d'overdose pour victimes de ce système. Puisque c'est la télé qui fait monter les prix et que, pour ces prix-là, il faut être sans arrêt plus performant.

La télé instrument de mort.

La télé menteuse, manipulatrice.

La télé phagocyteuse d'intimité.

Quel vilain tableau noir, bien sûr, mais par bonheur, pas que ça.

La télé compagne essentielle des plus solitaires. Le monde entier à disposition sans quitter son salon.

La télé modèle, porteuse de solidarité.

La télé dénonciatrice de nos indifférences qui nous pousse à être meilleurs.

La télé culture qui fait qu'un gamin de dix ans d'aujourd'hui, même soûlé de Game Boy, est bien plus ouvert au monde, bien plus riche de connaissances que nous ne l'étions, nous les gamins des années soixante.

Nous n'avions de culture que l'enseignement autoritaire de quelques maîtres socialistes. Notre ouverture au monde semblait limitée aux carnets de voyage.

Aujourd'hui, de film en reportage, les enfants de partout sont pleins d'ailleurs.

C'est un réel progrès. Un progrès effrayant quand on envisage le sale usage qui peut en être fait, mais un progrès tout de même.

Il n'empêche que, comme tout revers a une médaille, je fais partie des nostalgiques chroniques.

Je regrette mes premières facéties où seule la satisfaction des spectateurs comptait, quel qu'en soit le nombre.

Plus de 20 millions de « voyeurs », à la première audience de « Carnaval ».

Et crois-tu que c'est la première chose dont je me sois informé ? Bien sûr que non.

L'essentiel était les sourires des gens dans la rue, le lendemain. Je n'ai eu connaissance qu'une semaine après de l'affluence. Et ça ne m'a fait presque ni chaud ni froid. Un peu chaud quand même pour la perf, moi l'ex-sportif, mais tout juste.

Aujourd'hui, un audimat médiocre du dimanche matin me pourrit la semaine. Parce que je sais que l'existence de toute ma boîte de production est tributaire de ça, et que trois résultats catastrophiques suffiront à me faire mettre la clé sous la porte.

Parce que j'ai voulu rester artisan et que ma pérennité est suspendue à ma capacité de résistance aux grandes surfaces contre vents et marées.

J'y ai gagné la liberté du clown. Mais je me suis décrété funambule à perpétuité.

Un faux pas et je tombe.

Et c'est pas TF1 qui va me ramasser, tu le comprends bien.

J'ai refusé de vendre ma petite entreprise comme ils le font presque tous. Ah, ils sont venus les Endemol, Freemantle, Pearson et compagnie me solliciter à grands coups de milliards prometteurs pour une sécurité matérielle à vie.

J'ai choisi le maquis.

Résistant chronique. Gaulliste jusqu'au bout. Le Français parle aux Français.

Je sais bien que je ne gagnerai pas cette guerre-là. Qu'ils me boufferont, comme ils me l'ont promis. Mais c'est ma vieille bagarre d'enfant bâtard qui, parti de la place de l'église de Juillac, m'y ramènera intact à l'heure des derniers sacrements.

Tu te rappelles qu'au début je n'avais fait animateur télé que pour avoir une émission à moi en soutien de mon vrai boulot d'imitateur sur scène.

Alors, comment ai-je dérapé ?

C'est Silvio qui a tout déclenché.

Souviens-toi du slogan à la con : « Cinq you la cinq ».

Je chantais au Casino de Paris en prolongation de quatre semaines à l'Olympia.

Un soir, à l'entracte, on m'informa qu'un élégant m'attendait en loge.

Berlusconi en personne, en charme et en sourires.

J'ai tellement lu de conneries sur l'aventure de la 5 que je voulais quand même y ajouter les miennes. À la différence que les miennes, je les ai vécues de l'intérieur, ce qui me donne quand même une préférence de crédibilité.

J'ai tout entendu sur ce virage à 180 degrés du paysage audiovisuel français.

Cette privatisation et ses nouvelles méthodes sont le véritable socle de toute la télé d'aujourd'hui. Riche, impitoyable, diversifiée, moderne, affairiste et sans scrupule.

Tu peux scotcher chaque adjectif que je viens d'employer au signor Berlusconi, ça colle.

Des centaines d'articles de presse, de livres ont dépeint cette épopée de la 5 comme un magma de compromissions, de bagarres en sous-main, de distributions de sommes astronomiques à des animateurs opportunistes.

Moi qui étais au milieu du tourbillon, je peux te le dire :

Tout ce qui a été écrit, même exagéré, est bien en dessous de la vérité !

Je ne pense d'ailleurs pas qu'une telle période de surenchère repasse de sitôt pour nous, les marionnettes du système. Il était tant pressé de réussir, tant désireux d'exploser le paysage qu'il nous l'a joué à la milanaise, « Il Conduttore ».

Comme ses stars du foot, il est venu nous recruter.

Et moi, 34 piges.

Une maison de famille en province et un pied-à-terre en location à Paris en dix ans de triomphes sur scène.

Et l'Italien qui arrive avec dans sa musette des noisettes pour nourrir ma famille écureuil pour deux générations.

— Mon cher Patrick, m'attaqua-t-il dans la loge du Casino de Paris avec un sourire et un accent rital irrésistible, tou es oun artiste formidable.

Bon, ça c'est dit. Cirage de pompes classique. Et après ?

— Mon très cher Patrick (tiens, la cotation a déjà monté), jé veux qué tou mé fasses la télé à plein temps.

— Vous savez, monsieur Berlusconi, j'adore la scène. Regardez, c'est plein et je suis comme un fou. Alors la télé de temps en temps oui, mais régulièrement, ça me branche pas trop.

— Combien tou gagnes quand tou fais ton « Carnaval », sur TF1 ?

— Dix mille francs.

— Est-ce qué tou sais qué TF1, il gagne oun milliard dé centimes ?

— Tant mieux pour eux. Je m'en fous, c'est pas mon problème. Je ne le fais pas pour le blé. Je m'éclate et ça attire des gens à mon spectacle.

— Jé té propose de faire du spectacle, joustément. Dé faire l'artiste. En toutto liberté. Sans aucune censure. Tou séras prodouctor. C'est beaucoup dé l'argent.

Son discours aimable et alléchant commençait à m'emporter au pays des comptes courants. La sonnerie de fin d'entracte me ramena à mes urgences de baladin.

— Écoutez, on en reparlera plus tard. Là, je ne me sens pas vraiment prêt. Et puis, je m'amuse tellement.

— Patrick, jé vais té faire oun propositione qué tou né pourras pas réfuser.

Ça te rappelle quelque chose, toi aussi ? C'est ça : Corleone. Ça me l'a fait aussi, sur le coup.

Putain la proposition !

Avec plein de zéros.

Je ne te dis pas la somme exacte parce que je ne m'en souviens pas précisément, mais ça tapait cher.

Très cher.

Je ne te la dis pas aussi, même approximative, parce qu'on est encore un pays de cons dans ce domaine-là, et que même si je te la justifiais par le travail qu'elle représentait, tu la trouverais de toute façon indécente.

Pense ce que tu veux. Pour une fois, j'ai le courage de ma lâcheté.

J'en avais la tête qui tournait. En vrai. Mais il fallait que je réfléchisse.

Et pendant quelques jours, comme j'avais encore des états d'âme de saltimbanque malgré la promesse de jackpot, il a continué à me faire la cour, Silvio.

Jusqu'à la signature.

J'ai signé.

Après, je ne l'ai plus jamais revu.

— Pourquoi tu veux pas dire l'argent qu'il t'a donné, papa, monsieur Albert Lusconi ?

— Berlusconi, Lilly. Silvio Berlusconi. Parce qu'on est en France, et qu'ici quelqu'un qui gagne beaucoup d'argent en travaillant, on n'aime pas ça. Par contre si tu le gagnes en jouant au loto, t'es un héros.

— C'est pas normal.

— Je sais, mais c'est comme ça.

— Ça sert à quoi d'avoir beaucoup d'argent ?

— À avoir beaucoup d'amis.

— Et ça sert à quoi d'avoir beaucoup d'amis ?

— À t'aider à dépenser ton argent.

— C'est pour ça qu'on dit : « Mon très cher ami » ?

— Sans doute, Lilly.

L'aventure sur la 5 n'a duré que trois mois. Autant te dire que le bel argent n'a pas fait long feu. Mais imagine si ça avait duré cinq ans comme prévu !

Berlusconi avait misé sur le fait que les stars de la une recrutées à grand renfort de publicité amèneraient par leur seule présence les téléspectateurs à acheter les antennes indispensables à la captation de la 5.

Perdu !

Les autorités ne lui ayant pas donné non plus la couverture suffisante du territoire en émetteurs, ce fut un fiasco total et la plupart d'entre nous revinrent au bercail TF1.

Pendant ces trois mois sur la 5, j'ai fait mon apprentissage de producteur animateur. À des cadences telles que, si ça ne s'était pas arrêté faute d'audience, je n'aurais pas pu tenir le coup, physiquement et nerveusement. Mais j'avais attrapé le virus.

Je l'ai appris sur le tas, ce métier de patron producteur qui aujourd'hui occupe 90 % de mon temps.

« Travailleurs, travailleuses, mort aux patrons ! » Qu'elle beugle, la pasionaria de Lutte ouvrière, la diva des manifs, la Callas du porte-voix.

Parce que je travaille pas, peut-être, connasse !

Les trente-cinq heures, je les fais en deux jours.

Je dirige la boîte. Je crée les concepts, les sketchs. Je suis assistant à la mise en scène, assistant à la lumière, assistant maître de ballet et même de balai parce que c'est aussi mon rôle d'être attentif à tout ce qui pourrait polluer l'image.

Je fabrique des musiques, je sélectionne les artistes.

Je me bats chaque jour contre la concurrence d'en face et contre la concurrence interne, bien plus sournoise.

Je cherche en permanence des idées nouvelles. Pour cent trouvées, je n'en garde souvent qu'une ou deux. Fabriquer de l'inutile à la chaîne pour ne conserver que l'essentiel, c'est la règle première des créatifs.

Je prépare les émissions, je les découpe, je leur invente le tempo. Je les monte pendant des nuits entières. Pas une image n'arrive à l'antenne sans que j'aie tout vérifié.

Je suis un perfectionniste chronique. Parce que je sais que le moindre petit détail négligé, même imperceptible pour toi, est le début d'un engrenage qui m'amènera, un jour, à laisser passer une énorme connerie.

Et « l'Arlette de mes deux » qui ose m'exclure du monde des travailleurs !

Viens-y, dans mon bureau à quatre heures du mat, quand je suis démonté de fatigue et que j'ai les neurones qui me cognent aux tempes !

Viens me dire, à ce moment-là, que les patrons ne sont que de grosses feignasses qui se gavent sur la sueur des salariés ! Moi, je bosse plus que ceux que j'emploie. C'est aussi pour ça qu'elles me respectent, mes petites fourmis ouvrières.

Viens donc me hurler la révolte des sans-grade, dans mes aubes enfumées quand je me suis cassé le cul toute la nuit, juste pour l'honneur du travail bien fait !

Viens, mais je te conseille la gaine en zinc, parce que sur les nerfs comme je vais être, je suis capable de te catapulter sur ma table de travail, histoire de te démontrer qu'à « enculé » « enculée et demie ». Et je suis même capable d'entonner : « C'est la bite finale », grossier comme je suis !

Allez, je m'emporte pour le plaisir des mots crus, mais en fait, je crois que t'as raison, mon Arlette d'amour.

Bien sûr, je bosse comme un damné. Mais est-ce vraiment un travail ? Puisque c'est celui que j'ai choisi, où les contraintes ne sont que celles que je m'impose par intégrité, où je suis payé grassement, et où je m'éclate vraiment.

Je les ai bien connus, dans ma jeunesse, les boulots tortures.

Peintre en bâtiment, déménageur, boulanger, limonadier, livreur de charbon.

Six heures... midi, deux heures... six heures. Avec le temps qui n'en finissait pas d'égrener mes velléités d'évasion à chaque bulletin d'infos à la radio.

Le véritable travail, c'est celui qu'on n'aime pas faire. L'autre, quelle que soit la sueur, n'est qu'un loisir rémunéré.

Putain de chance !

Le magnifique cadeau que m'a fait la vie d'être payé pour faire ce que j'aime. J'y pense tous les jours à mes frères portugais, espagnols de ma première vie aux mains calleuses.

Il y a des adages qui nous prennent vraiment pour des cons.

L'argent ne fait pas le bonheur !

Mais bien sûr, j'en parlerai à ma truelle !

L'argent de la 5 a fait le mien. Sans scrupule. Et il a aussi fait celui de toute ma famille.

Et comme j'étais fier pour maman qui avait usé sa jeunesse à soulever des caisses de fruits à l'usine. Jusqu'à la veille de ma naissance, elle était allée travailler en vélo à vingt kilomètres de la maison. C'était le temps où, pour nous, le strict nécessaire était un luxe.

Alors tu penses comme, nous tous, on a été heureux de la manne berlusconienne trente ans après.

Même si le pactole n'était pas venu de Silvio, je l'aurais distribué à l'italienne.

La famille avant tout.

Parce que n'importe lequel d'entre nous qui aurait réussi aurait fait pareil.

Maman m'a toujours appris que l'argent doit être un moyen, pas une fin.

Elle m'a aussi enseigné l'art de me contenter du suffisamment. Parce qu'autant le manque est dommageable, autant le trop draine avec lui un cortège de soumissions et d'aliénations qui ne sont pas de notre caste.

Je suis né pauvre et même pas envieux.

Il m'en est resté le goût du luxe, évidemment, et le respect de l'argent sué. Et quelques vieux adages de précaution : « À quoi ça sert d'acheter un matelas neuf si le prix du crédit t'empêche de dormir ? »

Ce n'est pas que certains soient riches qui est indécent, c'est que les autres ne le soient pas.

Bonnie soit qui mal y pense, comme disait Clyde.

Ce passage éclair sur la 5 s'est apparenté pour moi à un braquage sans arme. Un aimable hold-up sans risque de poursuite.

Elle avait raison, Madame : ni la balle dans la tête, ni le doigt dans le cul.

Putain de pognon !

Ça mérite un chapitre entier, non ?

Mais, avant de le lire, Lilly revient du jardin avec un oiseau blanc blessé dans la main.

Elle l'enveloppe d'un mouchoir pour qu'il ait chaud. Et puis elle trempe de la mie de pain dans du lait pour le nourrir.

Dès qu'il recommence à piailler, elle ouvre la fenêtre et elle lui rend sa liberté.

Si Lilly avait regardé la télé, elle aurait laissé mourir l'oiseau.

Et puis avec des pinceaux, elle lui aurait fait des ailes multicolores.

Et à la récré, elle l'aurait échangé.

Ça doit bien valoir aux alentours de six billes, un oiseau rare, mort !

Putain de commerce !

# 19

## Tarzan

En principe, c'est vers mi-décembre que je reçois le plus de demandes d'argent.

Noël voisin sûrement.

Ça commence presque toujours par : « Connaissant votre grand cœur... Etc., etc. »

Et ça va de 10 000 euros à beaucoup plus.

La plupart du temps, c'est un courrier long, romançant une misère effroyable faite de maladie, de mort violente, de dénuement total, au point qu'il m'arrive de me demander en souriant comment l'expéditeur a pu rédiger ça à l'ordinateur et me l'envoyer en Chronopost.

Évidemment, dans ces demandes de rançons de la gloire, il y a du vrai désespoir, du vrai dernier recours. J'essaie de le discerner. Pas facile. Les pros de la quête organisée sont fichtrement doués.

Au début, j'ai souvent cédé à la compassion, jusqu'à ce que je m'aperçoive que Drucker et Foucault recevaient les mêmes plaintes, mais adaptées selon. Celui qui me pleurait sa détresse avec une mère en instance de mort imminente dans un hospice de Corrèze délocalisait ladite mère pour Foucault dans un asile des Bouches-du-Rhône.

Bien entendu, il m'est arrivé de me laisser convaincre. De glisser un chèque dans une enveloppe à destination d'un qui me semblait plus sincère. Dans cent pour cent des cas, je n'ai eu aucun mot de retour.

Aussi, aujourd'hui, je ne craque que très rarement. Mon entourage direct me sollicite suffisamment.

Le bilan est clair.

Mes véritables amis sont de deux catégories :

D'une part ceux qui ne m'ont jamais rien demandé. D'autre part ceux à qui j'ai prêté et qui ont eu l'élégance de me rembourser. Auquel cas, j'ai souvent refusé la somme, me contentant de la satisfaction du geste qui m'a rassuré.

À une époque, je me surnommais « l'écureuil », tant on frappait à ma porte comme à celle de la Caisse d'épargne.

Et puis je me suis mis à appliquer la méthode « Coluche ». Il l'a inventée, et un soir de confidences, il m'en a appris le principe, d'une simplicité enfantine.

— Quand un mec me demande de lui prêter une brique, je dis d'accord. Y a Untel qui me la doit, va lui demander. S'il te la donne, je te la prête.

— Tu me prêteras une brique, papa ?

— Pour quoi faire, Lilly ?

— Pour construire une maison.

— Non, une brique, Lilly, c'est de l'argot. Ça veut dire dix mille francs, enfin, environ 1 500 euros. Mais quoi qu'il en soit, brique ou euros, et même si certains en abusent, n'oublie quand même pas, de temps en temps, de faire l'aumône à ceux qui sont dans l'urgence. Il y en a plein les trottoirs.

— On peut pas supprimer la misère ?

— Hélas, non.

— Alors il faut supprimer les trottoirs !

Dieu, que j'en ai croisé, des tapeurs professionnels !

Il faut dire que j'ai eu du rare et du culotté, dans la catégorie « coureur de fonds ».

— Allô ? Patrick, c'est moi, tu te souviens ?

— Mais bien sûr. Ça fait plaisir depuis le temps.

Un vrai bon copain des années d'avant le show-biz.

— Voilà, je t'appelle parce que je suis dans la merde, et il n'y a que toi qui peux m'aider.

S'ensuit la litanie traditionnelle des crédits en retard, des menaces d'expulsion et ses pauvres enfants bientôt à la rue.

— Il te faudrait combien ?

— Pour m'en sortir... Je sais pas, moi.... Cent briques.

— Pardon ?

— Attends... Si c'est trop, c'est pas grave... Dix mille balles, ça suffira. Ou alors, pistonne-moi pour « Qui veut gagner des millions ».

Je te rassure, lui et sa famille vont très bien. Le pire

est qu'il me croise aujourd'hui comme si de rien n'était. Il a essayé.

Et il n'en a même pas honte !

Allez une autre, pour la route.

Elle concerne des vieux copains, troupe d'artistes, famille « fofolle » à qui j'avais fait le cadeau d'une première partie à l'occasion d'une de mes tournées. C'est te dire le concert de mercis auquel j'ai toujours eu droit. Reconnaissance éternelle.

— On n'oubliera jamais ce que tu as fait pour nous.

Et puis, un jour, le bureau des pleurs.

— On n'y arrive plus, Patrick. C'est pas grave, on est des saltimbanques, la galère fait partie du choix. Mais ce qui nous déchire le cœur, c'est la maison. Notre belle maison si pleine de souvenirs. Tu te rappelles comme tu y as été bien ?

— Bien sûr.

— Eh bien, ça y est. Si on n'a pas trente briques avant mardi, ils l'hypothèquent et on la perd.

Et par-dessus, des sanglots « niagaresques ».

Et moi qui m'étais bien juré de ne plus jamais me laisser prendre, encore une fois, j'ai craqué.

J'ai avancé les trente briques.

— On te les rendra dès que ça ira mieux. Tu nous connais, c'est une affaire d'honneur.

Je leur aurais demandé de me sucer en prime, ils l'auraient fait. Mais ça aurait été leur plaisir plus que le mien.

Pendant six ans, plus de nouvelles.

J'avais donc tiré un trait sur le coup de main. Bien sûr que j'aurais pu la jouer « Corleone », et me faire rembourser à la brigand, sans souci. Mais ça, ce n'est que pour des vrais salopards gavés qui « t'emplâtrent » en puissants. Ça ne méritait pas une opération rescousse.

En l'occurrence, je les savais plus pleutres que méchants, ces débiteurs-là. Alors, dans ma conscience, j'ai transformé mon obole en aide humanitaire aux intermittents nécessiteux.

Et puis, un soir, le joyeux coup de téléphone.

— C'est nous.

Je me suis dit que j'avais bien fait de ne pas la jouer méchant. Qu'ils avaient mis du temps, amassé petit à petit, et qu'enfin, en hommes d'honneur, ils venaient s'acquitter de leur dette.

Et déjà, je me voyais, magnanime, leur exprimer ma satisfaction avec humour et grandeur d'âme :

— Bon, c'est bien, il n'y aura pas de pénalités de retard et en plus, comme j'apprécie le geste, même tardif, je vous fais cadeau du tout.

J'ai dû remballer ma générosité dans ma caverne d'idéaliste à la con.

— Voilà, me susurra Ali Baba, on t'appelle parce qu'on monte un dîner-spectacle. On voudrait t'inviter pour que tu voies. Et si ça te plaît, tu pourras nous faire un petit peu de promo dans ton émission. Un petit coup de main, quoi !

À ce moment précis, j'envisageais plus le coup de boule.

Tellement abasourdi, j'ai répondu : « Peut-être », et j'ai raccroché en éclatant de rire.

Non seulement ils avaient totalement occulté la dette, mais en plus ils me demandaient un service supplémentaire.

C'était tellement énorme que je me suis dit : « Après tout, pourquoi pas ? »

En plus ils sont sympas, ils m'invitent.

— Ça nous fera un repas à trente briques, ai-je dit en riant à Nana en montant dans la voiture pour me rendre au spectacle.

— T'es vraiment trop con, me répondit-elle, tendrement.

— Je sais. Mais ça fait cinquante piges, je ne vais pas changer maintenant. Et puis, il ne faut jamais désespérer de la nature humaine. Toujours donner une chance. Si ça se trouve, leur spectacle va marcher et ils me rembourseront. Je ne sais pas pourquoi mais tu connais mon instinct. Je sens qu'ils ne sont pas foncièrement mauvais.

Tu parles d'un flair !

Un pif d'enrhumé chronique, plutôt.

Aussi visionnaire qu'un monsieur Assomption Boubakar, rue d'Aboukir, 3e gauche : voyance, retour d'affection, numéros du loto, guérison du cancer !

On a été reçus comme des princes. Le spectacle était bon. J'ai promis un coup de main.

Et alors là... Champagne !

Et tu sais quoi ? Relis plusieurs fois au cas où tu le croirais pas.

C'est à ce moment-là qu'ils nous ont apporté l'addition !

No comment.

Si, un, peut-être.

Les premiers mots que j'ai dits en remontant dans la voiture : « Quelle bande d'enculés ».

Et Nana, morte de rire de mes prémonitions humanistes à deux balles, a eu le mot de la fin.

— Comme si tu le savais pas depuis le départ !

Allez, soyons clairs. Je ne suis pas si riche que ça. Je suis à l'aise, seulement. À l'abri du besoin pour moi et mes proches pendant deux ou trois ans si j'arrêtais de bosser maintenant.

C'est déjà énorme.

Mais pas au point de gaspiller à tort et à travers.

Je pourrais l'être bien plus si j'avais cédé aux sirènes des multinationales. Mais c'était ça ou libre. Au lieu des couilles en or, j'ai choisi de me laisser pousser les ailes.

Il y a beaucoup, beaucoup de fric à la télé. Comme une tasse de café trop pleine. L'équilibre est de pouvoir boire sans en renverser. Et se faire de grosses taches.

La tentation la plus courante pour nous, les marionnettes, c'est celle du « toujours plus ».

Excessivement délicate à gérer parce que nous sommes dans une jungle.

On peut y croiser des rhinoféroces, des serpents à sornettes, des alligators et à travers, des cigognes au long bec emmanchées d'un long cul, des tigres de papier, des faucons, des vrais, et au-dessus, leurs gros culs pelés pendants des baobabs, les vieux singes qui ont inventé la grimace.

La jungle.

Avec sa loi immuable :

« Celui qui se prend pour Tarzan finit toujours par se manger un arbre. »

Parenthèse affectueuse et moraliste : il faudra toujours te méfier des Tarzans, Lilly. Des bodybuildés de corps et d'esprit. Ils te font croire que tu es leur Jane et, la plupart du temps, tu finis Chita.

Parenthèse refermée.

Mais provisoirement seulement, parce que, s'il y en a un qui te fait le moindre mal, Lilly, je l'attache à sa liane par les couilles, le Tarzan !... Ça justifiera le cri.

Non mais, c'est qui le roi de la jungle ?

— C'est toi, papa.

— Merci, Lilly.

Ce que ça peut être con, un homme, quand sa gamine commence à mettre du rimmel sur ses cils !

Ses cils... Ma fille.

Allez, quelques exemples de Tarzans audiovisuels :

*Tarzan Patrick Sabatier.*

Surexposant sa toute-puissance, avec en plus le sourire qui énerve.

— Ça va fort, Patrick ?

— Très fort.

Dans notre vieux pays, ça ne pardonne pas. Déjà, au moment de la 5, avec « L'Homme qui vaut des milliards » en couverture de tout, on avait frôlé la destitution.

Mais les émissions Kleenex, en rognant de plus en plus sur le contenu, pour une rentabilité maximum, les vieux singes en ont grincé des dents.

Alors à la première occasion, ils l'ont démâté.

En toute mauvaise foi, d'ailleurs. Une vraie saloperie.

Une erreur de casting. Un mage guérisseur promettant la rémission du cancer. Audience garantie. C'était là, la tentation du « toujours plus », et son couperet obligatoire. Le mage était un escroc. Mais beaucoup d'autres animateurs s'étaient fait abuser avant Patrick.

Alors pourquoi lui ?

Parce que d'abord il était temps pour les vieux singes de bien signaler que les rois de la forêt, c'étaient eux et eux seuls.

Et puis la meute des « Chiens » de presse si heureuse de sonner l'hallali. Je l'ai vu, Patrick, à la une d'un quotidien photographié à la barre du tribunal. Même les assassins n'ont pas droit à ce traitement de défaveur.

Et puis le non-lieu signifié en tout petit, bien plus tard. Bien trop tard.

Victime de la presse ?

Non. Elle fait son travail. Elle rend compte. Elle informe. À son gré. C'est sa liberté.

Victime des vieux singes ?

Pas plus. Ce sont des Saint Louis perchés. Rendant leur justice selon l'idée qu'ils s'en font.

Victime de lui alors ? Évidemment. Comme nous tous.

Cet homme ne mérite pas le long désert qu'on lui fait traverser. Son autocritique lui suffit largement, comme punition. Mais les médiocres ont la mémoire longue et la rancune tenace.

Reste le public qui l'aime toujours. Comme si ça suffisait ! Il manquerait plus que ce soit lui qui décide.

*Tarzan Pascal Brunner*.

Imitateur comme moi. « Copieux », comme on disait au Moyen Âge.

Un train-train aimable. Récurrent sympathique. Du succès. De la musique.

Sur la 3, la chaîne de complément, il était bel oiseau de compagnie. Et puis, grisé par le grand vent, il a choisi de s'acheter une cage en or.

TF1 et ses chèques de caution. Caution d'exposition maximum. De succès garanti. De compte en banque virant au vert espérance.

Il n'a pas réalisé que c'était aussi l'occasion pour les vieux singes de se débarrasser d'une concurrence un peu gênante. Je n'y étais pas, mais je suis sûr qu'ils lui ont dit qu'il arrivait dans une grande famille. Ils disent ça à chaque fois.

Bras ouverts.

Tant que l'audimat suit.

Et pied au cul à la première faiblesse.

Tu parles d'une famille !

*Tarzane Evelyne Thomas.*

Tu prends Brunner et tu décalques. Avec l'ego qui explose en plus. Accrochée à des unes de presse télé comme à une bouée de sauvetage.

Omniprésente avec une insistance affligeante.

Et pourtant, Dieu sait que cette femme est noble et compétente !

Un soir au restaurant, elle m'a abordé, tout en reproches parce que j'avais osé prétendre qu'elle avait pété les plombs.

Je lui ai répondu ce que je te dis là parce que je n'ai pas pour habitude de me défiler en face à face.

J'ai essayé en toute amitié de lui expliquer ce reflet tordu qu'on ne peut pas voir quand on est trop près du miroir. Je lui ai confirmé l'estime sincère que j'avais pour elle.

Sa fausse route. L'urgence pour elle de retrouver ce qu'elle était en vrai. Une fille simple et chaleureuse.

J'ai dû lui faire de la peine, alors que je ne voulais que lui faire du bien.

Je l'ai lu dans ses yeux. J'y ai lu aussi la panique.

Quand tu sais bien que tu es allé trop loin et que tu ne peux plus revenir en arrière.

Putain d'audience !

*Presque Tarzan Lagaf.*

Mon pote. Mais là, c'est lui qui n'en peut plus. Vite partir avant de se manger l'arbre, justement !

Il a déjà presque éliminé le « tout fric ». Ça a un peu traîné, mais je crois qu'il a compris. Depuis le temps que je le mets en garde !

C'est mon plus proche, Vincent, dans la ressemblance de fond.

Un dingue. Un des planches. Un artiste clown.

Il s'est égaré comme moi sur l'écran, en entracte, pour remplir la gamelle et repartir après. Il va repartir bientôt. Avec dans sa musette des cacahuètes en euros et une souffrance en prime : cette incommunicabilité entre les gens d'âme et les gens de profit.

Son passage dans la télé pognon lui a laissé aussi de belles cicatrices. Mais, il en ressort intact de conscience. Et c'est ça l'important.

Il a cultivé comme moi, naguère, le pied de nez du Polichinelle à l'excès. Et ça, ils n'aiment pas. Mais alors pas du tout.

Une seule anecdote pour résumer.

Le tout fraîchement désigné directeur des divertissements de TF1 l'a appelé le jour de sa nomination.

— Vincent, j'aimerais te rencontrer pour qu'on parle de ton avenir.

Il a répondu, goguenard.

— T'es le quatrième que je vois passer en cinq ans, tu veux pas plutôt qu'on parle du tien !

Il est comme ça, Vincent.

Capable de traverser la planète juste pour mettre sa main dans la gueule d'un escroc qui l'avait pigeonné.

Alors, tu penses bien, l'ascenseur qui mène au quatorzième, c'est une aimable balade.

Heureux pour toi que tu aies pu sauter du train à temps, mon Vincent.

Amitiés et respect.

Sabatier, Brunner, Thomas, presque Lagaf de justesse. Quatre exemples parmi tant. Dans l'avenir, il y en aura beaucoup d'autres.

TF1 a compris l'essentiel : tout s'achète. C'est une question de prix.

Je dis TF1, mais M6 et bien d'autres arrivent au grand galop.

Ce qui ne se mérite pas se paye : les bons papiers des journalistes avec de gros cadeaux. Le ventre des naïves avec des promesses de gloire. Les politiques avec l'image qu'on leur fabrique. Et tous les autres avec de l'argent, tout simplement.

Beaucoup d'argent.

— T'aurais pu être riche en milliards, alors, papa ?

— Si j'avais vendu mon âme, sûrement.

— T'aurais été milliardaire alors ?

— C'est comme ça que ça s'appelle.

— Je préfère que tu sois riche en centimes.

— Pourquoi, Lilly ?

— Comme ça, t'es « centimental », je préfère !

Faust for ever ! Ça vaut combien une âme ?

— Mais enfin, dites-moi le montant de votre contrat avec Patrick, on vous donnera beaucoup plus, suppliait le représentant d'Endemol.

— Mon contrat est moral, vous ne pouvez pas lutter, répondit la petite dame gentille.

Elle s'appelle Monique Nakachian, la petite dame gentille. C'est elle qui va me chercher au bout du monde les magnifiques numéros du « Plus grand cabaret du monde ».

Sachant parfaitement qu'on ne peut plus m'acheter moi, les prédateurs d'Endemol ont ciblé d'autres proies. Mes tout proches. Pour me scier les bases.

Certains ont craqué, d'autres pas.

Ma Monique s'est accrochée à sa droiture. Je te rassure, je n'avais aucun doute là-dessus.

Nous sommes faits, elle et moi, et quelques autres qui me sont fidèles contre vents et marées, de valeurs archaïques et simples. Le sens de l'honneur et de la parole donnée.

Nous sommes de vieux voyous à la Audiard. On préfère crever debout. De face. Ne reste plus à ces nouveaux caïds que la balle dans le dos. Ils y travaillent.

En fait, je crois que j'en veux beaucoup moins à ces bandits modernes qu'à ceux qu'ils achètent.

Souviens-toi de cette belle scène de cinéma dans *Le Jouet* de Francis Veber.

Michel Bouquet, patron cynique, demandait à Jacques François, sous-fifre rampant, de poser son pantalon. Ce dernier s'exécutait avec dégoût et murmurait :

— C'est ignoble.

Et Bouquet répondait :

— Qui est le plus ignoble des deux ? Moi qui vous demande d'enlever votre pantalon ou vous qui acceptez de le faire ?

Toute l'innocence des nouveaux maîtres du monde tient là-dedans.

Et pour quelques-unes de leurs victimes qui vivront un temps de ce marché de dupes, combien disparaîtront ?

Les couloirs de la télé sont jonchés de ces cadavres-là.

J'ai failli en être, il y a dix ans déjà. C'est passé très près.

C'était « l'affaire Osons », comme l'appellent encore de temps en temps certains articles de journaux lorsqu'ils font l'inventaire des miraculés de la télévision.

Par quel miracle justement suis-je revenu d'où je n'aurais jamais dû revenir ?

Une bonne étoile peut-être ?

Un ange gardien ?

Ou plusieurs ?

Je suis de ceux qui pensent que tout est écrit.

Tout arrive parce que tout doit arriver. À ce moment-là, dans cet ordre-là. Et quoi que l'on fasse, on ne peut pas dévier du chemin qui a été tracé.

Chance, malchance, destinée. Je n'ai pas encore trouvé le mot juste. Mais j'ai l'intime conviction que nos choix, la volonté de nos tracés, ne sont pas vraiment les nôtres.

Je suis agnostique.

C'est-à-dire que je considère que toutes les armes que me donne ma capacité à analyser le pourquoi de mon existence sont bien trop légères pour percer le « Grand Mystère ».

Ce n'est pas que je ne crois pas en Dieu, mais je sais que je n'ai pas les moyens de comprendre.

Alors, dans le doute, je n'y crois pas plus que je le rejette.

Dans quelques pages, je t'expliquerai que pour moi, Dieu c'est chacun de nous. J'ai appelé ça Dieu parce qu'il fallait bien mettre un nom sur cette réserve d'amour que je sens si présente, mais si peu utilisée, en chaque être humain. Et parce que son fils, d'après ce qu'on m'en a dit, est descendu sur terre pour propager ce message d'entente universelle qui me convient parfaitement.

Mais Dieu, Allah, Mahomet, Darkvador, Pocahontas ou Roger Gicquel, l'appellation n'a pour moi aucune importance.

De toute façon, mon intime conviction est qu'il y a « Quelque Chose » de plus fort, de plus loin, d'intouchable et d'absolument incompréhensible pour nous, qui régit nos minuscules parcours.

Et ce n'est pas le vocable qu'on y accole, des prières ou des bougies qui puent qui peuvent influer sur ce qui a été, qui est ou qui sera.

Je sais juste que l'amour de mon prochain reste, pour moi, la seule façon à peu près correcte de traverser l'existence sans trop d'encombre.

Ce « Quelque Chose » a mille fois orienté ma route de coups de pouce en coups de frein.

Chaque fois que j'évoque « Osons », la première pensée est de me dire que c'était un bien sale coup du sort. Mais à y bien réfléchir, est-ce que ça n'a pas été un immense coup de chance ?

Au vu de mon équilibre d'aujourd'hui, des forces que la calomnie m'a apportées, de tous les enseignements que j'ai tirés de l'exil, et de la quiétude qui est mienne, quelle est l'onomatopée appropriée à l'évocation de cette tornade : « Aïe » ou « Ouf » ?

Et si ce que j'ai pris sur le coup pour un abandon de mon présumé ange gardien, n'était en fait que le témoignage de la présence réelle d'une aile protectrice ?

Et si « on » m'avait détruit pour me sauver ?

Et si les blessures les plus vives ne nous étaient envoyées que pour nous guérir de bien pire ?

Et si la souffrance nous rendait meilleurs ?

Et si inconsciemment tu étais aussi là, Lilly, métissée

lointaine, à cause de la douleur toujours présente de cette accusation infâme d'incitation à la haine raciale qu'en aucun cas je ne peux accepter ?

Et si « Quelque Chose » avait tout écrit du début pour en arriver juste à ça ?

Et si ce n'était pas MON destin qu'il avait voulu écrire, mais LE TIEN ?

Je ne sais toujours pas. Ton avenir te le dira peut-être.

« Osons », de rêve exquis de liberté subversive, est devenu un abominable cauchemar.

Je vais t'expliquer le comment de cette affaire, pour essayer d'en comprendre moi-même le pourquoi.

Pourquoi le petit Patrick sur le banc de Juillac a pu, à cause de la télé « Qualité mondiale », se retrouver, plus de trente ans après, pratiquement au même endroit, un pistolet sur la tempe, avec une véritable envie de mourir ?

Le comment est sinueux, complexe et je vais te le raconter dans les moindres détails.

Le pourquoi m'échappe encore. Peut-être le comprendrai-je après l'avoir écrit puisque j'ai décidé de tout livrer sans fausses excuses ni auto-indulgence.

Il y a une seule chose dont j'ai la certitude. C'est pourquoi, au dernier moment, j'ai tiré à côté.

À l'extrême limite. Au bout de l'épuisement.

Parce que lorsque j'ai fixé une dernière fois la tombe du petit en lui disant « J'arrive », a surgi une évidence que j'avais totalement occultée tant la souffrance de vivre était forte : je n'avais surtout pas le droit de faire vivre à ma mère la douleur de ce qui m'avait cloué à vie : la perte d'un enfant.

Et ça Lilly, c'est la plus grande richesse de mon testament.

Protège-toi.

Ne te laisse jamais glisser.

Et s'il advient que la vie te massacre au point de te donner envie de t'en débarrasser, je t'interdis d'imposer ce cauchemar à ta mère.

Vous devriez tous vous le dire, petits ados fragiles lorsque, à bout de désespoir, vous envisagez l'ultime.

En aucun cas, ce n'est l'ordre des choses de partir avant ceux qui vous ont créés.

En aucun cas.

— Je ne t'emmènerai pas dans les prochains chapitres, Lilly.

— Tu ne m'aimes plus ?

— Au contraire, je te protège. Il va y avoir un gros orage, et je ne veux pas te laisser sortir avec un temps pareil. Reste bien à l'abri avec maman.

— D'accord, papa.

— Je vous retrouverai à la toute fin du livre.

— Et après, tu m'emmèneras partout ?

— Partout, Lilly !

## 20

### Jean-Marie

Le 23 septembre 1995. 5 heures 30.

La fin de nuit bordelaise est tout en bruine.

Mon copain Bijou, me ramène tranquillement à l'hôtel. Après une nuit arcachonnaise, je rejoins le repaire de mes « guerriers » brivistes endormis.

Cet après-midi, c'est la première rencontre du championnat de France à l'extérieur, contre Bègles. Je suis président de rugby tout neuf. Pour rien au monde, je ne manquerais un déplacement.

Ce soir, à la télé, c'est la première d'« Osons ». L'émission est enregistrée depuis une semaine. Ce seront mes deux matchs du samedi.

Celui du soir sera, je pense, plus facile à gagner. En face, sur la 2, il y a Arthur, mon copain : « Les enfants de la télé ». Première en prime time. Il m'a appelé pour me remercier. C'est un peu grâce à moi. Je lui ai souhaité bonne chance.

Le match est gagné d'avance. La puissance de TF1, ma popularité. Tout est réuni pour attirer le téléspectateur. Une campagne de promo comme seule la chaîne numéro 1 sait les faire.

Et puis, le contenu.

De la bombe !

Ce que je ne sais pas encore, c'est que c'est dans ma gueule qu'elle va exploser, la bombe.

En juin dernier, j'ai convaincu Étienne Mougeotte de me donner carte blanche.

— On va appeler ça : « Osons ».

Le titre, c'était la première audace. Un pied de nez à Elkabbach, le président de la 2 qui avait fait de ce cri son mot d'ordre pour le service public.

— On va tout se permettre. Tirer les sonnettes. Se moquer de la police, des impôts.

Des petites séquences de rue déglinguées : tartes à la crème dans la figure des contractuelles. Étendages de linge à la terrasse du Fouquet's. Les statues qui pissent sur les pigeons pour se venger. Tout l'arsenal de la provocation.

— Très bonne idée, Patrick. Les gens ont besoin d'audace. Nos études le confirment. Ça fera venir du monde.

— Et puis que des insolents : Baffie, Karl Zéro, de Kersauzon. Et un petit nouveau que tu connais pas : Raphaël Mezrahi.

— C'est quoi ?

— Un type qui fait de fausses interviews. On va tourner ça tout l'été. Ma boîte va miser trois millions de francs.

— T'es fou, c'est le prix d'une émission.

— Ça s'appelle « Osons », non ? Alors, j'ai décidé d'oser. Même ça. De toute façon, j'y crois à mort. C'est génial. Aucun producteur n'a voulu le faire parce qu'au premier passage, le subterfuge est éventé. Donc il faut miser gros. En tourner une centaine et plus si on peut. Au risque de tout perdre si ça fonctionne pas.

Fou, donc. Et plus même.

— Et puis, on va mettre le doigt où ça fait mal. Oser donner le droit de réponse aux plus détestés, aux plus vilipendés. C'est la base de la démocratie, non ?
Le Pen, le patron de *Voici*, la mère de Jordy. Je fais un sketch où je les démonte, et je vais le leur montrer. Réglo, non ? La plupart du temps, on les descend sans leur demander leur avis. Ça, c'est du pas convenu. C'est de la vraie audace.

— Oui, mais c'est casse-gueule.

— Et alors ? Si on prend pas ce risque-là, elle avance comment la société ?

— Attention, Patrick, tu n'es qu'un clown. Et même si tes motivations sont justes, je connais la presse, j'en viens. Ils te considèrent comme un imbécile premier degré. Si tu t'inventes une mission, et même si tu es deuxième degré, ils ne verront que le beauf.

— Ils ne sont quand même pas cons à ce point-là ?

— Eux non, mais toi oui, si tu surestimes leur jugement sur toi.

— Imagine, Étienne. Imagine juste. Je démolis Le Pen en l'imitant. J'ai déjà écrit la parodie. Ça s'appelle : *Casser du noir*, à la Bruel sur la musique de *Casser la voix*. Je le montre hargneux, exécrable. En fait, je ne fais qu'exagérer à peine ce qu'il est vraiment. Et là, on va chez lui, on lui montre les images et on le met en face de ses excès. Droit de réponse. On fait un carton. 10 millions garantis.

— On sort du divertissement, là, Patrick.

— Et alors ? C'est pas fait pour être forcément drôle. C'est fait pour oser. Et ça va même au-delà. Je n'aime pas les dérapages de cet homme. Mais on est en démocratie, Étienne, en démocratie. On ne peut pas bâillonner un mec, le traîner dans la merde sans risquer d'énerver encore plus ceux qui le soutiennent. En plus, ceux qui balancent entre deux eaux le voient de plus en plus comme une victime. À force de « Guignols », de censure, il y a de plus en plus de gens qui s'identifient. Tous ces mecs qui sont victimes de la pauvreté, d'un système qui les exclut se disent : « Tiens, lui aussi, on le met dans la marge. » Et ils finiront par voter pour lui par solidarité de maltraités. Un jour, on le retrouvera au deuxième tour de la présidentielle.

— Impossible, laissa tomber Étienne. Mais méfie-toi, Patrick. Tu sens la bonne audience, et jusqu'à présent tu ne t'es pas beaucoup trompé. Je n'ai pas envie de t'en empêcher. L'audace me plaît. Mais reste dans la fantaisie. Il y a des choses auxquelles il vaut mieux ne pas toucher. La dernière fois que tu t'en es pris à Sarkozy, t'as vu ce qu'on a été obligés de faire. Aujourd'hui, ton copain est président, tu t'en sors bien. Nous aussi d'ailleurs. Mais n'oublie pas que certains t'en veulent beaucoup de cette amitié.

On était visionnaires tous les deux. Moi, sur le futur de Jean-Marie, et Étienne sur le mien.

TF1 n'était pas très chaud pour ce sketch. Moi, j'étais d'une bonne foi totale et aveugle.

J'avais fait auparavant des dizaines de sketchs parodiques dénonçant les propos xénophobes de Le Pen avec lesquels l'humaniste que je suis ne pouvait en aucun cas être en phase. Et personne n'en avait été choqué.

Mais en démocrate convaincu, je haïssais le traitement de défaveur que lui infligeaient les médias. Des attaques permanentes sans droit de se défendre.

— Ou alors interdisez le Front national, plaidais-je, mais, là, ce n'est plus la démocratie.

Bien sûr que mon argumentaire se tenait. Les années qui suivirent et le 21 avril 2002 me donneront d'ailleurs raison. Et les mêmes qui me crachèrent dessus au lendemain de la diffusion du sketch, reprendront mot pour mot, le 22 avril, mes arguments d'alors :

« Ne diabolisons pas cet homme. Il n'y a qu'en démocrates que nous pouvons lutter contre son extrémisme. »

Donc le sketch prévu était en accord parfait avec mon intime conviction : on ne combat pas l'extrémisme par un autre extrémisme. Comme écrivait Voltaire : « Je hais vos idées, mais je me ferais tuer pour que vous ayez le droit de les exprimer. »

Mais, en ce matin de septembre 1995, au moment où j'arrive à l'hôtel où sommeillent mes joueurs, j'ai oublié deux choses essentielles :

Premièrement : Mougeotte a raison. Les journalistes me tiennent pour un joyeux benêt. Que je puisse faire un sketch avec une conscience politique est inenvisageable. Les Guignols oui. Karl Zéro, oui. Mais Patrick Sébastien, allons donc. Ce brave con ami avec Paul Préboist. Vous plaisantez ?

Deuxièmement : dans l'ombre de l'exil, certains ne m'ont toujours pas pardonné ma sympathie chiraquienne.

La guillotine est prête.

On n'attend plus que le coupable.

6 heures.

Mon copain Bijou s'apprête à me déposer devant l'hôtel.

— Allez, salut et merci de m'avoir ramené.

— À demain et bonne chance pour le match.

— Merci encore et...

— ... Attends... Écoute, on parle de toi sur RTL...

« ... Exceptionnel, à la page télé du *Parisien*, un événement rarissime. Une page blanche en réaction à l'émission de Patrick Sébastien qui doit être diffusée ce soir. Elle contiendrait des propos racistes et xénophobes... »

— C'est quoi cette connerie ?

— Je sais pas. Qu'est-ce que tu vas faire ? me demanda Bijou, inquiet.

— Dormir d'abord et on verra tout à l'heure. Tu sais, la presse, ils disent tellement de conneries. C'est pas bien grave. Allez tchao.

Au réveil, j'ai bien compris que ça commençait à être plus grave que je le pensais.

*Le Parisien* dans les mains, je contemplais, perplexe, le « rarissime ».

Page blanche effectivement. Et quelques mots, signés du rédacteur en chef Noël Couëdel, expliquant que non seulement il était hors de question de cautionner une émission pleine de haine raciale, mais qu'en plus, la page blanche avait valeur de symbole.

En fait, ce n'est pas le sketch lui-même qui allait tout déclencher, mais cette page blanche qui faisait événement et dont toutes les radios parlaient.

Une page blanche qui interpellait forcément l'ensemble de la presse. Surtout ceux qui ne m'auraient regardé en aucun cas si on ne leur avait pas mis l'eau à la bouche.

Cette page blanche les avait tous conditionnés.

« Il y aura du racisme. » C'était annoncé. Pas un sketch dénonçant un raciste. Non. Le raciste, ce sera Sébastien.

Elle était là, la vraie manipulation. La vraie saloperie.

C'était *Le Parisien* d'avant-hier. Celui d'aujourd'hui me fait parfois des unes flatteuses.

Merci.

Quand les hommes ne peuvent pas changer, on change les hommes. Et c'est tant mieux !

Même chez *Les Tontons flingueurs*, il y a des vrais sursauts d'honnêteté.

— Je sens comme un goût d'intégrité, y aurait pas de l'intégrité ?

— Y en a !

14 heures.

Je pouvais encore faire marche arrière. Demander à la chaîne de couper le sketch.

Je leur ai téléphoné ma décision de ne pas me soumettre à ce chantage, et que j'assumerais les conséquences. J'étais sûr de mon bon droit. C'était de la dénonciation de racisme et pas l'inverse. C'était clair.

Ils se plièrent à mon bon vouloir sans aucune résistance.

— C'est toi l'artiste. Fais comme bon te semble. Nous, ça ne nous choque pas. Ne t'inquiète pas. On est derrière toi.

Ils étaient vraiment derrière ! Juste derrière...

— Et puis de toute façon, ajoutai-je, en bien ou en mal, l'essentiel est qu'on en parle. Ça va nous amener encore plus de monde.

Nous avons donc pris ensemble la décision de diffuser en toute connaissance de cause.

Je suis donc coupable. TF1 n'était que complice.

Aujourd'hui, avec le recul, et tout ce que je t'ai confié depuis le début, je ne plaide coupable que pour une seule chose : avoir cédé à la « Putain d'audience ».

Tu te souviens que je t'ai avoué que je m'étais fait gangrené par la toute-puissance. Par les valeurs maison : l'audience, le résultat.

C'est moi qui dis : « ... Ça va nous amener encore plus de monde. »

C'est à ce moment précis que mon aliénation a atteint son apogée.

En toute vérité, et je m'en blâme sincèrement, la raison majeure pour laquelle je n'ai pas voulu couper cette séquence qui sentait le suicide, c'est l'espoir d'une audience garantie.

Tu penses : on voit de Kersauzon grimper les marches de la maison de Saint-Cloud. Le Pen le reçoit aimable. On glisse la cassette dans le magnétoscope.

— Voilà, monsieur Le Pen. Patrick a fait une parodie de vous. Vous la regardez et après vous nous dites ce que vous en pensez.

— D'accord.

Et les images démarrent. Plein cadre.

Fin de la chanson. Je reprends en plateau :

— Maintenant, nous allons voir la réaction de monsieur Le Pen en contrechamp pendant la diffusion et ses commentaires ensuite... Mais après une page de publicité.

Voilà. Coupable. Baisé par le système.

Sûr que le « client » ne partira pas. Même qu'il téléphonera à des égarés sur une autre chaîne, pour qu'ils viennent assister au grand moment.

Calcul de rentabilité. Succès garanti. Audience assurée. Ravissement des publicitaires.

Gangrené, je te dis. Totalement dans le moule en toute inconscience.

Alors coupable, oui.

Mais que de ça.

De rien d'autre.

Coupable sur la forme. Pas sur le fond.

Je maintiens et maintiendrai toujours que j'ai eu raison de faire ce sketch. S'il fallait le refaire, je n'hésiterais pas une seconde. C'était ma façon de lutter contre l'exclusion d'où qu'elle vienne.

Le racisme est pour moi inenvisageable.

Et surtout pas par convenance de mode « show-biz » qui veut que les artistes soient les fers de lance de ce combat... Soit dit entre nous plus souvent par intérêt d'image que par conviction profonde.

J'en connais un paquet, des professionnels de la tolérance, qui, en privé, cassent de « l'Arabe » et du « Nègre » allègrement. Ce n'est d'ailleurs pas réservé qu'au show-biz. Tu dois bien en avoir un, pas loin de toi, qui s'insurge en public contre la fracture raciale, pour faire mode, et qui ne donnerait en aucun cas sa fille à un petit Beur.

Moi, j'ai la réelle conviction depuis toujours que l'avenir de la planète est dans le métissage.

Ma croyance est que Dieu est chacun de nous.

Je veux dire que Dieu existe ou n'existe pas comme une entité céleste et supérieure, mais que « Quelque Chose » me dit que nous le sommes à nous tous. Que, pour faire dans la métaphore automobile, nous avons tous le même moteur monté sur des carrosseries différentes.

Comment veux-tu, dans ce cas-là, que je puisse considérer comme différent de moi ce qui est moi ? C'est une aberration totale.

Ce raisonnement philosophique à la limite du touffu, tu penses bien que tous les journalistes qui me sont tombés dessus le lendemain étaient bien loin d'imaginer qu'il puisse naître du même cerveau que celui qui a chanté *À dada* en imitant Bourvil.

Par voie de conséquence, quand Patrick Sébastien chante *Casser du noir*, c'est qu'il veut casser du noir. Point final. C'est un raciste primaire.

Et pendant des jours et des jours, je répéterai les mêmes arguments à mes juges butés.

— C'est une parodie. Ce n'est pas moi qui le dis, c'est le personnage que je caricature. De la même manière que je fais tenir des propos syndicalistes outrés à Krasucki.

— Oui, mais vous le dites quand même.

— Non, c'est Le Pen. C'est une imitation. Comme si je tenais une marionnette, mais là, la marionnette, c'est moi qui la joue.

— Vous allumez des briquets et vous dites qu'il faut leur foutre le feu.

— Mais putain, comment il faut que je vous le dise ? C'est une outrance. Quand Chaplin caricature Hitler, ce n'est pas Chaplin qui rêve d'asservir le monde.

— Oui, mais c'est Chaplin. Vous vous comparez à lui, quelle vanité !

— Mais non, vous ne comprenez pas...

— Ce sketch, vous en avez ri avec Le Pen.

— Je n'en ai pas ri avec lui. J'avais envoyé de Kersauzon montrer la cassette, et il n'en a pas ri non plus. Il s'est contenté de questionner, c'est tout. Le Pen en a ri tout seul, nuance. Quand il l'a visionnée devant les caméras, il a souri en trouvant la parodie outrée. Et il a fait son grand numéro : « Mon homme de maison est noir, vous voyez bien que je ne suis pas raciste. » Qu'est-ce qu'il vous fallait de plus ? On montre à un homme une caricature affligeante de haine et il sourit. S'il avait été un tant soit peu humaniste, il se serait insurgé contre cette mascarade, aurait trouvé le portrait diffamatoire. Ça l'a juste fait rire. Moi, ça m'a écœuré.

— Et pourquoi vous ne l'avez pas dit ?

— Sa réaction se suffisait à elle-même. Je n'avais pas à ajouter un droit de réponse au sien. Ça aurait été profondément malhonnête. Et je ne le suis pas. Il suffisait que je conclue la diffusion de la séquence par : « Quel enculé, quand même ! », et tous mes soucis à venir n'auraient pas existé. Mais c'était retomber dans ce que je voulais dénoncer : le jugement systématique sans réponse de l'intéressé. L'antidémocratie.

— Donc, vous avez cautionné.

— Et merde !

Que veux-tu faire ? Jugé d'avance. Coupable d'être présumé imbécile. Et le verdict de la presse, écrit d'avance : « Il aura la tête tranchée. »

Et le public alors ?

Le public ne comprendra pas bien. Un sondage, le lendemain, révélera que 95 % des téléspectateurs ne furent absolument pas choqués par ce sketch.

100 % de la presse me clouera au pilori.

Ça fait un gros décalage, non ?

L'émission avait réuni 11 millions de téléspectateurs.

Un triomphe.

Le dimanche matin, le tir d'artillerie commença. *Le Journal du Dimanche*. Et les coups de téléphone d'amis bien renseignés m'informaient qu'hélas le pire était pour le lendemain.

Pourtant, les coups de fil des gens « normaux » étaient dithyrambiques. « Enfin, une émission qui nous éclate »... « On s'est régalés, ça c'est de la vraie provoc... »... « Coluche serait fier de toi... »

Ce fut un dimanche abominable. Je sentais venir la grande claque.

Même les oiseaux de mes arbres du Lot ne savaient plus quoi me dire.

J'ai rejoint dans la soirée mon bureau de Paris. Cellule de crise. Mes plus proches collaborateurs. Mes plus proches tout court. Nana, Francis, et puis Kido, Jean-Pierre, Marie-Louise, mes trois autres mousquetaires. Abasourdis. K.-O. Mais là. Solidaires.

Ils seront jusqu'au bout... Dieu, que je les aime !

Et le lundi arriva.

Un tir de barrage incroyable.

À balles réelles.

Toutes les unes me massacraient. Des mots sales, des

insultes, relayées par toutes les radios. Et puis les Guignols bien entendu. L'alliance sacrée.

« Ça pue l'artiste ! »

Un déchaînement incroyablement disproportionné.

Je me souviens d'un forcené qui, la veille, était descendu dans une rue de province pour tirer dans la foule. Des morts. En vrai. À la une de tous les quotidiens, il n'avait droit qu'à la marge. Moi et « Osons » à la pleine page.

J'étais devenu l'ennemi public numéro 1, volant la vedette à Kelkal, le terroriste que toutes les polices de France recherchaient.

Le MRAP et la LICRA portèrent plainte pour incitation à la haine raciale.

Les obus tombaient de partout, au point que j'ai dû aller m'expliquer au journal de Poivre d'Arvor.

— Tu n'aurais jamais dû y aller, me dirent après coup des amis sincères. Il fallait faire profil bas, reconnaître la faute, t'excuser...

M'excuser de quoi ? D'avoir été suffisamment con de vouloir faire de l'audience à tout prix ?

Tu me vois en train de confesser :

— Pardon, j'ai péché par vanité et intérêt purement cathodique. Les 11 millions de téléspectateurs m'en sont témoins et les caisses de TF1 aussi.

Allez, peut-être ça, oui, à la rigueur j'aurais dû. Mais m'excuser du reste, vous délirez ou quoi ? Alors j'ai juste dit ça. L'autre vérité.

— Je ne suis pas coupable d'incitation à la haine

raciale puisque c'est justement ce que j'ai voulu dénoncer... Etc., etc.

Et ça n'a rien atténué. Le lynchage a été terrible. Ce sont des moments insoutenables à vivre. Ils sont pour beaucoup dans mes forces d'aujourd'hui. Ce qui ne vous tue pas vous rend plus fort... Etc., etc.

Il me reste de cette période un immense dégoût, la certitude d'amis sincères et des questions :

Pourquoi TF1, qui cautionnait la séquence jusqu'à la diffusion, a soudainement reconnu que c'était un dérapage à caractère raciste grave ?

Comment Noël Couëdel, le rédacteur du *Parisien*, a-t-il eu accès à cette séquence que j'avais demandé de ne montrer à personne, hormis les contrôleurs de TF1 ?

Pourquoi un homme m'a-t-il abordé au sortir d'un restaurant, quelques jours plus tard, pour me dire les yeux dans les yeux :

— Ça s'appelle un boomerang. Il vient de bien plus loin que tu crois. La mère de qui tu sais a beaucoup d'amis dans la presse. Elle ne pardonne pas, elle... T'es mort...

Et il est parti en riant.

Tant de questions. J'en marchais voûté. Mimétisme physique. Le dos en point d'interrogation.

J'ai eu quelques réponses depuis :

Une condamnation en justice à 30 000 francs d'amende. Rédigée ainsi :

« Patrick Sébastien n'est pas raciste. Il n'a pas eu

l'intention de l'être. Mais certains téléspectateurs ne comprennent pas le second degré. En conséquence de quoi, nous le condamnons pour incitation à la haine raciale. »

Le même tribunal m'a condamné, un peu plus tard, à cause de commentaires désobligeants qui justifiaient ma bonne foi, à la même somme de 30 000 francs, pour insultes à Jean-Marie Le Pen.

Noël Couëdel a reconnu chez Denisot qu'il n'avait jamais vu, avant qu'elle passe à la télé, la séquence de Le Pen. ON lui en avait parlé, c'est pour ça qu'il avait pris la décision de la page blanche assassine. Il n'a jamais voulu dire qui était ON.

Noël Couëdel a été décoré de la Légion d'honneur quelques mois plus tard. Mais ça n'a, bien entendu, aucun rapport.

Le tableau noir de ces moments terribles ne serait pas complet sans les lâchages qui, à deux lettres près, suivent obligatoirement les lynchages :

La majorité de mes « amis » artistes a déserté.

— Tu me comprends, Patrick, je sais bien que tu n'es pas ce qu'ils disent. Mais j'ai un spectacle en promo et tu as toute la presse contre toi. Je suis sincèrement désolé, mais je peux pas venir chez toi.

Les publicitaires ont retiré leurs produits des écrans de pub avant mes émissions.

Je suis devenu le symbole à abattre pour les antiracistes les plus extrémistes. À leur tête, Dieudonné a organisé la curée.

La LICRA, malgré sa plainte contre moi, a sollicité

mon bon cœur dans un courrier à ma boîte de production.

« ... Connaissant votre attachement aux droits de l'homme, pourriez-vous apporter votre obole à notre association pour la somme de votre choix... Etc., etc. »

— Allô ? monsieur Aidenbaum, comment votre association peut-elle porter plainte contre moi et me réclamer un soutien financier ? ça ressemble un peu à du chantage style : « Si vous cotisez, on retire la plainte... »

— Mais pas du tout, monsieur Sébastien, ça ne peut être qu'une erreur de courrier. Juste une malencontreuse erreur.

Et puis cette pression permanente.

Cette injustice lancinante.

Alors, en novembre, à bout de souffle, j'ai envoyé un fax à l'AFP, sans prévenir personne de mon entourage.

« Patrick Sébastien annonce qu'il arrête la télé définitivement. »

C'était deux jours après « les trois hommes dans la voiture grise... ».

# 21

# Maman

Il y eut un deuxième puis un troisième numéro d'« Osons ».

Étienne m'avait dit :

— On est obligés de reconnaître la faute. La plainte est aussi contre nous en tant que diffuseurs. Mais ne t'inquiète pas, tout ça va retomber.

Je ne m'inquiétais pas, je souffrais. Terriblement. D'injustice et de culpabilité. Les deux atrocement mêlées.

La presse m'avait accolé définitivement l'étiquette « raciste » et cela m'était insupportable. Et j'avais beau hurler à tous les vents que c'était une gigantesque fourberie, aucun écho ne ratait l'occasion de m'enfoncer encore.

La belle aubaine.

Je prenais en ressac la vague de mes années paillettes et toutes les jalousies qu'elles avaient suscitées.

Je payais la 5, TF1, Chirac, ma grande gueule, ma paillardise.

La belle vengeance.

Les Guignols s'en donnèrent à cœur joie, comme chaque fois qu'il s'agit d'aligner une cible facile. Certains auteurs reconnaîtront quelques années plus tard qu'ils n'auraient jamais dû me crucifier de la sorte.

Pourtant, dans leur « canardage » facile, je les avais mis en garde :

— C'est votre propre liberté que vous entamez. Vous vous êtes mis du mauvais côté de la faux. Cet acharnement des médias et l'action de la justice que vous cautionnez, vous en serez fatalement victimes à votre tour.

« Osons » a marqué un tournant dans la liberté d'expression des humoristes.

Condamné pour délit de surestimation intellectuelle de la population : « ... Certains ne comprennent pas le deuxième degré. »

En termes de jurisprudence, ça veut dire que, depuis, n'importe qui peut envoyer en justice un fantaisiste coupable d'un second degré incompris.

C'est ce qui explique aujourd'hui la prudence élémentaire de tous les sarcastiques de ce pays.

Dubosc, Semoun, Boon et compagnie n'iront pas se mouiller dans des diatribes d'humeur susceptibles de les clouer au pilori. Le confort a pris le pas sur l'insolence sous peine de poursuites.

C'est grave.

Et excessivement dangereux.

Parce que tant qu'il existe des bouffons libres de

singer les puissants dans ce qu'ils ont de plus vil, la paix sociale a des garde-fous.

Le peuple se venge par procuration. Sinon il explose. Regarde bien, ça a déjà commencé. Les émeutes récentes en banlieue ne sont qu'une infime partie de l'iceberg.

Bien sûr que la racaille est inacceptable. Son insubordination. Sa provocation perpétuelle. Son langage insultant. Sa violence gratuite. Son excuse de couleur en prétexte permanent. Mais ce n'est pas une racaille de race. C'est une racaille de tradition. Parce que partout où l'on isole, où l'on oublie, où l'on humilie, le seul recours est l'explosion.

Nos silences sont coupables.

La faute aux insectes : nous les « agaceurs » présumés taons qui sommes devenus fourmis sous la menace ou par souci de confort.

Les chansonniers ne piquent plus, ils titillent de peur que. Effrayés par un état autoritaire qui n'a trouvé comme seul remède à ses incompétences que le bâillon.

Les nouveaux clowns, obsédés par leur plan de carrière, ne veulent surtout pas enfreindre cette loi du silence sous peine de mise à l'écart définitive.

L'étouffement de la subversion artistique est une vraie volonté politique. Un calcul cynique qui risque fort d'aboutir à l'envers de son objectif.

Quel objectif ? Brimer, interdire, censurer, manipuler pour éliminer les insolents chroniques, les montreurs du doigt, afin de préserver une paix sociale.

Enfin, surtout la paix des privilégiés. Et mort aux

autres. Et pas seulement banlieusards, mais aussi petits artisans, restaurateurs, paysans abrutis de taxes, d'impôts, d'amendes, d'interdiction de ci, de privation de ça.

Gaffe !

Il faut toujours se méfier des grands silences.

Le prochain orage n'aura pas la couleur de pluie noire ou beur. Il sera rouge. Sang.

Je ne souhaite pas. Je redoute, seulement. Parce que je sais. Parce que, quand je prétends que l'étouffement est organisé, je n'affirme pas ça à la légère.

J'ai des preuves.

En voici au moins une.

Ils ont dû me suivre quand je sortais du Bistrot de l'Étoile, mon restaurant cantine. Quand j'ai eu garé ma voiture devant mon bureau, boulevard Malesherbes, ils se sont arrêtés juste derrière.

Je venais d'enregistrer le troisième numéro d'« Osons » et l'ouragan commençait à se calmer un peu.

J'avais repris mes audaces. Aller chanter devant les impôts : « *C'est le plus grand des voleurs* ». Écrire « pochtrons » à la place de « police » sur les voitures de flics, en utilisant la première syllabe commune. Et tous les pieds de nez possibles aux puissants, qu'ils soient de l'administration, de la politique, ou de la religion.

Ils étaient trois. En costume sombre. La quarantaine bien mise. Le passager à l'avant a baissé la vitre, et m'a apostrophé calmement.

— On souhaiterait vous parler. Peut-on monter dans votre bureau ?

— Qui êtes-vous ? questionnai-je, pas très rassuré.

— Ça n'a aucune importance, me répondit le passager à l'avant.

Le regard était froid, malgré un léger sourire. Ni menaçant ni vraiment inquiétant. Rassurant presque.

— Non, ai-je dit fermement. Je ne vous connais pas. Dites-moi qui vous êtes.

— Ce n'est pas grave, on va discuter ici, et ce ne sera pas long.

Il prit un temps et enchaîna d'un trait :

— Nous sommes dans un pays en crise, monsieur Sébastien. Vous avez des enfants et je suis sûr que vous ne souhaitez pas qu'ils grandissent dans la chienlit. Vous avez un pouvoir. Vous êtes populaire. Et même si les médias vous ont un peu chahuté ces derniers temps, le peuple vous aime toujours. On pardonne toujours à ceux qu'on aime. Surtout une simple maladresse. Nous, nous savons très bien que ce n'était que ça. Vous voyez qu'on ne vous veut pas de mal. On ne vous veut que du bien.

— Et alors ? le relançai-je.

— Alors faites-nous Bourvil, de Funès, de bonnes vieilles imitations, hein. Et tout ira bien.

L'œil se durcit alors un peu plus.

— Arrêtez de leur dire d'oser. Sinon, ils vont finir par oser descendre dans la rue pour réclamer ce qu'on leur doit.

Je ne pus me retenir de poser à nouveau la question :

— Vous êtes qui ?

— Peu importe. Mais ceux que nous sommes veulent un pays tranquille. Vous mettez en permanence le doigt sur ce qui ne va pas. Ce n'est pas notre solution. Nous, on a décidé de leur faire croire qu'ils sont heureux. Et à force de le leur faire croire, ils finiront par l'être. Ça se tient, non ?

— ... Euh... Oui, si on veut... Mais...

— Au revoir, monsieur Sébastien, et soyez prudent, surtout.

Et ils démarrèrent lentement.

Je suis monté dans mon bureau, perplexe et impressionné.

Il n'y avait eu aucune menace précise. Le ton était doux. Et pourtant, j'avais peur. Tout simplement peur.

Assis sur le canapé, mes yeux tombèrent sur la petite statue de Coluche qui décorait mon étagère. Et je ne pus m'empêcher de rapprocher ce qui venait de m'arriver de la conversation qu'on avait eue tous les deux sur le trottoir qui menait au Théâtre de l'Empire, quelques années auparavant.

— Ça y est, t'es à quatorze pour cent dans les sondages, ça va être chaud.

L'Enfoiré me regarda, fatigué et après avoir rallumé son énième pétard, laissa tomber, désabusé :

— Ils sont venus me parler à cinq cette nuit. Ils n'ont pas voulu me dire qui ils étaient. De toute façon, je m'en branle. Ils m'ont tout bien expliqué, et, tu veux que je te dise, ma poule : il vaut mieux que j'arrête la politique que le joint, c'est meilleur pour ma santé.

Il se retirera de sa course farce à l'Élysée quelques jours plus tard... Et quelques années après, au détour d'un virage...

On pourra m'apporter toutes les preuves qu'on veut, je n'aurai jamais la certitude absolue que c'était un accident.

Après la « rencontre du troisième type » de ce soir-là, tout s'est emballé dans ma tête. L'injustice, l'aliénation, la perte de contrôle, la pression, la peur. Tout.

Et les nerfs ont lâché. Faut dire qu'ils avaient sacrément tenu jusque-là.

Un après-midi de « fond de piscine », j'ai faxé à l'AFP ma décision d'arrêter la télé définitivement. Quelques heures plus tard, Le Lay me hurlait dans les oreilles :

— Il fallait nous prévenir avant. Tu nous mets dans la merde. Et toi avec parce que c'est toi qui romps le contrat. Il n'y aura pas d'indemnités.

Il se fit plus doux :

— Allons, Patrick, c'est juste un coup de blues. Viens nous parler, tu sais bien qu'on va arranger ça.

Je savais bien, oui.

Et c'est bien pour ça que j'avais procédé ainsi.

Le fax à l'AFP était ma sauvegarde. En une heure, tous les médias l'avaient relayé. Et il était hors de question de revenir dessus sous peine de perdre toute crédibilité... Et le panache en plus.

Parce que j'étais le premier de cette taille-là à claquer la porte. Le premier qui partait pour nulle part sans qu'on le vire. Le premier à oser. Encore et toujours. Oser quitter le paquebot en pleine croisière.

Je n'ai touché aucune indemnité.

TF1 m'a laissé faire une émission d'adieu qui était pour moi une façon de faire rentrer dans les caisses de ma boîte un peu d'argent pour que toute mon équipe tienne le coup en attendant. Mais en attendant quoi, puisque j'avais décidé de tout arrêter ?

L'émission d'adieu, malgré son intérêt financier de sursis, était profondément sincère.

Je ne pouvais plus supporter ce que j'étais devenu et ce qui m'était arrivé.

À cette époque j'ai écrit : « Le bout du tunnel n'est pas loin, pour le voir, il suffit de se retourner. » C'était exactement ça. La lumière était derrière et j'allais m'enfoncer inexorablement dans un trou noir.

Avec le sevrage en plus.

Et ça, je ne l'avais pas prévu.

Je ne l'avais jamais ressentie, ma dépendance à l'image. Comme un fumeur qui a toujours un paquet sous la main. Mais là, fermé le bureau de tabac !

La douleur était immense et sournoise.

Je suis reparti faire le saltimbanque en fanfaron.

Tout mon spectacle gai puait le désespéré. Je m'y accrochais comme à une bouée. Mais je coulais.

À pic.

Avec des remords de tout. D'avoir fait de la télé. De

l'avoir arrêtée. D'avoir fait passer dans « Osons » mes besoins avant ma prudence. Et cette sale sensation de ne plus être moi et la terreur de ne plus jamais le redevenir.

Blessé par ma vanité, mon inconscience, mes dérapages de supériorité.

Et en plus, à bout de tout, j'ai commencé à pulvériser mes plus proches. J'étais agressif, revanchard, con à n'en plus pouvoir.

Et Nana a tenu un peu...

Et puis moins.

Et plus du tout.

Ce « plus du tout », je l'ai presque provoqué...

Pourquoi presque ?

Allez, Nana, je vais te le dire maintenant. Et même pas pour t'enlever les scrupules d'avoir lâché à ce moment-là. N'importe qui l'aurait fait.

Cette rupture-là, je l'ai provoquée pour une autopunition définitive. Pour être victime tout à fait.

C'était facile.

Une inconstance sans précaution. Un caractère abominable. Des tendresses de sex-shop. Une fausse autorité bornée. Une mauvaise foi multipliée par deux, c'est dire !

Il fallait absolument que je me flagelle jusqu'au sang.

C'était ma seule chance de survie.

Tout perdre pour aller à l'extrême limite du supportable.

Et tenter le grand saut.

Convaincu que, si j'en réchappais au dernier moment, j'aurais toutes les forces nécessaires pour ne jamais plus me présenter vaincu au bord du précipice.

Et je suis là donc, en ce bel après-midi d'avril 1996.

Assis sur un banc du cimetière de Juillac.

Au bord de la tombe du petit. Je ne pouvais en aucun cas finir ailleurs.

Avec les reflets aveuglants de la boule à facettes. Fixant le soleil comme un projecteur immense. À m'en brûler les yeux. Le symbole de tous mes aveuglements.

La douleur est stridente. Elle me hurle les abandons, les remords de fausses routes, les vanités.

Et en point d'orgue : cet immense amas d'ordures dont on vient de me recouvrir l'orgueil. Comme les comportes de mon enfance déversaient les raisins dans la cuve avant le foulage.

Mes cauchemars de tout petit me transportaient, submergé par leur avalanche sur moi, recroquevillé au fond.

Et je mourrais étouffé de soleil en grappes.

Je suis en train de mourir de ça. Et ma conscience éructe et vomit une dernière fois :

— Putain d'audience ! Putain de chiens ! Putain de miroir à cons ! Putain de moi ! Sale suceur de gloire que je suis. Empalé volontaire sur une antenne cathodique qui me déchire les entrailles. Quel Satan a-t-il pu à ce point m'enfourcher l'ego ? Et de quel immonde apparat ai-je pu être exorcisé ? Penseur mondain, bateleur en friches, Pierrot de la lune ridicule dans un ciel parsemé d'étoiles ternes. Mon Dieu, quelle sordide infamie que ce reflet pervers qui chemine de ville en village, en couleurs pailletées et menties sur un écran voyeur et indécent ! Pourquoi ce chemin-là, et lequel ai-je manqué ? À quel carrefour aurais-je dû bifurquer ? Je me hais de m'être tant perdu. Et vous tous, menteurs en papier journal, je vous hais bien plus. Au-delà de la haine. Bien plus loin. Bien plus acide. J'ai tant composé, par précaution, par crainte de vos mots assassins. Là, je voudrais vous décomposer. Vitriol au fond de vos gorges pour vous empêcher de me hurler faux. Cyanure dans vos regards d'en haut. Je voudrais trancher vos mains à la hache. Exploser vos gueules de monstres et semer vos dents d'hydres pour que vous repoussiez Gorgone. Vous de même, politiciens factices. Vous êtes fientes et sueurs. Déjections utiles mais nauséabondes. Vous fermentez à ciel ouvert dans les dépotoirs de nos rêves... Alors pardon. Pardon à tous. Pardon de vous avoir dérangés. Je passais, j'ai cru qu'il y avait de la lumière, alors je suis entré. C'était une illusion d'optique. Personne. Pas âme qui vive. Alors déçu, malheureux, je sonne à mon tour à la porte de mon âme à moi. Mon âme d'enfant qui ne m'a pas quitté du voyage. Je sonne. Je sonne. Personne ? Une arme sur une tempe. Comme un long doigt froid posé sur une sonnette qui ne répond plus.

— Et moi alors ?

— C'est toi, maman ?

— Évidemment, mon petit. Allez, c'est fini. On rentre à la maison.

— J'ai froid.

— Cette idée de sortir aussi peu couvert !

Et j'ai tiré au-dessus de ma tête. Tout juste.

Ça y est, je suis guéri. À vie.

Maintenant, je sais.

Finalement c'est assez simple :

LA TÉLÉVISION EST UN MIROIR À CON.

IL SUFFIT DE LA REGARDER SANS S'Y VOIR.

QUE TU SOIS ACTEUR OU SPECTATEUR, ELLE NE DOIT EN AUCUN CAS TE FAIRE DEVENIR CE QUE TU N'ES PAS.

## 22

## Lilly encore

J'ai enfin compris.

Tout.

Et je suis serein.

Définitivement.

Dans cette jungle, je suis né ruisseau. Puis rivière. Et fleuve.

Les méandres. Les tourbillons. Les remous. Les cascades.

Et la grande chute.

Un immense bouillonnement.

Et à présent, je coule tranquille vers l'estuaire. En eaux troubles certes, mais calmes. Sans plus aucun risque de cataracte.

J'ai écrit ce livre avant d'arriver à la mer.

Souvent, les gens de ma race s'épanchent trop tard. Après. Quand tout est fini. Moi, je serpente encore. Écrire pendant que je suis encore dans la course, que j'y caracole même, était le seul moyen de m'exprimer en totale lucidité. Pour éviter l'aigreur du déclin. Les jugements revanchards. Ceux que j'ai prononcés ici ne sont soumis à aucun ressentiment.

Je suis devenu service public à la fin de l'été 1995 et je le resterai jusqu'à la fin de ma carrière télévisuelle.

C'est Jean-Pierre Cottet, patron de France 2 de l'époque, qui m'a rattrapé au vol. Et encore, avec quelques semaines de retard. Quand je l'ai appelé pour solliciter un entretien au cœur de l'été 1995, ma demande est restée sans réponse.

Pendant un mois, je me suis habitué au fait que c'était réellement terminé. Que mon assassinat médiatique et mes adieux m'avaient fermé définitivement toutes les portes.

Un jour, alors que je n'espérais plus rien, j'ai reçu un appel de Jean-Pierre, enthousiaste.

— Bien sûr que je souhaite qu'on se rencontre. Je suis certain que tu peux faire encore de grandes choses. Je sais que tu n'es pas ce qu'on a dit.

— Tu crois que le public comprendra ce revirement ?

— Le public a la mémoire du bonheur. Tu les as rendus heureux pendant dix ans. Vu l'acharnement contre toi, c'est normal que tu aies craqué. Il y aura toujours quelques abrutis pour t'en tenir rigueur. Moi, je sais ce que tu vaux, et je te donnerai toutes les chances de renaître. De toute façon, tu n'étais pas fait pour la une. Chez nous, tu seras ce que tu es vraiment.

Et mon ciel s'est éclairé à nouveau.

Merci.

Et Jean-Pierre ajouta :

— Excuse-moi d'avoir tardé à te répondre, mais ma secrétaire avait mal compris ton nom. Elle a cru que c'était Patrick Sabatier.

Re-bienvenue dans le monde merveilleux de la télévision !

Il y a des presque homonymies cruelles. J'ai eu une sensation de soulagement mêlée de frissons rétrospectifs, ne pouvant m'empêcher d'imaginer la méprise inverse.

Les eaux troubles.

Mes adieux définitifs étaient sincères. Mon retour, neuf mois plus tard, est passé quasiment inaperçu. Le public a été d'une indulgence rare. Je crois que les plus fidèles ont parfaitement compris que j'avais effectivement quitté définitivement une certaine forme de télévision. En cela, j'ai été totalement cohérent.

Pour les autres, évidemment, je n'ai été qu'un pantin pas crédible qui annonce à grands cris sa retraite et qui se démet par intérêt, lâcheté, et tout un tas d'autres raisons sournoises. Je ne leur en veux en aucun cas. L'ironie est naturelle et absolument justifiée. Je peux même te confier que je m'attendais à bien pire.

Aujourd'hui, la plupart de ces mêmes autres encensent la qualité de mon « Plus grand cabaret du monde ». Les déserteurs de la période « Osons » se pressent en rangs serrés autour des tables nappées de rouge de mon spectacle mensuel.

Les eaux troubles, mais calmes.

Pour ma part, j'ai conscience d'être revenu d'où on ne revient pas.

La leçon m'a évidemment rendu plus humble. J'ai rangé au placard mon goût de la performance.

Et je suis bien où je suis. Même si le service public entraîne dans son sillage tout un tas d'agacements quotidiens : une sous-médiatisation dans les magazines télé asservis à TF1. Une sensation permanente de David contre Goliath. Mais les victoires n'en sont que plus belles. Et surtout, en cas de défaite, le propos n'est jamais insultant.

Mieux, il est parfois étonnamment solidaire.

Le lendemain de la diffusion de « De l'autre côté du miroir », Marc Tessier, le président de France Télévisions du moment, m'a téléphoné. L'émission, malgré un succès d'estime, avait eu une audience moyenne.

— J'espère que tu n'es pas trop déçu, Patrick. Quels que soient les résultats d'audience, je veux te dire que nous sommes fiers de ton travail remarquable. Encore bravo, et surtout ne te mine pas, tu as fait l'essentiel : un beau moment de télévision.

C'est le « plus » maison.

Ça rassure.

Pourvu que ça dure ! Comme le chante je ne sais plus qui.

Ne crois surtout pas à un angélisme béat. J'ai eu droit aussi à quelques saloperies de haut vol. Et le bouclier de la reconnaissance ne me protège pas de la lucidité. Les hommes passent, changent au gré des fantaisies politiques. Et je parie bien que, Sarkozy président, je serais prié de remballer au plus vite ma piste et mes étoiles.

Tu te rends compte le paquet de retours de manivelle que je me prépare !

Sarkozy, Le Lay, Mougeotte.

Rien que du lourd. Des influents.

Tout ça pour le plaisir du coup de gueule qui ne rapporte rien, sauf des emmerdements.

Tu sais quoi ? À partir d'aujourd'hui, il y en aura de plus en plus.

D'un suicide à un autre, comme j'ai dit plus haut.

Mais là, pas pour la « Putain d'audience ». Juste parce que le temps est venu de me laisser pousser un peu de barbe et les dernières ailes.

Pour être encore plus ce que j'ai toujours été.

Seul.

Eh ! oui, vous avez été des millions à m'accompagner et je suis seul.

C'est tout sauf une plainte. Ce n'est que l'ordre des choses.

On pourrait croire que c'est le corollaire naturel de la popularité.

Toi et moi, savons bien que non.

Cette solitude est aussi la tienne.

Je t'avais dit de transposer mes aveux à ton quotidien. Maintenant qu'on est presque au bout du voyage, on peut se l'avouer. On est tellement pareils.

Moi derrière l'écran, toi devant.

Pareils de « tout seul ».

Bien sûr, moi gorgé de souvenirs rares, de photos de

voyages aux quatre coins du star system. Et toi rempli de tes secrets, tes enthousiasmes et de tes failles intimes, si souvent les mêmes que les miennes.

Nous formons toi et moi un couple extraordinaire.

Un autre que moi pourrait se dire :

— C'est vrai. Je suis extra, ils sont ordinaires.

Si tu as bien tout compris, tout lu entre les lignes, tu sais bien que nous sommes extraordinaires, pareils. Au sens propre du mot. Hors de l'ordinaire. Hors des convenances. En parfaite lucidité. Et nous n'avons pas besoin de secte, de drapeau, de confrérie, de religion pour nous reconnaître.

Alors je vais continuer à te parler entre les images à chacune de mes émissions nouvelles.

À tisser chaque jour un peu plus le lien qui nous lie.

Seul à seuls.

Voilà.

Je t'ai servi le repas en vrac jusqu'au dessert.

Sucré salé.

Aigre-doux.

Alors, avant de sortir de table, je te propose le digestif : un dernier verre de vain !

Un dernier ressenti inutile puisque la marche en avant est inéluctable.

Je viens d'apprendre à l'instant que mon absent du début, le père qui n'a jamais voulu me reconnaître, vient d'attraper la maladie d'Alzheimer.

Encore !

Le marchand de télé de la place de Juillac a plié boutique. Il s'est délocalisé plus loin. Dans une rue où on passe. Pas de place pour un banc. Il vend des écrans plats, des paraboles, des abonnements au satellite, des décodeurs.

Il reste une vieille télé dans mon grenier. Une relique aux coins ronds. C'est celle que je regarde le plus. Le tube ne marche plus depuis longtemps.

Souvent je m'assois dans le vieux fauteuil en osier et je la contemple inanimée. Comme un écrin d'étoiles mortes. Et puis je ferme les yeux et je rêve. Je me remplis de mes « avant-hier » avant de repartir dans mes « aujourd'hui ». Comme un remède.

Je souffre d'un syndrome chromatique.

Souviens-toi. Petit, je voyais la télé noir et blanc en couleurs.

À présent, c'est le contraire. Je la vois grise. Comme les chattes de nuit. Toute grise. Même lorsqu'elle explose de rouges, bleus, vert vif.

Et je déplore, et déplore encore les marchands de tout.

De musique, de films, d'armes et d'âmes.

De la pièce où j'écris, j'ai vue sur le Causse. Les collines paisibles de mon Lot hivernal.

Des vols d'oiseaux en lettre initiale. V, vers plus loin. Le ciel bleu-gris bas. Un souffle de vent dans les branches encore nues. La courbe sinueuse de l'horizon. Des prés sans limites précises où rien n'est rangé. Un cheval, un bosquet, des lièvres éparpillés. Un chevreuil.

Le silence.

La paix.

Collée au mur de cette pièce, il y a une télévision à écran plat. Parfaitement rectangulaire. Éteinte. Noire. Comme un deuil.

Quand j'aurai fini d'écrire, je vais l'allumer. Pour y voir l'envers de ma fenêtre : la guerre.

La vraie, loin en Irak ou ailleurs. Et la guerre des vanités. Des orateurs. Des montreurs d'ours. Des marchands de came aux yeux.

Une mitraille à feu continu. Des éclats de voix. Des rafales de spots publicitaires. Des explosions de foules aux tribunes des stades. Des combats corps à corps, le samedi à minuit, sur Canal plus. Des poteaux d'exécution pour les candidats des concours de gloire. Fusillés au SMS. Un bombardement continu de bavardages stériles sur le front des talk-shows.

Et des blessés geignant dans chaque tranchée du champ de bataille :

Des TOC récurrents jusqu'au dégoût qui se discutent chez Delarue.

Un Sulitzer en détresse qu'on exhibe malade et dont on balade la face tordue au bout d'une pique comme dans les révolutions lointaines.

Des désespérés d'amour redoutant l'ouverture d'un rideau, la larme indécente, le chagrin dégueulé en parfaite impudeur.

Des éliminés de la course à la star qui mentent le fair-play. Tout massacrés du dedans en voyant s'envoler leurs rêves de gloire. Et la main sur l'épaule de l'animateur faussement compatissant, en plus.

Et l'amoncellement quotidien des dizaines de blessés par balles dans les fictions semeuses d'exemplarité. Graine de violence.

Là-haut, sur la colline, à l'abri de tout, longue-vue collée à l'œil et carte de plan de bataille, les maîtres de guerre contemplent. Stratèges décorés. Médaillés.

Généraux d'en pire.

À l'amicale des anciens cons battants, je pourrais dire : « J'y étais. »

Je sais déjà que la plupart de mes compagnons d'armes, après la lecture de ce manuscrit, tenteront de me dissuader de le publier.

Les « aquoibonistes » de tous crins essaieront de me ramener à la raison.

— Tout va bien, Patrick. Ça marche. Tu as tout à y perdre. T'imagines, si Sarkozy devient président de la République ! Et la presse, que tu dénigres tant, tu sais bien que, sans elle, ce bouquin n'existera pas, ou si peu.

Si peu me convient. Juste une goutte d'eau.

Une seule. Même si elle ne doit couler que sur ta joue, Lilly.

Je publierai sans retouches. Sans m'interdire quoi que ce soit du premier jet. Parce que c'est le seul vrai. Avec les erreurs, les jugements péremptoires et les menaces de représailles. De toute façon, je ne risque plus rien. Je suis déjà parti. À mi-temps.

Je vais continuer à peindre ton écran aux couleurs de

la fête, tant qu'on m'y autorisera. Mais je serai bientôt chez toi, dans ta ville, sur la scène de ton théâtre pour te dire ce que je viens de t'écrire de vive voix. En liberté conditionnelle. À mi-temps.

Ce livre va être décortiqué, passé au scanner, démenti, contredit. Je serai condamné peut-être. Les prudes me trouveront grossier, les puristes un peu juste. Ceux qui ne m'aiment pas me trouveront incomplet et les autres suffisant.

Cela n'a aucune importance puisqu'il fallait que je passe par lui pour me décider à aller jusqu'à toi pour le prolonger.

J'arrive bientôt. Je vais venir faire l'amour à la scène tant ça me manque. Je vais venir me dire, me médire, me flageller encore et rire avec toi. Te confier bien d'autres secrets.

Hors de question que, sur scène, je me récite à la virgule près.

Sauf le poème que je vais reproduire dans quelques lignes et que j'ai écrit il y a vingt ans.

Il y a vingt ans, je ne t'envisageais même pas, Lilly. Et aujourd'hui tu es presque là.

Dans ces toutes dernières pages, pour te laisser partir devant, j'ai lâché ta main. Ta maman l'a prise dans la sienne. Vous marchez, paisibles. Je vous suis à quelques mètres. Tranquille. Rassuré. J'ai bouclé la boucle.

Artiste, c'est imaginer ce qu'on ne connaît pas encore.

Je suis artiste parce que je l'ai toujours été.

Jusqu'au bout de mes prémonitions.

J'ai donc écrit ce poème il y a vingt ans.

Je savais déjà.

Artiste... Et fier de n'être que ça.

## Poème

C'était un enfant chien, un enfant de poubelle
Un petit presque rien, un mauvais coup du ciel.
Il était né là-bas loin dans un pays vieux,
Enfin, presque à deux pas pour un cœur de sept lieues.

Moi, je me suis battu pour avoir ce mendiant,
J'ai signé des papiers pour qu'il porte mon nom,
Le voilà qui arrive, tout tordu, tout tremblant,
C'est un enfant qui naît du ventre d'un avion.

Et les vitres d'Orly se sont faites brouillard.
Je pleure pour un petit que je ne connais pas.
Qu'importe sa couleur, qu'importe son histoire,
Moi, je m'habituerai à son prénom bizarre.

Dans quelques mètres à peine, il sera dans mes bras,
Ne pas lui dire « Je t'aime », il ne comprendrait pas.

Simplement lui sourire, le prendre par la main,
Juste lui demander : « Tu n'as pas un peu faim ? »

Ça y est. Il est blotti là, contre mon épaule,
Et mes mains le caressent et son cœur cabriole
Il redresse la tête pour me regarder mieux,
Dans ses yeux c'est la fête, je sais qu'il est heureux.

Il y a des enfants chiens dans ce monde poubelle
Des petits « presque rien », des mauvais coups du ciel
Qui n'attendent que toi, qui n'attendent que nous
Pour embrasser nos vies et se pendre à nos cous.

Et Lilly, peut-être, un autre mois, une autre année, range dans son tiroir intime le livre de papa.

— T'es où ?

— Qu'est-ce que tu dis ?

— T'es où papa ?

— Là, dans le disque... Mets-le dans l'appareil... Voilà... Maintenant allume l'écran...

Très bien... La télécommande est devant toi... Appuie sur « Play ».

Play.

— Tu vois, Nana, tu as bien fait de la mettre dans une école bilingue, elle a bien compris que tout ça n'était qu'un jeu.

Un jeu ?

Jeudi 9 mars 2006, 19 h 55.

*Du même auteur :*

LE MASQUE ET LES PLUMES, Carrère/Lafon, 1986.
AU BONHEUR DES ÂMES, Stock, 1994.
ISATIS, Denoël, 1997.
CARNET DE NOTES, Le Cherche Midi, 2001.
DESTINS CROISÉS, Mango-Sport, 2004.
VITRIOL MENTHE, Oh ! Editions, 2005.

Composition réalisée par PCA

Achevé d'imprimer en décembre 2006 en Espagne par
**LIBERDUPLEX**
San Llorenç d'Horbens (08791)
Dépôt légal 1re publication : janvier 2007
N° d'éditeur : 80320
Librairie Générale Française – 31, rue de Fleurus – 75278 Paris Cedex 06

31/1939/3